연의 선택

연의 선택

上

하영 장편 소설

SCARLET ROMANCE STORY

Contents

한 번만 돌아봐 주세요.

당신만 바라보는 제가 보이지 않나요?

애타게 당신을 바라보는 제가 정녕 보이지 않으십니까?

오직 서방님을 은애하는 마음뿐인데 되돌아오는 원망을 제가 어찌
해야 하나요?

단 한 번만 바라봐 달라는 소망조차 제게는 사치인가요?

서방님을 은애합니다. 제 짧은 생에 당신을 바라보며 당신의 눈길
을 받는 것이 가장 큰 소망임을 모르시겠지요?

스치는 눈빛조차도 그리워하는 바보 같은 마음을 어찌해야 하나요?

서방님, 한 번만 신첩을 보아 주세요. 제발······.

눈을 뜨자 제일 먼저 작은 방 어둠 속 시계의 형광색 숫자가

눈에 들어왔다.

여전히 환청처럼 꿈속 여인의 가슴 아픈 외침이 머리에 울리고 있었다.

언제부터인지 기억에도 없는 꿈. 잊을 만하면 꾸는 꿈.

힘없이 손을 들어 얼굴을 만지자 축축한 볼이 느껴진다.

꿈속에서 들리는 사무치는 서러운 하소연에 정작 눈물을 쏟고 있는 것은 자신이었다.

너무 울어 무거운 눈을 뜬 연서가 어둠을 쫓기라도 하듯 불을 켰다.

갑자기 환해진 형광등의 밝음 때문에 눈앞이 하얗게 바래지더니 점차 초점이 돌아온다. 그리고 바로 정면에 놓여 있는 거울에 울고 있는 자신이 비쳤다.

"도대체 이게 무슨!"

알 수 없는 일이었다. 언제부터인지 기억에 없지만 어느 날 갑자기 꿈에 나타난 존재는 어린아이에서 여인이 되어 가는 동안 끝없이 울며 고통스럽게 누군가를 원하고 있었다.

돌아보지 않는 누군가를 마음에 담으며 슬픔에 몸부림치는 여자의 마음이 스펀지처럼 연서에게 흡수되어 연서까지 끝없는 절망으로 물들였다.

누군가를 마음에 품어 본 적도 없었다. 그런데도 그 슬픔에 치를 떨고 있었다. 알지도 못하는 꿈속의 존재 때문에 꿈을 깨고 나서는 가슴을 쳐야 했다.

사는 게 바빠 주변을 돌아볼 여유조차 없었던 연서가 알지도 못하는 감정에 가슴이 저미고 있었다. 덕분에 누군가를 가슴에 담으면 그 여자처럼 될 것 같아 쉬이 마음을 내어 주지도 못했다.

"최면이라도 받아 볼까?"

황당한 꿈의 여파 때문에 자신의 전생에 관한 꿈은 아닌가 싶어 문득문득 그런 유혹을 느끼지만, 그런 것을 하는 곳도 모를뿐더러 이런 일을 누가 믿어 줄까 싶어 누군가에게 털어놓을 엄두도 못 냈다.

그러나 점점 꿈은 잦아지고 그녀의 슬픔은 한계를 넘어가고 있었다.

겨우 꿈속의 사람이었다. 그것도 목소리만 들리지 얼굴 한 번을 못 봤다.

꿈인데, 분명 꿈인데 마치 현실처럼 그녀의 감정이 손에 닿을 듯 느껴졌다.

멍하니 앉아 있던 연서가 시계를 확인하고 긴 한숨을 내쉬었다.

이제 새벽 4시.

아직은 겨울에 가까운 2월이니 이 시간이면 한밤중에 가까웠지만 더 이상 잠자기는 틀렸다.

일어난 김에 아예 씻고 출근할 준비나 하자 하는 생각에 힘겹게 일어나는 연서의 모습은 외롭고 또 그만큼 쓸쓸해 보였다.

여전히 그 꿈은 연서를 괴롭히고 있었다.

누구인지도 모르는 존재는 밤마다 연서의 꿈에 나타나 눈물 바람 일색이었다.

적어도 잦은 꿈 때문에 꿈속의 존재가 옛날 사람이라는 것과 이미 결혼을 한 사람이라는 것은 알겠다. 여전히 얼굴은 보이지 않으면서 뿌옇게 형체만 보였다.

자신을 보아주지 않는 남편이라는 작자 때문에 저고리 고름이 마를 사이도 없이 끝없이 눈물만 흘리고 있는 상황에 이제는 부아가 치밀고 있었다.

살기 편하니 그런 생각을 하는구나 싶어 혀를 차다가도 가뜩이나 잠이 모자란 자신을 괴롭히는 이유가 궁금해졌다.

정말 옆에 있으면 정신 차리라고 머리통이라도 갈기고 싶었지만 할 수 있는 일이라고는 마냥 바라보는 것뿐이었다.

오랜 시간 그녀의 꿈을 꾸며 이제는 어디엔가 정말 살아 있는 사람처럼 느껴졌다.

꽤 부유한 집안의 딸인 모양이었다. 제법 잘 차려입은 것을 보아 알 수 있었다. 그러나 분명한 것은 그녀의 시대가 지금 연서가 살고 있는 현재보다는 먼 과거라는 것이었다.

높이 올린 머리 모양과 투박한 한복 차림을 한 여인을 보며 현재라고 우기기에는 무리였다.

아마도 본인들과는 상관없이 집안의 약속대로 혼인한 모양인데 어쩌다 남편을 사랑하게 되었는지.

처음 꿈에 나타난 그 여자는 어린 소녀였다. 그 당시 연서도 어렸다.

아마도 같은 또래였으리라.

사랑에 빠져 한없이 행복해하던 어린 소녀의 감정을 기억한다.

외롭고 힘든 시간 속에 그 소녀의 꿈은 지금과는 달리 연서를 잠시나마 행복하게 미소 지을 수 있게 했었다.

분명 그런 시간이 있었다. 아주 잠시지만.

그리고 보면 그때도 꿈속의 존재는 투박하지만 고급스러운 한복 차림이었다. 특이한 건 땋은 머리가 아닌 반은 묶어 땋아 올리고 남은 머리를 귀엽게 등 뒤로 내리고 있었다.

어쨌든 중요한 것은 이미 지난 기억이 아니었다. 어느 순간 밤마다 꿈에 나타나 눈물로 하소연하는 존재가 연서를 지치게 하며 일상생활에도 지장을 주고 있었다.

잠이 모자라 어제는 편의점 아르바이트 중에 졸다가 쫓겨날 뻔했었다. 이제 한계에 이르고 있었다. 꿈을 멈출 방법을 찾아야 했다.

눈 밑에 다크서클이 넘쳐흘러 판다가 될 지경인 자신을 보니 더는 이대로 지낼 수는 없었다.

오늘은 필히 정신과를 찾기로 마음먹은 연서의 발걸음이 급했다.

어쩌면 꿈속의 존재가 삶을 놓아 버릴 것 같은 기미가 보여 다급한지도 몰랐다.

아무리 그녀를 괴롭히는 존재라지만 삶의 끈을 놓는 모습까지 보고 싶지는 않은 것이 진심이었다. 그 끝이 궁금하지도 않았다.

자신과 하등 상관없는 감정으로 하루를 망치는 것도 지긋지긋했다.

고아원에서 자란 연서기에 부모의 정이, 또 형제의 정이 무엇인지 몰랐다.

수녀님들 손에 자라 딱히 고생스럽다는 말은 어울리지 않았지만 항상 많은 아이들 속에 버려진 아이들이라는 타이틀을 달고, 수많은 사람들의 연민과 동정을 받고 자란 삶이 뭐 그리 좋을까.

학교에서도 끝없는 편견 속에서 싸워야 했고 무시를 당해야 했다. 그리고 가족이라는, 부모라는 울타리를 가진 아이들을 보며 한없이 부러워해야 했다.

그러다 보니 쓸데없는 피해의식만 늘어 남들과 섞이는 법도 제대로 배우지 못했다.

항상 부모 없이 자란 티가 난다는 말을 꼬리표처럼 붙이고 살았던 삶이었다.

간신히 홀로서기를 한 순간에도 이미 벗어날 수 없는 낙인처럼 그녀의 가슴에 박혀 스스로를 남들에게 소외시키며 살아온 삶이 어느덧 스물하고도 사 년이 지났다.

그 여자가 전생이든 뭐든 상관없었다. 쉼 없이 앞만 보고 살아온 연서에게 하등 도움이 안 되는 존재였다.

대학 졸업반이어야 할 연서가 휴학과 복학을 반복하다 보니 아직도 이 년이나 남은 학교생활을 아무 탈 없이 끝내려면 제대로 잠잘 시간이 필요했다. 수많은 아르바이트로 잠이 모자란데 틈새 잠을 그 여자가 뺏고 있었다.

삶이 편해 사랑 타령이라지만 연서는 아니었다. 그러니 이제 그녀의 삶에서 아무 쓸모도 없는 꿈속의 존재를 지우려 하는 중이었다.

"정신과 진료비는 꽤 비싼데. 아놔. 진짜 별난 곳에 돈 쓰게 하네."

한 푼이 아쉬운 상태가 아니던가.

"안 돼!"

이를 박박 가는 연서가 막 길을 가로질러 목적지를 향하려던 순간, 귓가에 비명처럼 익숙한 목소리가 울려 퍼졌다. 곧이어 마치 풍선처럼 가볍게 공중으로 붕 뜨는 느낌이 연서를 덮쳐 왔다. 무슨 일인지 깨닫지도 못하는 순간 연서의 의식이 멀어졌다.

그 희미해지는 의식 사이로 비명처럼 울리는 익숙한 여자의 울음소리가 뇌리를 가득 메우고 있었다.

미친 듯이 달려오던 차가 연서를 치고 담벼락을 들이박은 그 시간, 연서의 방에 있던 경대의 거울이 아무 이유도 없이 산산조각이 나 깨졌다. 마치 주인의 상황을 눈치채기라도 한 듯.

1.

이런 황당한 일이

멍하니 앉아 있던 연서가 경대의 거울을 확인하고 넋이 빠졌다. 거울에 비친 사람은 분명 자신이어야 했다. 그런데 다른 얼굴이 놀란 눈으로 마주 보고 있었다.

아침에 일어났을 때 감지 않아 기름기 번쩍이던 단발머리가 왜인지 길게 자라 가지런히 모아 등 뒤로 땋아져 있었다.

머리 모양이야 그렇다 치자. 그런데 작은 달걀형 얼굴에 커다란 눈과 오뚝한 코, 그리고 조그마한 입은 누구란 말이냐?

순간 등 뒤에 누가 있나 싶어 고개를 돌리려다 기운 없어 다시 거울을 주시했다.

자꾸만 떨어지는 고개 덕에 옷차림이 눈에 들어온다. 한 번도 입어 본 적 없었던 속치마, 적삼을 입고 있는 사람이 정말 자신인지 의심스러워졌다.

요즘도 이런 옷을 입고 있는 사람이 있는지 궁금해진다. 역사 드라마에서나 나오는 옷차림이 아니던가.

그런 옷을 어째서 자신이 입고 있는 걸까?

거울에 비치는 여자는 또 누구지?

거울 속 얼굴은 여전히 눈을 동그랗게 뜬 채 연서를 보고 있었다. 마치 왜 네가 거기 있느냐고 묻는 것처럼 보였다.

분명 사고가 있었다. 자세히 기억은 안 나지만 무엇엔가 부딪쳐 고통을 느끼기도 전에 붕 뜨던 몸과 희미해진 의식의 끝을 기억한다.

그리고 겨우 눈을 뜬 순간 세상이 바뀌어 있었다.

사고를 당했다면 병원에서 눈을 떠야 하는 상황이건만 왜 이런 곳에서 눈을 뜬단 말인가?

눈을 뜨자마자 누군가 울며불며 소란을 떨더니 우르르 사람들이 몰려왔다.

황망히 맥을 잡던 늙은 남자를 떠올리며 연서가 아예 침대에 누워 버렸다.

한결같은 한복 차림의 사람들. 남자는 남자대로 여자는 여자대로 익숙하면서도 묘하게 낯선 한복 차림을 보며 마치 시대극의 한가운데 떨어진 것 같았다.

"마마, 이제 사셨습니다. 얼마나 다행이신지."

목이 메어 무슨 말인지 알아들을 수도 없는 웅얼거림과 함께 연신 눈물을 찍어 내던 늙은 여인 대신 자신의 손목을 부여잡고 몇 번이나 손끝을 눌러 대던 남자가 긴 한숨을 내쉬며 고개를 끄덕이자 늙은 여인이 어느새 또 다른 누군가와 나타났다.

딱 보기에도 근엄한 아저씨, 아주머니와 함께.

"다행입니다, 마마. 정말 다행입니다."

늙은 여인보다 귀한 행색을 한 여인도 눈물을 훔쳐 내며 연서의 손을 잡고 그 말만 반복하고 있었다.

뭔 상황인지 몰라 누구냐고 물어보려던 연서가 타는 듯한 목의 통증에 인상을 찌푸렸다.

목소리는 나오지 않고 그에 따라 통증만 심해지며 강한 갈증까지 따라왔다.

손이나 놓고 물이라도 주면 좋으련만 여인네들은 연신 눈물 훔치기에 여념이 없었다. 결국 버릇없는 행동임을 알면서도 억지로 빼어 낸 손으로 목을 잡았다. 그제야 무엇인가 이상함을 눈치챘는지 두 여인이 놀란 눈으로 연서를 보고 곧바로 뒤에 부복해 있는 나이 든 사내를 쳐다보았다.

"공주께서 왜 이러는 것이요?"

답답한 표정으로 목을 부여잡고 끙끙거리는 행동이 함부로 넘길 상황이 아님을 인식한 때문이리라.

"잠시만, 제가 보겠습니다."

여인의 다급한 표정을 보던 사내가 황급히 조아린 그 상태 그대로 연서에게 다가와 다시 손목을 잡더니 손끝을 대고 인상을 찌푸렸다.

"공주마마, 어디가 불편하시옵니까?"

누구더러 공주라고 하는지 모르겠지만 우선은 목의 통증과 답답함이 우선이었다. 말이 안 나오니 손짓과 표정으로 목이 아프다는 것과 물을 마시고 싶다는 뜻을 간신히 전했지만 제대로 전해졌는지는 알 수가 없었다.

"목이 아프십니까?"

알아들은 모양이었다. 반가움에 고개를 세차게 끄덕이다 현기증이 나 눈을 감는 연서를 보며 일순 사내의 표정에 이해가 서렸다.

"물이 자시고 싶으신 겁니까?"

다시 간신히 끄덕이는 고갯짓 때문에 가라앉으려던 현기증이 따라오려는 찰나, 투박한 그릇에 담겨 있는 물을 연서의 입가에 대어 주었다.

미지근한 온도지만 여태 살면서 처음 먹어 보는 것 같은 달콤한 물이 제 역할을 해 타는 듯한 목을 달래듯 흘러 들어온다. 그제야 조금은 진정이 되며 간신히 숨이 쉬어지는 것 같았다.

"무슨 일이요?"

"아마도 약의 후유증인 듯싶사옵니다. 당분간은 말씀하시기 어려우리라 사료되옵니다. 독한 약이 아니옵니까? 천천히 기다리시면 좋아지실 겁니다."

"말을…… 못 한단 말이오?"

"당분간이옵니다. 목의 상태가 나아지시면 다시 말문은 트이실 겁니다."

놀라는 중년의 부인을 달래듯 사내가 얼른 뒷말을 이어 붙였다.

"참이요? 그 말이 참이요?"

"네, 대부인 마님. 뉘 앞이라고 거짓을 고하리까."

대부인? 그건 또 무슨 호칭이래?

모르는 말뿐인데 자연스레 이들의 말을 알아듣고 있는 자신도 신기할 정도였다. 분명 어디서 들어 본 듯은 하지만 익숙한 말은 아니었다. 그럼에도 연서는 그들의 대화를 알아듣고 있었다. 마치 처음부터 그 말을 써 왔다는 듯이.

"그러면 되었소. 앞으로 좋아질 것이라면 무에 걱정이겠소."

사내의 말에 안심이 되었는지 가슴을 쓸어내린 대부인이라는 사람이 다시 연서를 애잔한 시선으로 바라보았다.

물 덕분인지 잦아든 통증 덕에 연서는 다시 한 번 고개를 돌려 주변을 둘러보았다.

아무리 봐도 모르는 곳이었다.

나무로 만든 딱딱한 침상도 그렇거니와 자신을 보고 있는 사람들의 옷차림도 처음 보는 것들이었다. 분명 한복에 가까워 보이는데 그렇다고 한복으로 보기에도 이상한 모양새가 어찌 보면 중국 무협드라마에 나오는 옷처럼 보이기도 한다.

대부인이라는 여자와 그 뒤에 조아리고 있는 여자의 옷차림은 치렁거리며 불편해 보였다. 머리 모양 역시 꼬인 실타래로 둘둘 말아 올린 듯 높으며 무게가 장난 아닌 것처럼 보인다. 저 머리 모양을 견디는 목이 신기할 정도였다.

사내의 행색도 별다르지 않았다. 머리에 눌러쓴 두건은 또 왜 그리 우스꽝스러운지.

텔레비전에 나오는 옷들은 예쁘기라도 하지. 초라해 보이는 색까지, 그럼에도 또 이상스레 자연스러워 보였다.

모든 물건이 투박해 보였다. 딱히 기교도 없었다. 멋도 없이 필요에 의해 만들어진, 그래서 더 우아해 보이는 물건들이 가득한 주변이 낯설고 이상해 정신이 없었다.

'꿈을 꾸는 거야. 난 지금 꿈을 꾸는 거야. 다시 눈을 감고 잠을 자 보자. 깨면 다 사라질 거야.'

어차피 늘 이상한 꿈을 꾸던 자신이 아니던가. 이런 꿈쯤이야 눈 뜨면 사라지리라 믿으며 연서는 다시 눈을 감았다.

시간이 지나 잠에서 깨면 현실로 돌아와 있으리라 믿으면서.

그렇게 믿고 깨어나 거울을 보고 다시 기함할 수밖에 없었다. 간신히 앉아 어지러움에 머리를 만지니 쪼르르 늙은 아주머니가 거울과 빗을 내밀었다.

참빗이라니. 이라도 잡으라는 걸까? 예전에 수녀님이 한동안 고아원에 이 때문에 난리가 났을 때 이런 빗으로 두피가 벗겨지는 고통을 주며 머리를 빗겨 준 적이 있어 기억하고 있는 빗. 지금 이것으로 머리를 빗으라는 건가?

수많은 생각 속에 눈에 들어온 얼굴. 저건 또 누구란 말인지. 혼란스러워 머리를 흔들던 연서가 가만히 빗을 내어 주고 거울을 치웠다.

어차피 지금은 말을 할 수도 없었다. 억지로라도 소리를 내 보려 하지만 숨소리밖에 나오지 않았다.

자야 해. 아직 꿈속인 거야. 뭐 이런 그지 같은 꿈을 꾸는지 몰라도 깰 때까지 자야 해.

너무나 황당한 일에 연서는 답을 내리고 다시 자리에 누워 눈을 감았다. 꿈에서 깰 때까지 자려는 모순조차 깨닫지 못하고.

◈

"아니 가 보십니까?"

곱게 틀어 올린 가체가 오후의 햇빛에 부딪쳐 찬란한 빛을 발하며 가냘픈 몸으로 흘러내려 몽환적인 아름다움을 뽐내는 여인이 정원에 한가로이 날아다니는 벌과 나비를 향해 시선을 주고 있는 사내의 곁으로 다가가며 나직이 물었다.

스치는 바람처럼 가벼운 음성. 그러면서도 묘하게 사람을 자극하는 한 톤 낮은 목소리가 너무도 잘 어울려 꽃을 향하던 나비조차도 멈칫하게 만들었다.

그러나 사내는 미동도 없었다.

훤칠한 사내는 장도(長刀)를 허리에 찬 채 도포 깃을 단정히 정리하고 곧은 시선으로 앞쪽을 향하고 있었지만, 미세한 어깨의 움직임이 여인의 음성을 들었음을 알려 주고 있었다.

"정신이 드셨다 하옵니다. 가 보셔야죠."

재촉도 아닌 그저 알고 있으라는 듯 무심한 음성에는 어떤 감정도 담겨 있지 않았다.

"깨어났으니 다행이지 않습니까. 그러면 된 것을."

여인의 재촉 아닌 재촉에도 사내는 덤덤했다.

"그래도 공주마마는 서방님의 안해이십니다. 그러니 가 보셔야죠."

서방님. 아내가 남편을 부르는 말. 그러나 그 말은 형수가 시동생을 부를 때 쓰이는 말이기도 했다. 물론 이 여인의 음성에 담긴 애정은 전자처럼 들린다.

"부인이라."

무심한 어조. 한 치의 애정도 담기지 않은 그저 남을 지칭하는 말인 듯 건조한 말투에 여인의 얼굴에 미묘한 미소가 떠올랐다.

"그래, 다녀는 오셨습니까?"

"이제 가 보려 합니다. 눈을 뜨셨다고는 들었으나 상태를 모르니 가 봬야지요."

"그럼 다녀오셔서 전해 주시지요."

여전히 미동도 없이 등만 보이는 사내임에도 여인은 하등 상관이 없는 모양이었다. 말속에는 걱정이 담겨 있는 듯했지만 표정에는 도리어 안도가 담겨 있었다.

"아마도 찾으실 것입니다. 뭐라 전해 드릴까요?"

"다행이라고 하면 알아들으실 것입니다."

다행이라. 사경을 헤매던 부인이 깨어났다는데 남편이라는 사람은 무덤덤한 모습으로 다행이라는 말만 하고 있었지만 두 사람 모두 특별히 생각하는 것 같지는 않았다.

"왜 그런 선택까지 해야 하셨는지 모르겠습니다. 그래도 서방님 말씀대로 다행이지요. 살아나셨으니."

정말 다행이라는 것인지는 알 수 없었다. 말투나 행동에 문제가 없음에도 여인의 행동에는 묘하게 사람을 거슬리게 하는 기운이 묻어났다.

더구나 두 남녀에게서 흐르는 기운도 실망이라고 표현하기에는 애매한 답답함이 어려 있었다.

"형님은 언제 오신다던가요?"

지금 막 생각났다는 듯 사내가 물어오자 그제야 여인의 미간이 흐려졌다.

"곧 당도하신다 들었습니다."

"그럼 형수님도 준비를 하셔야겠습니다. 그럼 전 이만 일이 있어 물러가겠습니다."

형수님. 사내의 입에서 자연스럽게 흘러나오는 단어에 여인의 어깨가 흠칫했다. 작은 고갯짓으로 인사를 건네고 사라지는 사내

23

는 마지막에 흘낏 자신을 바라볼 뿐 어떤 표정도 보이지 않았다. 그래서 가슴이 아려 온다.

저 사내의 곁에 형수라는 이름으로 서 있는 스스로가 얼마나 저주스러운지 알고나 있을지. 그런데 무엇이 억울해 스스로 목숨을 끊는단 말인가. 끊으려 했다면 정말 죽든지. 죽지도 않고 살아나 그 얼굴을 봐야 한다는 생각만으로도 욕지기가 치밀어 올랐다.

자신과는 달리 너무 많이 가진 여인이었다. 한 나라의 공주라는 신분으로 자신이 가장 원하는 사내를 차지한 여자는 욕심이 넘쳐 오로지 그 사내를 혼자 차지하려 기를 쓰다 결국 그 선택을 하였으리라.

저 사내를 너무도 모르는 여자 때문에 여인은 입술을 자근자근 깨물고 있었다.

미웠다. 그녀 자신이 죽으려 하지 않았다면 자신이 나서서 대신 죽여주고 싶을 정도로.

그러나 어차피 엎질러진 물이었다. 그와의 인연이 이게 다임을 자각하고 있다지만 사람 마음이 어디 그리 쉽게 정리가 되던가.

마음을 다잡고 발걸음을 떼던 여인이 다시 한 번 마음을 모두 가져간 사내를 뒤돌아보았다.

간단히 머리끈으로 묶어 내린 긴 머리를 바람이 스치듯 간질인다. 그 바람마저도 시기하고 있는 자신을 비웃으며 떼어 놓는 발걸음이 무겁기만 했다.

낮은 음성으로 마음을 담아 부르던 인해라는 이름을 그에게 들을 수만 있다면 어떤 일이라도 할 수 있으련만. 너무 멀어진 그와의 거리가 같이 있음에도 천 리 길 낭떠러지를 두고 보는 듯 서럽기만 했다.

저절로 흐르는 눈물을 감추려 손 마디마디에 붉은 핏줄이 서고 눈가가 아파와 인해라는 이름을 가진 여인은 푸르디푸른 하늘을 올려다보며 넘치는 마음을 다잡고 있었다.

2.

연서와 하연

너였니? 계속 내 꿈에 나타난 사람이 너였어?

그래, 나였어. 이제야 우리 보는구나.

그럼 이제 내 꿈에 안 나타나는 거야?

글쎄, 모르겠어.

왜 내 꿈이야? 넌 누구지?

나도 몰라. 어느 날 네가 보였어.

그게 다야?

응, 네가 보이더니 너라면 내 말을 들어 줄 것 같았어. 넌 그동
안 내내 나였으면서 또 너였어.

무슨 소리야?

정말 미안해. 하지만 내 뜻은 아니었어. 정말 내 뜻은 아니었
어.

무슨 소리야? 알아듣게 말을 해.

다음 생에는 많은 사랑 받는 아이로 태어나고 싶어. 다음 생이 있다면 말이야. 넌 나랑 달라. 강한 사람이니까 잘 할 수 있을 거야.

이제 안녕, 잘 있어. 그리고 고마웠어. 내 삶에 적어도 네가 있어 외롭지 않았어.

너에게만큼은 다 말할 수 있어서 좋았어. 고마워. 정말 고마워. 그리고 미안해. 안녕. 안녕. 안녕…….

잠시만. 잠깐만 기다려.

처음으로 만난 꿈속의 사람이었다. 그 사람은 아주 예뻤다. 반올림 머리 아래로 긴 머리가 갸름한 얼굴을 돋보이게 하고, 눈에 익지 않은 눈처럼 흰 소복이 잘 어울리는 여인이었다. 슬프게 웃는 미소마저도 너무나 예쁜 여인이었다.

처음 보는 얼굴이었다. 그런데 묘하게 익숙하게 알고 있었던 사람처럼 느껴져 당황스럽다.

그 와중에 자꾸만 미안하다고 말하는 하연의 목소리가 연서를 당혹스럽게 하고 있었다.

하연. 그래 저 여자의 이름은 하연이었다.

어떻게 아는지 몰랐다. 스스로 이름을 밝힌 적도 없었다. 그럼에도 머릿속에 떠오르는 이름, 하연. 그리고 밀물처럼 밀려오는 하연의 기억들.

한 나라의 공주로 태어났지만 왕의 지나가는 바람기로 태어난 아이. 어미가 궁 안의 천한 무수리였기에 공주라지만 대접도 못 받고 자란 아이.

그 아이가 마음에 둔 사람을 처음 만났던 기억도 마치 자신의 기억처럼 떠올랐다.

일찍 어미를 잃고 외진 궁 안에서 외로이 자란 아이 앞에 나타 난 사내아이.

아이라고 하기엔 조금 나이가 있다지만, 어쨌든 사내아이는 당 당한 모습으로 제 아버지 옆에 서 있었다.

명망 있는 대사헌의 둘째 아들이라 했다. 넘어져 울지도 못하 고 무릎을 부여잡고 앉아 있는 그녀를 어렵지 않게 안아 일으켜 세워 주던 소년.

"조심해야지."

단 한 마디. 그리고 위로하듯 보이던 그 미소가 외로운 궁 안에 서 그녀를 밝혀 주는 횃불이 되었음을 모르리라.

대놓고 무시하지는 않더라도 그녀의 유모 이외에는 따뜻한 말 한마디 건네는 사람 없던 그곳에서 처음으로 다정한 말을 들었다.

그래서 눈물이 흘렀나 보다.

어린아이의 눈물에 어쩔 줄 모르며 달래지도 못하고 어정쩡히 서 있던 소년이 제 아버지를 구원의 눈으로 바라보는 순간 대사 헌이 웃으며 하연을 달래 주었다.

"이런 공주님께서 많이 놀라신 모양이십니다. 이제 옥루를 그

치세요. 예쁜 얼굴이 가려지지 않습니까?"

공주라는 말에 얼어 버린 소년이 부동자세를 취하는 모습에 살포시 웃음이 나왔다. 있으나 마나 한 공주라는 말이 그래도 소년에게는 통하는 모양이었다.

첫 만남을 시작으로 쏟아지는 기억들을 연서가 울며 웃으며 가슴에, 그리고 머리에 가득 담아 저장하고 있었다.

짧다면 짧은 시간들 속에 하연의 슬픔과 사랑과 아픔이 마치 이어진 전선에 전기가 통하듯 연서에게 전해지고 있었다.

전쟁에 이기고 온 그에게 포상으로 내려진 것이 자신이라는 것을 알고 놀라던 그날도.

그리고 환희와 기쁨으로 얼굴을 붉혔던 시간들.

곧 그 시간이 처절한 외로움의 시간으로 바뀔 줄도 모르고 설레던 나날들.

사랑하는 이를 쳐다만 보아야 하는 고통 속에 자신으로 인해 괴로워하는 이가 자신이 목숨보다 더 사랑한 이라는 것을 깨닫던 날의 슬픔.

자신의 것도 아닌 감정 때문에 연서가 울고 있었다. 그 감정에 동조한 것이 아님에도 마치 자신이 느끼는 것처럼 슬픔이 짓눌러와 숨쉬기도 괴로울 정도였다.

외로움에 말라 죽어 가는 작은 꽃송이처럼 하연은 시들어 가고 있었다.

그리고 마지막으로 슬픈 미소를 지으며 그림처럼 앉아 조용히 차를 마시던 하연의 모습을 작은 경대가 비춰 주고 있었다. 그리고 경대의 작은 거울에 비친 얼굴은 연서가 보았던 하연의 얼굴과 똑같았다.

"마마, 공주마마!"

다급한 목소리에 정신을 차린 연서가 눈을 뜨자 뜨거운 눈물이 볼을 따라 흐르고 있었다.

또 꿈을 꾸었다. 너무 생생한 꿈에 아직도 정신을 차리기 힘들었지만 그게 꿈이라는 걸 자각할 만큼 오랜 시간 겪었던 일이었다. 그러나 아직도 연서는 꿈을 꾸고 있는 모양이었다.

눈을 뜨면 현실의 자신으로 돌아가 적어도 낯선 곳일지라도 익숙한 곳에 있을 거라고 믿었던 자신이 바보같이 느껴질 정도로 변한 것이 없었다. 잠이 든 장소 그대로 또 그 사람들이 있는 곳이었다.

도대체.

기가 막혀 어차피 나오지도 않을 목소리로 신음을 흘리고 있을 때 눈물이 그렁한 여인이 연서를 부르고 있었다.

처음 보는 얼굴, 그러나 누군지 이제는 아는 얼굴.

하연의 유모였다.

처음 사람을 인지하는 그 순간부터 하연을 제 딸처럼 챙기고 받아 주던 사람. 하연의 유모가 연서를 보며 눈물을 흘리고 있었다.

왜?

모든 의문을 해소할 방법이 없었다. 답답한 마음에 손을 목으로 가져가려는데 도대체 힘이 들어가질 않았다.

"답답하시죠? 조금 참으시면 목소리는 돌아올 것이라 했습니다. 어찌 그리 모진 선택을 하셨습니까? 이 늙은이는 조금도 생각나지 않더이까?"

눈물 반, 울음 반의 원망에 연서의 눈이 가늘어졌다. 무슨 소리인지 알아들을 수도, 그렇다고 시원하게 물을 수도 없는 상황이 아니던가.

여기는 어딘지. 꿈속에서 본 사람이 왜 눈앞에 있는지도 알 수가 없었다.

"깨어나셨느냐?"

혼란스런 눈으로 유모의 얼굴을 보던 연서가 낮은 음성에 천천히 고개를 돌렸다.

저 사내였다. 하연이 그토록 사랑하던 사내. 그래서 더한 외로움에 떨게 만들었던 사내. 처음 보는 얼굴이었다. 그럼에도 연서는 알고 있었다.

차가운 눈동자. 아무 감정도 없는 눈빛. 하연을 바라보고 있음에도 마치 아무것도 보고 있지 않는 듯한 눈빛.

여전히 그 눈빛으로 연서를 향하는 사내를 보는 순간, 하연의 감정이 전해지며 화가 치밀어 올랐다.

아무리 목석이라도 그토록 자신을 좋아하는 누군가가 있다면, 또한 아무리 강요에 의한 원하지 않는 결혼이라도 자신의 와이프라면 돌아보는 것이 옳았다.

차라리 미워하기라도 하면 사람으로 대한다 느끼겠지만, 없는 사람 대접하는 것이 얼마나 사람을 미치게 하는지 연서는 알고 있었다.

어떤 틈도 주지 않고 다가오지도, 멀리 가지도 못하게 잡아 두고 하루하루 고문하던 그 사내가 눈앞에 서 있었다.

결국 치밀어 오르는 화에 어디서 그런 힘이 나온 것일까? 머리맡에 놓아둔 물그릇이 그대로 날아가 그를 향했다.

저런, 반사 신경도 좋은 인간.

그러나 연서의 의지와 달리 날아간 그릇은 그의 손에 있었다. 위로라면 물만큼은 잡아 내지 못했는지 얼굴 여기저기, 그리고 옷 여기저기 튀어 흔적을 남겼다.

뜻밖의 행동에 연서도 놀랐지만 당한 사내의 눈에도 처음으로 놀라움이라는 감정이 떠올랐다.

"공주마마!"

당황한 것은 연서와 사내만은 아닌 듯했다. 하연의 유모가 놀라 새된 음성으로 하연을 부르고 있었다.

"무슨 짓이오."

몰라서 묻니?

목소리가 안 나와 속으로 대답한 연서가 휙 고개를 돌리고는 이불 속에 숨어 사내를 외면했다. 쳐다보기도 싫은 인간이었다.

모진 인간. 아무리 싫어도 사람을 그렇게 대하면 안 되는 거야. 왕따라니.

가뜩이나 외롭게 자란 애를 그렇게 왕따를 시키고 외면하는 게 아니라는 거다.

하고 싶은 말이 많았다. 하연을 대신해 따지고 싶었지만 잠깐의 행동에 지친 몸뚱어리와 입을 벌려야 색색거리는 숨소리만 나오는 목청으로 할 수 있는 일이 없었다.

생긴 거야 멀쩡했다.

하지만 그 어색한 옷차림이라니. 뭔 머리는 그리도 긴지.

허리춤에 닿을 정도로 긴 머리를 댕강 묶은 품새가 영 어색했다.

지가 무슨 무협에 나오는 무사라도 되는 듯이.

거기까지 생각이 미치자 연서는 몽둥이로 뒤통수를 맞은 듯 아찔해지며 현실이 다가왔다.

눈을 뜬 그 순간부터 모든 것이 이상했다.

여기가 어딘지 도무지 알 수가 없었다.

"죄송합니다. 나리 마님. 마마가 아직 정신을 차린 것이 아닌지라. 제정신으로 하신 행동은 아니실 겁니다. 용서해 주십시오."

유모의 다급히 무마하려는 음성을 들으며 연서는 또 깨닫고 있었다.

유모의 말을 다 알아듣고 있다지만 사투리가 심한 시골말을 듣는 듯 어색하다.

분명 한국말인데 어딘가 묘하게 다르고 발음이 이상했다. 그걸 무리 없이 소화하는 자신이 이상할 정도로.

도대체 자신이 어디에 있는 건지 알 수가 없어 연서가 급하게 몸을 일으켰다.

정신을 다잡으며 아직도 믿어지지 않는 눈으로 자신을 향하는 사내와 고개를 조아리며 어쩔 줄 모르는 유모를 바라보았다.

여기가 어디죠?

"뭐라는 거요?"

생긴 것 같지 않게 속도 좁은 성격인 모양이었다. 그릇이야 피했으니 다친 곳도 없을 테고 물 좀 맞았다고 저토록 사람 잡아먹을 표정이라니. 목소리에도 얼음이 깔린 듯 차갑게 들린다.

"네?"

놀란 유모가 눈을 동그랗게 뜨고 되묻자 시선도 돌리지 않는 사내가 연서를 향해 눈을 부라렸다.

나도 말하고 싶다고, 인간아.

답답한 것은 연서가 더했다. 갑자기 밀려드는 두려움을 억지로 구겨 삼키며 연서가 천천히 입을 벌려 다시 물었다. 물론 목소리는 나오지 않았지만 입 모양으로 제발 알아듣기를 바라며.

여기가 어디냐고요.

"붕어도 아니면서 왜 입만 뻐끔거리는 거요?"

저 인간이. 당장이라도 사람을 눈빛만으로 잡아 족칠 듯 바라보는 사내를 보니 상대해 봐야 소용이 없어 보였다.

뭘 잘했다고 지가 난리래.

기가 차 고개를 젓던 연서가 힘없이 유모를 향했다. 제발 저 여인이라도 알아듣기를.

여기가 어디죠?

"뭐라고 하신 겁니까? 마마."

역시나. 무리였던 모양이다.

"나리, 마마께서 약의 후유증으로 지금은 목소리를 못 내십니다. 그러니 이해해 주세요. 많이 당황스러울 것입니다. 노여움을 푸세요."

"약의 후유증치고는 꽤 불쾌한 반응이 나오는군. 말문이 막혔다니 그럼 말문이 트이면 그때 다시 보도록 하지."

죽일 듯 노려보는 눈을 마주해 지지 않고 노려보던 연서가 이제 시선을 유모에게 고정시켰다.

나쁜 인간.

생김새만 번드르르해서 여러 여자 울리고 다닐 상이었다. 원래 남자들 머리 긴 것을 싫어했던 연서였다. 더구나 록 하는 사람도 아닌데 허리까지 긴 머리라니.

여자가 봐도 울고 지나갈 정도로 매끄러운 머릿결까지 자랑하고 있었다. 굵은 일굴선과 어울리지 않는 머리 모양. 그 옷차림까지 어느 한 구석 마음에 차는 구석이 없었다.

도대체 하연은 그 사내의 어디를 좋아한 것일까?

부드러움이라고는 눈 씻고 찾아보려야 볼 수 없는 인간이 아니던가. 마초같이 남자는 남자라는 인식이 온몸에 배어 있는, 권위의식에 절어 있는 인간으로 보였다.

반듯한 눈썹 아래 강인한 눈이 번뜩였다. 사람을 오금 저리게하는 눈빛이라는 말이 저런 눈을 보고 말하는 것은 아닌가 싶었다.

잘생겼다는 생각보다 무섭다는 마음이 먼저 생겼다. 어차피 오래 볼 사람도 아니니 이쯤에서 신경 끄자 싶은 연서가 당장의 상황에 집중했다.

자신이 어디에 있는지부터 알아야 했다. 아까부터 자신을 향해 공주라고 부르는 하연의 유모를 보며 더욱 마음이 급해졌다.

공주라니. 왜 자신을 그렇게 부르는지 알 수가 없었다.

"마마, 어찌 그런 짓을. 쇤네 명줄이 줄어드는 줄 알았습니다요."

힘없이 앉아 있는 연서가 안타까운지 유모가 그 사내가 나가자 냉큼 연서를 눕혔다. 궁금한 것이 많아 눕고 싶지 않았지만 이미기운을 다 써 버린 몸이 기다렸다는 듯 자리에 푹 꺼지듯 누워 버렸다.

어디?

간신히 기운을 뽑아 같은 말을 묻고 있었다.

"어……디냐고요?"

아, 감사합니다. 알아들은 모양이었다. 급하게 고개를 끄덕이는 연서를 향해 딱하다는 시선이 따라왔다.

"어디긴요. 마마의 처소지요. 왜 그런 짓을……."

뭔 말을 하기도 전에 하연의 유모는 다시 옷고름으로 눈가를 닦고 있었다.

마마의 처소? 이건 또 무슨 소리인지. 도무지 알 수 없는 사람들. 그리고 말들. 혼란스러워진 연서가 더 묻고 싶었지만 더 이상은 무리였다.

저절로 감기는 눈을 어쩌지 못하고 또 깊은 잠속으로 끌려 들어가는 연서의 머릿속이 다른 때와는 비교도 할 수 없을 만큼 복잡해져 있었다.

공주의 처소를 나오는 세현의 발걸음이 무거웠다. 그나마 부부라는 연을 맺고 있는 사람이기에 나선 길이었다. 그런데 눈을 뜨자마자 물벼락이라니.

공주가 저런 성격이었던가?

눈조차 마주치지 못하고 웅크리고 있던 사람이 공주였다. 부모님과 황제의 명령으로 맺어진 인연이 반가울 리 없었다.

딱히 싫은 것은 아니었다. 그러나 그 흐린 분위기가 마음에 들지 않았다. 움츠린 어깨가 불편하게 만들었다. 공주를 보면 여자로 느껴지지도 않았다.

무미건조한 마음. 싫은 것도 그렇다고 좋은 것도 아닌 무색무

미의 감정만 있을 뿐이었다.

공주가 어찌 자랐는지도 알고 있었다. 여색이 취미인 황제의 노리개였던 천한 궁인의 몸에서 난 존재. 그래서 궁에서도 내놓은 공주라는 말은 익히 알고 있었다.

전쟁터에서 살아온 공으로 내려지는 하사품으로 쓰일 정도로 형편없는 대우를 받았던 존재이기도 했다.

하물며 황제는 공주 이외에 다른 부인을 둘 수 없는 부마의 위치에 있는 자신에게 특별히 허락한다며 첩을 둘 수 있다는 교지까지 내리지 않았던가.

황제로서의 자애로움을 보이는 방법치고는 대단히 악랄하다는 말이 어울렸다. 더구나 아버지라는 사람이 할 소리는 아니었다.

교서의 내용을 보고 사색이 되셨던 아버지를 기억한다. 매사 순리대로, 이치대로 움직이시는 분이 그런 교지를 받았다고 용인할 리도 없었지만 딱히 다른 이를 첩으로 둘 생각도 없었다.

그가 처음으로 원하던 이와의 인연도 어그러진 마당에 그 누구라도 상관이 없었다.

그렇듯 황제에게 빈궁공주는 안중에도 없었다. 궁에는 이미 수많은 미인들과 황제의 총애를 다투는 비, 빈들이 넘치고 있었다. 하룻밤의 장난으로 품은 천한 궁인의 자식을 제대로 인정할 황제가 아니었다.

그 처지를 생각하면 불쌍하나 딱, 거기까지였다.

존재조차 잊고 지냈다 하나 부인이었다. 그런 존재가 죽으려고 약을 먹었다는 소식에 놀란 것은 사실이지만 그뿐이었다. 그 마음을 헤아릴 세현이 아니었다.

더구나 공주가 아니던가. 아무리 인정 못 받은 공주라 하나 그 신분이 있음에 자결이라니 말도 안 되는 선택이었다.

그나마 그것도 성공하지 못하고 살아나 집안을 들썩이게 만들어 신경을 건드리더니, 어제는 어머니까지 오셔서 찾아가 보지도 않는다며 닦달을 하시는 통에 나선 길이었다.

그런데 처음 보는 공주의 행동에 당황해야 했다. 약이 독해 돌기라도 한 것일까?

그녀를 만나고 처음으로 자신을 똑바로 쳐다보는 눈매가 매서웠다. 그녀가 그런 얼굴을 했었는지 기억에도 없었다. 크고 맑은 눈동자가 마치 모두 세현의 탓이라는 듯 노려보고 있었다.

누구의 탓을 하자면 모두 황제의 탓이었다. 그녀가 공주로 태어난 것이 그 처음이었고, 자신이 명망 있는 대사헌의 둘째라는 것이 두 번째였다. 처음부터 선택이라는 것도 없었다.

그래서 자신도 이 지옥 같은 현실을 살고 있는 것이 아니던가.

감히 누구를 탓하고 있는가?

원망 가득한 공주의 눈빛을 떠올린 세현이 주먹을 쥐다 아직도 날아온 그릇을 버리지 않고 들고 있음을 깨달았다. 반사적으로 날아오는 물건을 쥐고는 황당함에 버리지도 않은 모양이었다.

마치 화풀이를 하듯 던져진 질그릇이 형체도 없이 부서지는 모습을 날카로운 눈으로 응시하던 세현이 긴 장옷이 거치적거리기라도 하듯 걷어 올리며 자신의 처소로 발걸음을 옮겼다.

그나마 오랜 시간 피양을 갔던 형님이 오신다니 옷매무새를 가다듬고 마중을 나가야 할 참이었다.

3.

바뀌었다!

하!

거울에 비친 모습에 연서가 말을 잊었다. 누워만 있던 시간이 얼마나 흘렀는지 알 수 없지만 점차 기운이 나 오늘은 무리해 일어나 앉은 참이었다.

꾀죄죄한 모습이 마음에 안 들었는지 하연의 유모가 기운 차린 연서를 씻기며 방긋거리고 있었다.

머리까지 다 감겨 주는 손길에 당황스러웠지만 오랜 시간 제대로 씻지 못해 근질거리는 느낌이 싫었던 차에 잘 되었다 싶어 되는대로 맡겨 놓았다.

꽤 오랜 시간 앓았던 모양이었다. 그사이 하연은 한 번도 꿈에 나타나지 않았다.

그저 눈 뜨고 무언가 먹고 다시 눈 감고 하던 시간들이어서 아예 감각이 마비된 듯 얼마나 시간이 흘렀는지 감도 잡히지 않았다.

점차 현실감각이 돌아오고 머릿속이 복잡해지고 있었다. 방세는 어찌 되었는지, 알바 자리는 잘리지나 않았는지, 이번에 복학하려면 서류도 준비해야 하는데 등등등.

하루라도 빨리 일어나 움직여야 했다. 알 수 없는 이런 곳에서 머뭇거릴 여유 따위는 애초에 없었다.

그러다 머리를 빗기려 하연의 유모가 가져온 경대의 거울을 보는 순간, 연서가 숨 막히는 비명을 삼켜야 했다.

거울 속에 비쳐진 모습은 연서가 아니었다. 손을 올려 눈, 코, 입을 만지는 행동은 같지만 그 얼굴은 달랐다. 누구란 말인가? 그리고 떠오르는 기억.

눈을 뜰 때마다 꿈이라고 생각했다. 거울에 비친 여자가 자신이 아닌 하연이었다는 것을 떠올리며 그것도 꿈이라고, 것도 아니면 정신없어 그렇게 하연을 떠올린 것이라고 생각했었다. 믿을 수 없는 상황에 모든 것을 꿈이라 치부해 버렸다.

꿈이…… 아니었어.

처음으로 거울의 얼굴이 현실로 다가오며 두려움을 넘은 공포가 연서를 짓누르고 있었다.

지금이라도 쓰러질 듯 연약한 인상의 여자는 놀람이 확실한 눈빛으로 연서를 바라보고 있었다.

혹시 귀신에라도 홀린 것일까? 공포 영화에서 나오는 거울에 비친 귀신이라는 것을 지금 자신이 보고 있는 것은 아닐까?

처음 눈 뜨고 놀랐던 그때 일이 꿈이 아니었었나 보다. 그 후로 처음 보는 거울 속의 자신이었다. 있을 수 없는 일에 당연히 꿈이라 믿고 외면하고 있었다.

사실 믿고 싶지 않았다는 말이 더 옳았다. 어떻게 다른 얼굴을 보며 자신이라고 느낀단 말인가. 미치지 않고서야.

"누……구?"

너무 놀라서였는지 아니면 시간이 그만큼 흘러 몸이 좋아졌는지 그동안 막혀 있던 목소리마저 터져 나왔다. 개구리 울음소리처럼 듣기 껄끄럽지만 분명 이제 말문이 트이고 있었다.

"아이고, 공주님, 말문이, 목소리가……."

혼잣말은 아닌 모양이었다. 연서의 목소리를 듣고 반가움에 머리를 빗기던 빗마저도 떨어뜨리고 하연의 유모가 다시 눈가를 찍어 내고 있었다.

그러나 지금 그게 급한 일이 아니었다.

"누구죠? 이 사람?"

설마 자신에게만 보이는 것은 아니리라.

"아이고, 공주님. 이제는 다 되었습니다. 이제는 정말 다 되었습니다. 대자대비하신 부처님 감사합니다. 우리 공주님께서 정말 나으셨습니다. 이 늙은이 더는 소원이 없사옵니다."

부처님을 찾을 상황이 아니었다. 정신없이 손을 모으고 조아리는 하연의 유모를 보며 답답함에 연서가 목소리를 높였다. 안 쓰던 목이라 그런지 몇 마디 내뱉는 것도 고역이었다.

입이 깔깔하고 목이 아파 온다.

"제 말 안 들려요? 이 사람 누구냐고요."

"네? 누구라니요?"

이제야 연서의 말을 들은 모양이었다. 황급히 다가와 연서가 가리키는 거울을 보며 유모가 놀란 눈을 한다.

"이 사람 말이에요. 저기 거울에 비친."

한 손은 목을 부여잡고 한 손으로 거울을 가리키는 연서의 행동에 유모의 얼굴에 당황스러움이 깔렸다.

"공주님, 왜 그러세요. 공주님이시잖아요."

이게 무슨……

거울에 비친 사람이 나라면 연서는 어디 있단 말인가? 한연서라는 인간은 어디로 사라진 건지. 분명 자신이 있음에도 거울에 비치는 사람은 연서가 아니었다.

공주님!

유모가 공주님이라고 부를 사람은 딱 한 사람이었다.

하연. 빈궁공주 하연.

이걸 말이라고.

순간 놀란 연서가 거울을 닫았다가 재빨리 열어 다시 확인했지만 여전히 거울에 비춰지는 건 하연이었다.

얼마 전 꿈에서 보았던 여인. 꿈속에 너무 선명히 보였던 하연을 떠올리며 거울을 응시했다.

마치 꿈을 꾸고 있는 듯 꿈속의 사람이 보인다. 연서만큼이나 놀랐는지 떨리는 눈동자와 벌어진 입을 하고서.

꿈속에만 있는 존재가 현실로 눈앞에 나타났다. 그것만으로도 기함할 일인데 그 여자가 자신이라는 것을 어떻게 받아들일 수 있을까?

"내가…… 미쳤나 봐."

자신의 것이 아닌 기억을 가진 채 자신이 아닌 여자를 보며 자신이라고 느끼는 현상.

이건 따로 말할 필요도 없었다. 미친 거였다.

조금 더 일찍 정신과를 찾아야 했다. 어쩌면 정신과에서 발병을 해서 지금 자신은 정신병원 있는지도 모를 일이었다.

"정말 이 여자가 나…… 란 말이에요? 정말?"

"왜 이러세요, 공주님. 대체 무슨 말씀을 하시는 거예요?"

놀라 당황하기는 하연의 유모도 마찬가지였다. 눈을 뜨고 이제 말문이 트여 한숨 돌리려는 찰나였다. 그런데 공주님의 행동이 이상했다.

처음 눈을 뜨고 두리번거리는 눈빛이 걸리긴 했지만 그저 약에 의한 후유증이려니 했다. 살아나신 것만 해도 천운이었다.

"공주님, 공주님! 제발 정신 차리세요. 이대로 정신 놓으시면 안 되십니다."

유모가 애원하는 말을 귓등으로 들으며 연서는 놀란 눈을 깜박이지도 못한 채 거울 속의 여자를 응시하고 있었다.

거울 속의 여자도 놀라 커다래진 눈으로 그녀를 응시하고 있었다. 결국 거울을 닫아 그 여자의 모습을 치워 버린 연서가 깊은 숨을 내쉬며 스스로를 조율했다.

미치면 안 된다. 누구보다 자신은 미치면 안 된다. 누구 하나 의지할 사람 없는 신세가 아니던가?

이렇게 미쳐 정신병원에서 헛소리나 하며 살 수는 없었다. 그러기엔 그 시간들이 너무 아까웠다. 어떻게 살아왔는데.

순간순간 이를 악물며 살아왔다. 고아라는 타이틀 때문에 당하던 억울한 일들. 무시당하던 기억들. 누구 하나 편들어 주는 사람도 없이 거친 세상을 정면으로 마주하며 살아왔다.

태어나 탯줄도 안 떨어진 신생아를 얼어 죽으라고 칼바람 부는 연못가에 버린 부모라는 인간을 찾아 자신들이 얼마나 천벌 받을 짓을 한 것인지 알려 주고 싶었던 연서였다. 그래서 더 기를 쓰고 열심히 살았다. 당신들이 버린 아이가 이만큼 잘 자라 당신들에게 죗값을 받으러 왔다고 외치고 싶었다.

그런데 미치다니. 말도 안 되는 일이었다. 억울해 절대 미칠 수 없었다.

가빠 오는 숨을 고르며 연서가 눈을 감고 처음부터 따지기 시작했다.

처음 눈을 뜬 순간 보인 낯선 환경들. 거울에 비쳤던 낯선 여자. 그리고 자신을 향해 공주라고 부르던 사람들. 꿈속의 대화와 밀려오는 기억들. 자신의 것이 아닌 기억 속에 혼란스러웠던 감정들.

꿈이 아니라면?

이게 현실이라면?

순간적으로 떠오르는 생각에 연서가 세차게 고개를 저었다. 그건 자신이 미치는 것보다 황당한 일이었다. 영혼이 바뀌는 일이 실제로 있다는 말은 들어 보았지만 그게 현실이라고 생각해 본 적은 단 한 번도 없었다. 그런 일은 소설이나 영화에서나 가능한 일이었다.

즉, 공상이라면 모를까 현실에서는 불가능한 일이었다.

가끔 귀신에 씐 사람이 나오는 프로그램을 본 적도 있었지만 그건 어디까지나 그 자신의 몸에 다른 존재가 껴들어 왔을 때의 이야기였다.

만약 그런 상황이라면 자신이 죽어 다른 사람의 몸속에 기어 들어왔다는 말인데, 그건 더 끔찍했다.

생각만으로도 기함할 일들이 벌어지고 있었다. 살면서 상상도 못 해 본 일들이 아니던가. 우선은 확인할 필요가 있었다.

정말 자신의 몸이 바뀐 것인지. 만약 그런 것이라면 여긴 어딘지. 몸은 어디로 간 것인지. 그럼 하연은 또 어디에 있는지.

살며시 눈을 뜬 연서가 찬찬히 스스로를 살펴보기 시작했다. 몸을 일으키니 유모가 마치 기다렸다는 듯 득달같이 다가왔다.

이건 감시인이나 진배없었다. 하루도 거르지 않고 아예 껌딱지마냥 연서의 옆에 붙어 떠날 줄을 몰랐다.

그럼에도 그녀를 보고 동동거리며 걱정하는 유모가 싫지 않았다. 살아오는 내내 그런 눈으로 자신을 돌봐 준 사람이 없었기에 적어도 저런 눈빛을 한 사람을 걱정시키고 싶지는 않았다.

"괜찮아요. 잠시 생각할 게 있어서. 나, 물이 마시고 싶은데."

차분한 음성에 유모의 얼굴이 밝아졌다. 그동안의 근심이 가신 듯 생각보다 더 젊어 보였다.

"그럼요, 괜찮아야지요. 얼마나 걱정을 했던지. 물이라고요? 여기."

"그거 말고 아주 시원한 물로."

"네? 네. 금방 떠 올게요. 잠시만 계세요."

버릇처럼 눈물을 옷고름으로 닦아 내며 유모가 황급히 방을 나서자 연서가 일어나 앉아 스스로를 더듬었다.

우선 머리카락. 이 정도 길이면 적어도 십 년은 넘게 길러야 한다. 설마 자신이 그동안 잠들어 있었다는 것도 말이 안 된다. 무슨 잠자는 공주도 아니고.

확실히 알아보기 위해 천천히 속치마를 올려 배를 확인하는 순간, 연서가 눈을 비볐다. 다시 비빈 눈을 깜박여 시선을 모으고 바라보았다.

없었다. 연서가 가장 싫어하는 콤플렉스이면서도 감추기 쉬운 곳에 있었던 커다란 빨간 반점이 없었다.

배꼽을 기준으로 그 둘레로 빨갛게 새겨져 있던 점은 언뜻 보면 대한민국 지도처럼 보이기도 했었다. 그런데 그 점은 없고 백옥처럼 새하얀 피부만 보였다.

그럼 이 육체의 주인은 연서가 아니라는 말이었다. 혹시나 팔을 꼬집어보니 찌르르 통증이 밀려온다. 더불어 꼬집은 자리가 금방 빨갛게 부풀어 올랐다.

하얀 피부도 연서에게는 없었다. 이런 피부라면 조금만 햇볕에 나가도 빨간 통구이가 되리라.

연서의 피부는 건강한 갈색이었다. 그래서 햇빛에 나가도 걱정 없이 돌아다닐 수 있었다.

손도, 발도 모두 달랐다. 그럼에도 감각은 느낌 그대로 전해진다.

바뀌었다. 육체는 연서의 것이 아닌데 분명 연서의 것처럼 반응하고 있었다.

그럼 자신은 죽었다는 말일까? 아니면 꿈? 그러기엔 통증이 너무 확실했다.

아무리 꼬집어도 부풀어 오르는 빨간 흔적과 더불어 통증만 남았다. 전혀 다른 변화는 없었다. 이 상황을 어떻게 받아들여야 하는지 알 수가 없었다.

인정도, 그렇다고 아니라고 믿을 수도 없는 기괴한 상황.

"정신을 차려야 해. 한연서. 정신 놓으면 안 된다."

미칠 수는 없었다.

자신이 들어와 있는 육체가 하연의 것이라면 분명 하연은 연서의 육체에 갇혀 있을 터였다. 바뀌었다. 꿈속에 나타나던 그 존재와 연서가 자리를 바꿔 눈을 떠 버렸다.

이 인간은 왜 또 와서 저리 보고 있는 거야? 눈싸움이라도 하자는 거냐? 가뜩이나 속 복잡해 죽겠는데.

갑자기 찾아와 자리 잡고 앉아 바라보는 세현의 얼굴을 연서도 마주 노려보고 있었다. 이 기회에 얼굴이나 익히자는 심보도 있었다.

징그럽게 차가운 인간으로 기억되는 남자. 연서의 기억 속에 세현은 그랬다. 물론 그것은 하연의 기억이기도 하지만.

하연의 슬픔이 절절히 느껴져 결코 고운 눈으로 볼 수가 없는 것도 사실이었다. 어쩌면 시집간 동생을 구박하는 제부를 대하는 심정이랄까.

도대체 하연은 이 인간의 어디를 보고 반한 것일까? 생긴 거 빼고는 하나 봐 줄 부분이 없었다.

재력이야 하연도 만만치 않고, 신분 역시 하연이 높았다. 뭐, 내놓은 공주라지만 일국의 공주가 아니던가.

그동안 틈틈이 유모를 닦달해 책을 찾아 읽어 보았다. 별스럽게 이곳은 한문이 아닌 한글로 모든 책이 쓰여 있었다. 다행이라고 생각해야 하는데 연서에게는 거의 해독해야 하는 수준이라 읽는 데 애를 먹었다. 우리말이 이렇게 어려웠는지 처음으로 알았다.

이 시대가 과거인 것은 분명하지만 그렇다고 연서가 알고 있는 과거도 아니었다. 시기로 보면 고려시대나 조선시대인데, 고려도 조선도 아닌 가야라는 이름으로 불리고 있었다.

가야, 들어는 본 이름이었다. 분명 신라에 망한 작은 나라로 기억하는데 어째서 이곳에서는 가야가 그 이름을 지니고 나라를 이루고 있는지 알 수가 없었다.

복식도 연서가 익히 알고 있는 한복과 삼국시대의 복장이 어우러진 모양을 하고 있었다.

쪽머리보다는 가체를 쓰고 다니며 그 가체도 일률적인 모양이 아니라 저마다 특색을 살려 개성을 보이고 있었다.

뭔가 같은 나라인데 다른 나라인 듯 어긋나 있었다.

도대체 자신이 있는 곳이 어느 시대인지 알 수가 없었다. 잠깐이지만 지구가 맞는지도 의심스러웠다. 그만큼 그녀가 알고 있던 역사와 달라 혼란스러웠다.

복잡한 속내를 아는지 모르는지 묵묵히 자신을 바라보는 세현의 눈길이 버거워 그동안 닫았던 입을 뗀 것은 성질 급한 연서가 먼저였다.

"하실 말씀 있으시면 하시지요. 눈으로 말해야 봐야 전 못 알아먹습니다."

매번 같은 자리에 있으면 자신의 눈을 피해 땅만 바라보던 여인이 대놓고 노려보는 모습이 낯설어 할 말을 찾고 있었을 뿐이었다.

그런데 마치 싸움이라도 걸 듯 사나운 음성에 세현이 미간을 찡그렸다.

얼굴 하나로도 너끈히 서넛을 해치울 수 있을 것처럼 생긴 인간이 인상을 짓자 분위기가 더욱 무거워졌지만 연서는 눈 하나 끔쩍하지 않고 노려보았다.

"말로 하시란 말입니다. 아까는 눈이더니 이제는 얼굴로 말을 하십니까?"

깡이라면 누구에게도 뒤지지 않았다. 험한 세상 홀로 살아가는 일이 결코 쉽지 않았다.

가끔은 숨기도 하고, 가끔은 싸움닭이 되어 죽기 살기로 덤비기도 해야 했다. 보호해 주는 사람이 없으니 그런 식으로 스스로를 보호하며 살아왔다.

인상 더러운 사내가 험악한 표정 짓는다고 숨죽일 연서는 더더구나 아니었다.

"나는 눈으로도, 얼굴로도 말을 한 적이 없소. 이제는 말문이 트였다 들었는데 말문뿐이 아니라 언변도 변한 듯싶소."

"제가 누구로 보이십니까?"

마주 앉아 있다고 할 말이 있을 리 없는 사이였다. 남편과 아내라고는 하나 여태 살 한번 섞은 일이 없으니 남이라는 말이 더 맞았다.

아내라는 여인이 어떤 사람인지 관심도 없었다.

원했던 이와의 인연도 끝이 났고, 더구나 자신의 것도 아닌 자리에 있으니 옆에 누가 있든 세현으로서는 상관이 없었다는 말이 옳았다.

그러나 이런 뜬금없는 질문은 별반 당황이라는 것을 해 본 적이 없는 그를 당황시키는 데 성공했다.

"무슨 뜻이오?"

"아무 뜻도 없습니다. 그저 제가 누구로 보이냐는 질문입니다. 어려우십니까? 알기 쉬운 말로 풀어 드려야 합니까?"

자세를 고쳐 앉으며 열의까지 보이는 모습에 세현이 일순 움찔했다. 무슨 답변을 바라고 묻는 말인지 알 수가 없었다.

외로움에 지쳐 극단적인 선택까지 했던 여인이었다. 혹여 말실수라도 해 또 다른 선택을 부르는 것은 아닌가 싶어 말을 고르는 그를 보며 답답해진 연서가 다시 입을 열었다.

"뭘 그리 고민하십니까? 제가 누구로 보이냐는 질문이 무에 그리 어렵다고 대답을 못 하냔 말입니다. 제가 그쪽이 아는 공주로 보이냐는 질문이었습니다. 이제 알아들으십니까?"

혀까지 차며 닦달하는 공주가 낯설어 그의 눈이 가늘어졌다.

"그럼 누구란 말이요? 누구라는 말을 원하는 것이오?"

대답을 듣고도 공주는 한참을 그를 응시하며 무엇인가 탐색하는 듯 보였다. 그러고는 혀를 차고는 고개를 돌려버렸다.

저 남자의 눈에는 한 치의 의심도 없었다. 저 사내의 눈에도 지금의 모습은 하연으로 보임이었다. 이제 인정해야 할 것 같았다. 하연의 몸에 연서가 들어와 있음을.

"무슨 생각을 하시오?"

고개를 돌린 채 미동도 없는 공주의 모습이 일순 사라질 것처럼 보여 세현이 급하게 말을 이었다.

"기가 막힌다는 생각이요."

"뭐가…… 막힌다고?"

알아듣기도 힘든 말을 아무렇지도 않게 내뱉는 공주는 분명 그
가 알던 공주가 아니었다. 이런 식으로 많은 말을 주고받은 적도
없었다.

할 말이 없는 세현 옆에 죽은 듯이 서 있었던 공주였다.

"그만 가 보시지요. 바쁘신 분 아니신가요? 낭군으로서의 의무
는 충분히 하신 것 같은데 볼 일 보러나 가시지요."

축객령이라니…….

고개도 돌리지 않고 나가라는 말에 세현도 덩달아 기가 막힌
심정이었다.

"오시고 싶어 오신 것도 아니지 않습니까? 다녀가셨다는 말은
해 드릴 테니 제 걱정 따위 하시지 말고 볼일 보러 가시란 말입니
다. 물론 걱정 따위 하실 분이 아니란 것쯤은 알고 있습니다. 이
만 피곤하니 혼자 있고 싶습니다."

제 할 말만 하고 아예 누워 버리는 공주를 멍하니 보던 세현의
입가가 씰룩거리다 슬그머니 제자리를 찾았다.

"그러십시다. 아직은 몸이 힘들 터이니 난 이만 물러가리다. 또
올 테니 몸조리 잘하시오."

"딱히 어려운 발걸음 하실 것은 없습니다. 그러니 힘들게 왔다
갔다 하시지 말아 주시지요."

한마디도 지지 않고 대꾸하는 공주를 새삼스럽게 바라보던 세현이 소리도 없이 방을 나섰다.

문을 나서니 얼굴이 파랗게 질린 공주의 유모 지씨가 보였다. 아마도 다 들은 모양이었다.

"나……리, 그것이."

"말 안 해도 안다. 아직은 약 기운이 떨어지지 않은 모양이구나. 성심을 다해 살펴 드리어라."

가벼운 고갯짓으로 공주의 행동에 대한 변명을 잠재운 세현이 놀라 벌어진 입을 다물지 못하는 지씨를 뒤로하고 공주의 처소를 나서다 멈춰서 방문을 응시했다.

약 때문에 성격이 변한 것인가? 아니면 원래 성격인가? 분명 공주를 만나고 나온 길인데 생소한 여인을 만나고 나온 것 같아 그가 고개를 가로저었다.

어린아이의 투정처럼 할 말은 다 하는 모습이 새로웠다. 저토록 분명하게 자신의 의사를 밝힐 수 있는 성격이면서 그동안은 어찌 숨기고 살았는지.

어쩌면 사람에 치여 본모습을 숨길 수밖에 없었을지도 몰랐다. 그래도 항상 숨죽이며 위축되어 있는 모습보다는 보기 좋았다. 적어도 지금은 살아 있는 사람처럼 보이니까.

4.

너무 서둘렀다

대충 날짜를 헤아려 보니 하연의 몸으로 들어온 지도 어느새 두어 달이 넘었다. 혹여 하연이 꿈에라도 나타날까 싶어 끝없이 잠을 청했지만 그날 이후로 하연은 보이지 않았다. 그 세계에서는 무슨 일이 일어났는지 답답해 죽을 지경이지만 할 수 있는 일도 없었다. 도리어 너무 잘 자서인지 몸 상태가 좋아져 움직임에도 무리가 없어졌다.

그동안 연서는 자신이 아무렇지도 않게 이 세계에 적응하고 있음을 알았다. 그들의 말이 어색하기는 하지만 그건 어디까지나 정신이 느끼는 것이었지 몸이나 머리는 거부감 없이 받아들였다.

웃기는 건 입을 열면 말하는 모양새도 이쪽의 말투 그대로 나왔다. 그러니 누구도 연서를 하연이 아니라고 생각하는 사람은 없는 듯했다.

시간이 남아도는 동안 점차로 연서는 이 세계에 대해 알게 되었다. 연서가 배운 대로라면 가야는 신라에 흡수되고 마지막으로 신라가 삼국통일을 했었다.

그러나 이곳의 역사는 달랐다. 가야가 신라를 흡수하고 결국 삼국통일 이룬 것도 가야였다. 잠시 다른 이름으로 바뀌었다가 새로 김씨 왕조의 역모가 성공하여 가야라는 이름으로 바뀌었다는 거였다. 아이러니하게도 신라가 망하고 그사이 잠깐 세워졌다가 사라진 나라는 고려라고 했다.

교차로처럼 얽힌 역사가 어느 부분은 비슷하게 또 어느 부분은 아주 다르게 변해 있었다. 땅덩어리도 배워 왔던 조선보다 커서 중국 대륙으로 넓게 펼쳐진 대국이었다.

여전히 국경은 땅따먹기가 열심이었지만 결코 밀리지 않는 국력까지 겸비한 탄탄한 나라라는 것은 분명했다.

지금의 왕, 즉 하연의 아버지라는 인간은 가야 7대 왕이었다. 호전적인 성격에 제멋대로인 성질을 가진 딱히 성군이라고 지칭하기에는 모자람이 있는.

대사헌 운효영은 가야에서 소문난 명필이었으며 인성으로도 칭송이 자자한 인물이었고 무슨 일이든 치우치지 않고 공명정대한 인물로 사람들의 신망을 받고 있었다.

대대로 운씨 집안은 가야의 건국 공신이라는 타이틀 말고도 문무를 겸비한 인재가 많은 것으로 유명하기도 했다. 지금의 대사헌에게 아들이 둘 있었는데 큰아들은 병약하여 그의 근심이었으나 둘째는 큰아들과 다르게 영특하고 잘나 모든 이의 기대를 모으고 있었다.

그 집안의 내력을 그대로 물려받은 둘째는 호조 좌랑이라는 벼슬에 올라 있었다. 호조 좌랑이란 국경을 수비하며 오랑캐로부터 나라를 수호하는, 군대로 치면 전쟁 시 작전참모 같은 역할인 모양이었다.

물론 그 직책도 부마가 되며 사라졌지만 나이로 따지면 꽤 인정받고 있다는 소리였다.

대충 유모와 유모를 통해 얻은 책으로 이 시대를 파악하려 애쓰지만 온통 새롭고 이상하기만 했다.

배워 왔던 역사와는 너무 달라 정말 자신이 과거로 온 것이 맞는지 알 수 없었다.

그럼 도대체 여긴 어디란 말인가?

"마마, 영효당 마님께서 오셨습니다."

영효당 마님?

밖에서 들리는 유모의 음성에 연서가 머릿속을 헤집었다.

아! 큰아들의 아내. 즉, 하연의 동서였다. 서열로 보면 하연이 낮은데 윗사람임에도 하연이 공주라 더 높은 대우를 받고 있었다.

"들어오시라 해요."

그러고 보니 다른 사람은 얼추 얼굴을 보았지만 이 사람만 제대로 본 적이 없었다. 몇 번 찾아왔다는 말은 들었지만 계속 잠들어 있었던 탓에 얼굴을 마주 대하고 대화란 걸 할 틈이 없었다.

옷매무새를 가다듬으며 이 사람도 자신을 하연으로 볼지 궁금함에 문을 응시했다.

곧 문이 열리며 나긋나긋한 발걸음으로 영효당 마님이라는 여자가 들어왔다.

가냘픈 몸짓에 기품 있는 옷차림. 더구나 그 외모도 빠지지 않았다. 하연과는 다르게 사람을 홀리는 아름다움을 가진 여인. 깊고 음울한 눈매가 먼저 눈에 들어왔다.

그때였다. 그 여인의 얼굴을 확인하는 순간 치밀어 오르는 구역질에 숨이 막혀 왔다.

불결해. 더러워. 싫어.

연서의 의지와는 다른 외침이 내부에서 터져 나왔다. 극도의 혐오. 그리고 미움. 쏟아지는 처절한 괴로움.

"마마? 마마!"

숨이 막혀 가슴을 부여잡는 연서를 보며 유모가 단숨에 달려와 부축을 했지만 연서는 앞에 당황한 모습으로 서 있는 그 여인에게서 시선을 뗄 수 없었다.

그 여인의 얼굴과 겹쳐 흘러 들어오는 기억.

자신의 것이 아닌 다른 사람의 기억에 연서가 고통스러워하고 있었다.

'제가 먼저였습니다. 모르십니까? 제가 먼저 그분을 마음에 담았습니다. 영원히 저만 은애하시겠다, 약조하셨습니다. 공주님이 아니라면 제가 그 자리에 있었을 것입니다. 그분도 저리 차가운 모습으로 살고 계시진 않았을 것입니다. 지금도 저를 보며 애타하시는 모습이 안 보이십니까? 힘들다 하셨습니까? 사랑하는 분을 시동생으로, 사랑하는 여인을 형수로밖에 대할 수 없는 저희들은 안 보이셨습니까?'

머릿속을 울리는 말은 분명 저 여자가 한 말이었다.

'왜 공주님을 안지 않으시는 줄 압니까? 저 때문입니다. 저를 안았던 그 손으로 차마 다른 여인을 안을 수 없기에 그분은 외로운 삶을 살아가고 계십니다. 공주님 때문에 그분이 그토록 힘들어하시는데 뭘 바라십니까? 그분의 안 자리를 차지하셨으니 그거로 만족하고 계십시오. 그분의 마음에는 제가 있음을 기억하시고요. 잊지 마십시오. 그분은 제 것입니다.'

너무도 당당한 음성, 악의에 찬 표정이 당황한 표정으로 서 있는 여인의 얼굴과 겹치고 있었다.

"나가!"

가슴을 움켜쥔 채 연서가 간신히 목소리를 내었다. 숨이 막히고 욕지기가 치밀어 올라 더는 여인을 마주 볼 수가 없었다.

아무 말도 못 하고 서 있는 그 여인에게서 풍기는 분내가 아예 주변을 감도는 공기마저 오염시키는 것 같았다.

"어찌…… 마마!"

"내보내. 저 여자, 내보내. 어서."

유모가 어쩔 줄 모르고 허둥지둥하는 사이 영효당 여인은 이를 사리물더니 뒤돌아 방을 나섰다.

발작 같은 증세는 그 여인이 사라지고도 한참을 지속되다 간신히 멈추었다. 그사이 유모 지씨의 안색은 하얗게 질렸고 급하게 달려온 의원은 겨우 땀을 닦아 내고 있었다.

"괜찮으십니까?"

"네, 괜찮습니다. 괜한 발걸음을 하시게 했습니다."

한바탕 소란을 피울 정도로 아픈 사람이라고는 믿기지 않을 정도로 연서의 음성은 차분했다. 여전히 걱정스런 시선들을 받으며 연서는 천천히 이 새로운 상황을 이해하려 노력하고 있었다.

갑자기 밀려오는 기억의 파편들. 아니, 하연의 기억.

분명 하연은 아무것도 몰랐다. 항상 이해한다는 얼굴로 하연의 곁을 맴돌며 위로해 주던 존재가 영효당, 그 여인이었다.

자신도 몸이 불편한 부군으로 인해 마음이 편하지만은 않을 텐데 틈만 나면 하연을 위로하려 애쓰던 그녀를 보며 하연은 처음으로 피붙이와 같은 마음을 느꼈다.

항시 외로웠던 하연이었다. 구중궁궐에서도 아주 구석에 자리 잡은 처소에서 정해진 궁인들만 보면서 자란 그녀였다. 공주라 하나 대접받지 못했던 존재.

시집와 신랑만 빼고는 다들 친절하고 사랑해 주는 듯 보였다. 그중 같은 연배인 영효당, 그 여인은 처음으로 마음을 나눌 수 있는 사람이라 믿었다.

사랑하는 사람이 다른 누군가를 마음에 담았다는 것은 나중에 알았다. 그래서 더 죄스러웠다. 몰랐다는 말이 변명이 될 거라 생각은 안 했지만 하연은 정말 몰랐다.

그래도 기다리면 자신을 보아줄 거라는 실낱같은 희망을 품고 살았던 하연에게 그런 일은 죽어도 없을 거라 못을 박았던 여인.

눈빛 하나, 목소리 하나 떨지 않고 또박또박 말하던 그 여인에게는 그동안의 그녀가 보였던 그 많은 이해의 표정과 애정이 없는, 그저 증오와 미움만이 있었다.

멀리도 아닌 가까이 그녀를 두고 쳐다만 보았을 그 사람을. 그리고 또 자신의 처지를 생각하며 무너져 내렸던 하연을 떠올리며 연서가 눈에 불꽃을 피우고 있었다.

그 여인은 대놓고 표현하지 않았지만 이미 그 둘이 형수와 시동생의 사이만은 아니라는 것을 은연중 내보이고 있었다.

미친 것들. 아무리 좋아도 제 아픈 형을 두고 형수와 놀아나다니.

"김하연, 네가 정녕 사람 보는 눈이 없구나. 어떻게 그런 인간을 좋아해? 겨우 그런 인간 때문에 약을 먹어? 미친년."

절로 욕이 튀어나왔다.

"어디 계시느냐?"

"네?"

뜬금없는 질문에 안도하고 있던 지씨가 화들짝 놀라 되물었다.

"나……리, 어디 계시냐고?"

입 밖으로 그를 찾는 소리를 내는 것도 더러웠다.

"후원에……."

"후원이라, 길을 나서라. 그곳으로 갈 터이니."

"예?"

"뭐하는 게야? 후원으로 간다 하지 않느냐?"

서늘한 호통에 지씨의 정신이 또 빠지려 하고 있었다. 자신이 아는 공주님은 이런 분이 아니었다. 큰 목소리 한번 내어 보신 적이 없는 분이었다.

더구나 부군을 찾아가신 적은 단 한 번도 없었다. 답답하리만치 기다리기만 하던 분이 아니던가. 그런데 그런 분이 부군을 찾아 나가신다는 말에 지씨의 안색이 하얗다 못해 파래졌다.

"저기, 마마."

"앞서거라. 어서. 내 말이 말 같지 않은 게야?"

같은 얼굴이지만 낯선 표정에 지씨의 입이 다물어지지 않았다.

"하오나……."

"네가 안 간다면 나 혼자라도 가는 수밖에. 놓아라."

무작정 나서는 공주의 치맛자락을 바쁜 마음에 틀어쥔 지씨를 보며 공주가 차가운 음성과 함께 거칠게 내쳤다.

"하오나 의복은 갖춰 입으셔야……."

아직은 병상에 있는 몸이라 옷이라곤 입고 있는 속옷에 가볍게 두른 겉옷이 전부였다.

"그럼 가져와. 당장."

지씨가 바쁜 손길로 옷차림을 봐 주는 내내 연서는 이를 갈고 있었다.

감히 형수와 시동생이 붙어먹어? 막장도 이런 막장이 없었다.

둘이 좋자고 주변 사람들을 눈먼 장님으로 만드는 행태가 숨겨지리라 믿을 만큼 어리석은 인간이었던가?

하연이야 당하고 산다지만 연서는 아니었다. 그런 인간들은 제대로 본때를 보여 줘야 했다. 남도 아닌 형제를, 아내를, 부모를 기만하는 행동은 용서할 수가 없었다.

머리까지 만지려는 지씨의 손을 쳐 내고 연서가 방문을 열어젖혔다. 아프다는 핑계와 그동안의 상황을 살피느라 처음 나서는 길이었지만 주변이 보일 리 없었다.

후원이 어딘지 모르지만 본능처럼 이미 알고 있는 길인 양 제대로 길을 나서는 연서의 뒤를 지씨가 동동거리며 따르고 있었다.

◈

갖가지 꽃들이 만발한 후원은 은은한 꽃향기만으로 사람을 취하게 만들었다. 오랜만에 만난 형제는 묵묵히 꽃을 찾아 날아다니는 벌과 나비를 응시하고 있었다.

가까운 사이였으나 표현하지 못하는 형제는 서로에게 애달프고 또 우애 깊은 사이였다.

세현으로서는 형에게 씻지 못할 죄를 지은 셈이니 이렇게 두

발로 서 있는 모습을 보이는 것조차 죄스럽기만 해 찾아가는 횟수가 줄어들어 어느새 소원해진 형제이기도 했다.

"몸은 어떠십니까?"

"괜찮다. 온천물이 좋더구나. 개마산의 기운도 사람을 흥겹게 하더구나."

점점 쇠약해지는 일현이었지만 단 한 번도 아픈 기색을 내보인 적이 없었다. 한창 피어나 사내로서 날개를 펼칠 나이에 움직임이 막혀 그대로 무너져 내리는 것을 지켜보는 것은 상상을 초월할 정도로 괴로운 일이었다.

자신이 당해야 하는 일이었다. 그럼에도 형 일현은 한 번도 그를 원망하는 기색을 보인 적이 없었다.

"다행입니다."

"공주께서는 무탈하다 들었다. 신경을 좀 써 드리지 그랬느냐? 외롭게 자라신 분이시다. 기댈 데도 없이 자라신 분이니 그 시름이 또 얼마나 깊었을까. 네 안사람이기도 하다."

"예, 제가 모자라 벌어진 일입니다. 앞으로 조심하겠습니다. 그러니 형님은 근심치 마십시오."

"그래, 잘 하리라 믿는다. 곧 변방으로 나간다 들었다. 혹여 위험한 일은 피하거라. 너만이 우리 집안의 대를 이를 사람임을 명심해야 할 것이야. 항상 몸조심해야 한다."

모든 것을 포기한 듯 달관한 음성에 세현의 안색이 굳어졌다.

"제가 아닙니다. 이 집안의 대를 이으실 분은 형님이십니다. 장자는 형님임을 잊으셨습니까?"

"그러냐?"

이를 악문 채 대답하는 세현을 보는 일현의 눈에는 한 치의 흔들림도 없었다. 그저 다 알고 있다는 미소만 묻어났다.

"다시는……!"

"거기, 당신."

조용한 형제의 대화는 불식간에 침입한 한 사람의 째지는 음성에 깨졌다. 고개를 돌려 보니 공주가 치맛단을 움켜쥔 채 내달리듯 달려오고 있었다.

처음 보는 공주의 모습에 세현의 입이 벌어졌다. 순식간에 다가온 공주는 누가 말릴 틈도 없이 세현의 따귀를 올렸다.

힘없는 여자의 손이기에 별반 아픈 것은 아니지만 황당한 일에 놀란 것은 세현만이 아니었다. 일순 놀란 일현도 움찔하며 움직이지 않았던 다리에 힘이 들어가는 것 같았다.

"이게…… 무슨?"

놀란 세현이 기가 막혀 제대로 말도 못 잇고 있었다.

"인간이 그러면 안 되는 거 몰라? 어떻게 인간의 탈을 쓰고 개만도 못한 행동을 하는데? 사람하고 짐승이 다른 게 뭔지 알아? 하면 안 되는 짓을 알기 때문이야. 그런데 패륜이라니. 이런 더러운 인간 같으니."

"공주마마!"

속사포처럼 터져 나오는 공주의 질타와 맞물려 비명처럼 공주를 부르는 지씨의 음성이 어우러져 후원이 소란스러워졌다.

"말조심하시오. 제정신이오? 약을 먹고 정신이 돌은 것이오?"

무조건 달려드는 공주를 제지하려 팔을 잡자 이젠 발길질을 하는 모습에 세현이 이마에 핏대를 세웠다.

웬만한 일에는 눈 하나 깜빡이지 않는 그였다. 그러나 생전 말도 없이 움츠리기만 하던 공주가 이런 식으로 누구에게, 그것도 자신에게 달려드는 일은 상상해 본 적도 없었다.

어느 대갓집 아낙네가 남편을 향해 삿대질을 하던가. 아니, 손을 드는 여인네가 있기는 하던가?

"지금 이곳에 우리만 있는 것도 아니거늘, 제정신인 게요? 아무리 시가가 우습다 하나 시아주버님이 계시는 자리요."

저도 모르게 큰소리가 나왔다. 일순 그의 말에 반응이라도 하듯 공주가 멈칫했다.

시아주버님? 누구? 이 인간의 형? 그러면 바로 그 여자의 남편?

연서의 머리가 바쁘게 돌아가며 촌수를 따졌다. 그리고 붙들려 있는 채로 고개만 돌려 황당한 얼굴로 자신들을 바라보는 사내를 보았다.

생전 햇빛이라고는 받아 본 적이 없는 것 같은 하얀 피부에 언뜻 보기에도 심각하게 병을 앓는 듯 기운 없어 보이는 사내였다.

그러나 이목구비가 닮은 것이 형제임에는 분명해 보였다. 그 형이라는 사람은 조금 더 부드러운 인상이긴 했지만.

67

그러니까 그 불쌍한 인간이 이 사내란 소리였다. 병약하여 아내라는 여자가 어떤 여자인지도 모른 채 고마워한다는 위인.

이런 더러운 일을 알아 좋을 건 없었다. 가뜩이나 아프다는 사람인데.

"팔 놓아요."

얼마나 힘을 주고 있었는지 벌써 팔뚝이 저려 오고 있었다. 차마 때리지는 못하고 이런 식으로 응징을 가하는 모양이었다.

차가운 공주의 음성에 세현이 이마를 찡그렸다. 이런 모습을 본 적이 없어 어찌 대해야 하는지 알 수가 없었다. 그러나 진정은 된 모양이었다.

"공주마마께서 이제는 쾌차하신 모양입니다. 전보다 더 건강해진 모습이 보기에 좋습니다."

간신히 이 자리를 수습하고자 하는 말이란 걸 알지만 어쨌든 맞장구는 쳐야 할 듯했다.

"예, 아직은 약 기운이 남아 가끔은 미치나 봅니다. 그리 이해해 주십시오. 좋아 보이는 모습 보니 저도 마음이 놓입니다."

대충 이 정도면 맞는 말이리라. 그러나 씹어뱉듯 입 밖으로 내미는 말에 얼마나 진심이 담겼는지는 의심스러울 정도였다.

"부마와 하실 말씀이 있으신가 봅니다. 전 이만 물러가지요."

감히 형과 아랫사람 앞에서 이런 망신을 준 공주에게 화가 난 세현이 눈도 떼지 않고 손짓만으로 누군가를 불렀다.

그의 손짓에 어디선가 나타난 장정이 일현을 안아 들고 사라지는 모습을 공주가 안쓰러운 눈으로 보고 있었다.

"형님을 그런 눈으로 보지 마시오. 만약 형님 눈에 띄기라도 하면 상처가 될 것이오."

연서만큼이나 씹어뱉듯 한 말투였다.

"어디가 아프신 겁니까?"

"그 세월을 살면서 형님이 어디가 불편한지도 몰랐소?"

하연의 기억이 온전히 생각나는 것도 아니었다. 그녀가 가장 아픈 순간들, 외로운 순간들만 선연히 나타날 뿐 나머지는 흐릿하게 인지만 되는 상황이니 자세한 건 모를 수밖에.

"약기운이 안 빠져 기억이 없을 뿐이니 대답이나 하시지요."

"지금 그게 중요한 것이오? 감히 형님 앞에서 이런 추태를 보이다니, 정말 약 때문에 돌기라도 했소?"

"돌아? 내가 미쳤다는 말이야? 지금 누가 누구를 미쳤다는 거야?"

가뜩이나 자신이 미친 것은 아닌지 걱정하느라 돌기 직전이었다. 답도 없는 상황에서 누구에게 말을 할 수도, 의논할 수도 없었다.

오직 매달리는 것은 하연의 기억, 그리고 돌아가야 한다는 의지뿐이었다.

이 모든 일의 원인은 이 남자였다. 그때 하연이 그 사실을 몰랐다면 그런 선택을 할 리도 없었고 자신이 이런 황당한 곳에 떨어질 일도 없었다.

적반하장도 유분수지. 지금 누구를 미친년으로 몬단 말인가?

"다들 물럿거라."

어디서 나타난 인간들인지 후원 주위로 웅성임을 감지한 세현이 목소릴 한층 돋워 소리를 질렀다.

서릿발 같은 음성에 작은 소동이 일어나고는 후다닥 사라지는 발걸음 소리가 들린다. 항상 조용하던 집 안에 큰소리가 나니 놀란 하인들이 삼삼오오 몰려와 구경 중이었다.

"너도 물러가거라."

인기척이 사라졌음에도 그 자리를 지키는 유모 지씨를 향해 세현이 다시 한 번 호령을 했다.

"하오나…… 나리."

"내 말이 말 같지 않느냐? 물러가래도."

"나이 드신 분에게 무슨 무례예요? 돌아가세요. 대화 끝나면 찾을 터이니."

나이 드신 분? 무례? 이 무슨 소리인지.

정신을 빼 놓을 정도로 변한 공주의 모습에 세현이 기가 차 헛웃음이 나올 지경이었다.

"하오나, 마마. 상황이."

"아무 일도 없을 거예요. 명문대가의 둘째 자제가 설마 마누라를 죽이기야 하겠어요? 거기다 자신보다 높은 신분인 공주인데? 그러니 물러가세요. 곧 부를 테니."

격한 감정에 버릇처럼 나오던 하연의 행동은 사라지고 연서가 나타나 있었다.

이 세상과는 어울리지 않는 사고방식과 행동을 보이니 다른 사람이 보기에는 정말 미친 듯 보일 수도 있으나 그것을 인지하기에는 너무나 화가 나 있었다.

공주와 부마가 같은 소리를 하니 할 수 없이 물러나면서도 지씨의 눈에는 불안이 가득했다.

주변의 인기척이 없음을 재차 확인한 세현이 노여움 가득한 빛을 감추지도 않고 연서를 노려보았다.

"무슨 소리요. 인간 같지 않다니. 그게 부군에게 할 소리요?"

"부군? 부군 좋아하시네. 나에게 부군이라 불릴 만한 사람은 없어요. 더구나 당신 같은 인간은 더 필요 없다고."

"말조심하시오. 아무리 공주라고 하나 할 말, 못 할 말 가리지도 못하오?"

조금만 더 자극하면 한 대 칠 기세였다. 그러나 연서는 꿈쩍도 하지 않았다. 아직도 저리는 팔을 주무르며 더 노여운 눈길로 그의 눈을 마주할 뿐이었다.

"막장 이야기만 들었지. 내가 그런 꼴을 볼 줄이야. 당신 형님께 미안하지도 않아요? 어떻게 아픈 형님을 두고 형수와 그런 짓을 하나요? 미친 건 내가 아니라 당신들이야. 이 시대는 그런 게 통용이 돼? 사지 멀쩡한 인간이 하고 많은 여자들 중에 형수라니. 아무리 금지된 사랑이 유혹적이라도 이건 아니지."

"무슨 소리요?"

삿대질까지 하며 통렬하게 비꼬는 공주의 말을 듣고 있던 세현이 그 말뜻을 깨닫고 파랗게 질려 갔다.

통정이라니. 그것도 형수와. 그런 말도 안 되는 소리를 하는 공주를 보며 정말 이 여자가 미쳤나 싶어졌다.

"하연이 왜 약을 먹고 죽으려고 했는지 알아? 당신과 그 여자의 사이를 알아서였어. 그 여자가 당당히 와서 당신과 그런 사이라고, 그러니 넘보지 말라고 아주 주접을 떨었거든. 하연이 얼마나 약한 애인지는 알지? 그런 말을 듣고 그 애가 무슨 생각을 했을 거 같아? 그래서 약을 먹었어. 죽으려고. 그런데 깨어나니 열이 받아? 그래서 둘이 번갈아 정말 죽지 않았나 확인하러 온 거니? 더러워. 뭐, 이런 더러운 일이 있어?"

"미쳤소? 어디서 그런 말도 안 되는 소리를. 그리고 하연은 당신 이름이오. 왜 자신의 이름을 남의 이름 부르듯 하는 거요? 약기운에 미친 거요? 내가 지금 미친 여자와 말을 섞고 있는 거요?"

자꾸만 나가려는 주먹을 그러쥐고 그 대신 세현이 고래고래 소리를 질렀다.

"악!"

갑자기 비명을 지르는 공주의 모습에 움찔한 것도 세현이었다.

"안 미쳤어, 나도 미친 줄 알았는데 안 미쳤다고. 그래서 더 미치겠어. 미친 것도 아니고 정신은 멀쩡한데 나도 아니고, 하연도 아니야. 이걸 어떻게 설명하냐고."

"진정하시오. 이렇게 흥분해야 좋을 것도 없으니 차분히 말이나 해 봅시다. 정말 당신이 왜 그러는지, 도대체 무슨 말을 듣고 이러는지 알아야겠소."

사방이 트인 후원에서 할 이야기는 아니었다. 더구나 소문이라도 돌면 집안의 명예가 흙바닥에 처박힐 것이다. 그리고 그 소문으로 괴로워할 사람이 형이라는 것에 생각이 다다르자 세현의 움직임이 빨라졌다.

"뭐 하는 거예요?"

공주의 손목을 잡아 후원을 벗어나려는 그의 행동은 몸부림치는 그녀의 반항 때문에 쉽지 않았다. 결국 세현이 공주를 안아 들고 빠른 걸음으로 자신의 처소를 향했다.

"그러니까 지금 당신의 말은 당신 몸속에 다른 이가 있다는 말이오?"

후원에서 이곳으로 와 차 한 잔을 마시고야 진정이 된 듯 공주는 예전의 얌전하고 차분한 모습으로 돌아갔다. 그 후 천천히 그동안의 이야기를 듣곤 세현은 머리가 지끈거리는 걸 느꼈다.

혼이 바뀌었다는 소리는 듣도 보도 못했다. 사람이 죽어 귀신이 되어 다른 이의 몸에 들어오는 빙의도 아니고, 살아 있는 사람들의 혼이 바뀌다니. 이걸 믿으라고 하는 소리인지 알 수가 없었다.

정녕 이 여자가 미치지 않고서야 이런 말을 할 것 같지도 않았다.

그러나 미쳤다고 하기엔 그 눈빛이 너무도 맑았고 목소리 또한 절박했다.

"내 몸속에 다른 이가 있다는 말이 아니에요. 하연의 몸에 내가 들어온 거라고요."

자신도 설명이 안 되는데 그걸 믿으라는 것이 무리였다. 그러나 이 모든 일이 처음부터 설명하지 않으면 통할 수가 없음도 마찬가지였다.

이 사내가 믿을지 미지수지만 당장은 털어놓고 매달려 보는 수밖에.

혹여 이 사내가 진심으로 하연을 돌아본다면 어쩌면 하연과 자신이 제자리를 찾을 수 있을지도 모를 일이었다.

긴 시간 고민하며 얻는 하나의 방법이었다. 당장은 돌아가는 길을 알지 못했다. 아예 꿈속에서조차 보이지 않는 하연도 나쁜 일이 생긴 것은 아닌지 걱정이 되었다.

"그러니까 여기 앉아 있는 사람이 공주가 아니라 다른 사람이란 거요?"

세현의 음색이 무거워졌다. 상황이 심각했다. 약의 부작용으로 공주의 정신이 오락가락하는 모양이었다. 그러나 의원을 불러 공주가 미쳤으니 치료하라고 할 수도 없는 일이었다.

"난 미치지 않았어요. 그러니 쓸데없는 생각은 말아요. 나도 알아요. 내 말 들으면 누구라도 미쳤다고 할 거라는 거. 하지만 난 하연이 아니에요. 하연의 외모와 말투, 그리고 버릇까지 다 가지고 있지만 정작 알맹이는 한연서예요. 난 한연서라고요."

세현의 얼굴에 나타난 표정을 읽고 연서가 결국 흥분해 소리를 질렀다.

알고 있었다. 누구든 쉬이 믿어지지 않으리란 걸. 그건 자신도 마찬가지였다. 이 말이 미친 소리로 들리리라는 것도.

그러나 답답한 마음에 벌써 눈물이 차올랐다. 하연의 몸뚱이는 툭 하면 눈물부터 짜고 보았다. 평상시 눈물 흘리는 여자를 제일 한심하게 생각했던 연서였다. 그런데 자신이 비련의 여주인공마냥 하염없이 눈물만 흘리고 있다는 사실에 더욱 화가 나 거칠게 눈물부터 훔쳐 냈다.

"진정하시오. 내 안 믿는다는 말은 하지 않았소."

그래, 미친 여자 달랜다는 표정은 하고 있지.

"알아요, 이건 마치 드라마나 영화에나 나올 법한 일이죠. 아니면 판타지 소설이든지. 나도 안 믿겨져. 그걸 누구한테 믿으라는 건지. 안 믿어도 할 수 없어요. 다른 사람은 다 안 믿어도 되지만 당신은 달라요. 당신만은 믿어 줬으면 좋겠어요. 그래야 내가 내 세계로, 내 몸으로 돌아갈 수 있을 것 같으니까."

다급한 마음에 연서가 세현의 손을 잡고 애원하고 있었다.

자신의 돌아가고픈 마음과 하연의 돌아오고픈 마음이 합쳐지면, 어쩌면 모두 제자리를 찾을지도 몰랐다.

하연이 모든 것을 포기하는 순간 두 사람이 바뀌었다. 이건 자신이 아닌 하연의 선택에 따라 일어난 일인 것 같았다.

"드라마, 영화?"

폭포수처럼 쏟아지는 말들 중에 처음 들어 본 말이 있어 세현이 미간을 세웠다.

"그래요. 드라마, 영화. 당신의 세상에는 없는 것. 그런 것을 내가 어떻게 알겠어요. 내가 살던 세상은 이런 곳이 아니에요. 비슷하긴 해. 아니 사람들도 사는 모양새도 내 시대가 아닌 과거의 시대이긴 하지만 비슷한 점이 있어요. 당신에게 말하면 못 믿을 일도 많은 곳에서 온 거라고요."

복잡해지는 마음에 세현이 지그시 어떻게든 설명하려 애쓰는 공주를 보았다. 다급한 마음이 고스란히 담겨 있는 눈빛, 손짓. 거짓말이라고 하기엔 너무 맑은 눈빛.

지금 그녀는 자신의 말을 사실이라고 믿고 있었다. 그러니 저런 모습을 보이는 것이리라. 상황이 심각함을 깨달은 세현의 낯빛이 무거워졌다.

"미친 게 아니라고요. 정말 미치겠네. 모르겠어요? 내가 하연으로 보여요? 내 행동이?"

"다르오. 내가 아는 공주와는 다르오. 하지만 당신은 사경을 헤매다 살아난 사람이잖소. 그런 사람은 성격이 변하기도 한다는 말을 들어 본 적은 있는 듯하오."

"하!"

결국 연서가 스스로의 이마를 치며 주저앉았다. 본 적도, 증거도 없는 일을 말로만 믿으라는 것은 무리였다. 더구나 이 사내는 하연에게 어떤 감정도 없었던 사내였다.

달라진 모습을 본다 한들 그것이 무에 대수일까? 그저 약을 잘못 먹어 정신이 나갔다고 여기면 그만일 텐데.

"믿든 안 믿든 그건 당신의 자유죠. 하지만 이게 진실이에요. 하연이 약을 먹은 이유는, 죽겠다고 결심한 이유는 그 바보 같은 게 당신과 당신 형수의 관계를 알아서였어요. 나라면 뜨거운 기름이라도 부어서 둘 다 튀겨 버릴 텐데. 지가 무슨 천사표라고 자기만 사라지면 된다고 생각한 모양이에요. 그래서 약을 먹었어요. 아마도 그건 변명일 거예요. 지친 거겠죠, 외로움에. 바라보기만 하는 마음에 지쳐서, 다른 이들에게 외면당하는 것에 지쳐서, 그래서 선택한 거겠죠."

누구보다 연서가 그 마음을 잘 알고 있었다.

죽는다는 것을 하연만 생각했을까? 연서도 힘들고 외로울 때면 잠깐이지만 죽고 싶다는 생각을 했었다.

외로움에, 세상 혼자라는 서러움에 차라리 죽어 버리고 싶다는 생각을 했었으니까. 그나마 연서는 오기라도 있어 버티고 살았다지만 하연은 연서와 다르게 너무 곱고 여린 성격이었다.

그래서 그 여자가 더 용서가 되지 않았다. 믿게 만들어 놓고, 의지하게 만들어 놓고 마치 죽으라고 벼랑에 떠밀듯 폭로해 버린 그 여자를. 그리고 그 여자를 사랑한다는 이 사내를.

"하지만 그 여자는 용서가 안 돼요. 처음부터 알고 있었어. 하연이 어떤 사람인지. 여리고 순해 아무 의심도 없는 백치 같은 여자라는 걸. 그토록 믿게 하고 의지하게 하고는 비웃다니, 당신들의 사랑이 대단하다고 생각해? 그게 사랑이야? 형제를, 또 아내를, 그리고 남편을 기만하는 사랑이? 아무리 정이 깊어도 할 짓이 있고 하면 안 되는 짓이 있다는 건 배워 알 거야. 아픈 형의 마누라와 그 짓을 하고 싶었어? 뒤에서 당신 등 바라보며 울고 있는 여자는 안 보이디? 니들 사랑이 얼마나 대단하기에?"

"그만. 대체 무슨 소리를 하는 거요? 약 때문이라고 넘기기엔 그 말이 얼마나 무서운 말인지 아는 거요? 증거는 있소? 내가 형님의 아내를? 하! 그걸 지금 말이라고 하는 거요? 아무리 약 때문에 돌아도 정도가 있소. 만약 이 말이 형님 귀에라도 들어간다면 그 뒷일은 누가 책임진단 말이오? 내 형님을 죽이자는 것이오?"

여태 횡설수설하더니 결국 이 이야기로 돌아왔다. 본디 미쳐도 곱게 미치라는 말이 있었다. 다른 사람은 몰라도 형님께 해가 되는 짓은 죽으면 죽었지 못 할 사람이 세현이었다.

일현의 지금 상황이 누구 때문이던가. 평생 족쇄처럼 끌어안고 살아가야 할 저주 같은 업보였다. 그런 자신이 아무리 감정이 있다 하여도 형님의 아내를 넘볼 사람은 아니었다. 그런데 이름뿐인 안해라 해도 명색이 안해인 여자가 대놓고 헛소리를 하니 미칠 지경이었다.

"직접 들었어요. 하연에게 그 여자가 당당히 말하더군요. 당신이 제 남자니 기대도 하지 말라고. 얌전히 앉아 이름이나 즐기라

고. 평생 기웃거려 봐야 당신이 눈길이라도 줄 줄 아냐고. 처음부
터 당신은 그 여자의 남자라 하더이다. 첫정이라 하더이다. 순정
을 다 바친 연인이라고도 하더이다. 그 말을 하연이 누구에게 들
었을 것 같은가요?"

갑작스런 감정 폭발의 여운은 그대로 피곤으로 남았다. 숨겨
왔던 진실을 밝혔음에도 저 사내의 눈에는 미친 여자, 거기까지였
다. 어느 하나 진실로 받아들이지 못하고 있었다.

하긴, 하연의 몸을 하고 앉아 아니라고 한다면 믿어 주는 것이
이상한 게 정상이었다. 너무 서둘렀다. 급한 마음에, 그리고 그
여자를 보면서 떠오른 하연의 절망에 성급하게 행동했다.

더는 설명해 얻을 것이 없음을 깨달은 연서가 도끼눈으로 쳐다
보는 그를 힐끗 보고는 일어서 문을 향했다.

이 사내를 더 보고 있다가는 정말 소리라도 지를 것 같았다. 목
석같고 바보 같은 머저리를 마음에 담은 하연에게도 미치도록 화
가 났다.

어차피 이들의 감정이었다. 연서와는 하등 상관없는 감정에 피
해는 고스란히 연서가 당하고 있었다.

여기가 어디든 상관없었다. 저런 남자를 마음에 담았다가 죽든
말든 그것도 상관없었다.

단지 연서는 다음 날 눈 뜨면 자신의 작은 방이기를 바랄 뿐이
었다. 원래의 연서가 있어야 할 곳으로 가고 싶은 마음뿐이었다.

결론은 내지도 않고 입을 다문 채 일어나 나서는 공주를 보며

세현은 치밀어 오르는 화를 참아 내고 있었다.

어떻게든 이해를 시키고 보내야 한다는 마음은 있었지만 당장은 자신의 화를 참아 내는 것도 버거웠다.

어떻게 자신에게 일현을 배반했다는 소리를 할 수 있단 말인가? 다른 사람은 몰라도 일현에게 해를 끼치는 사람은 반드시 그 보복을 해 주리라 맹세한 그였다.

실수라도, 아니 미쳐서일지라도, 그 신분이 공주라 할지라도 만약 일현의 귀에 저 소리가 들어가 그를 고통스럽게 한다면 그만큼의 보복을 해 주리라 마음먹은 세현이 단속을 하기 위해 따라나서다 주저앉듯 무너지는 공주를 품에 안아야 했다.

하얗게 질린 얼굴색이 아직은 성치 않은 사람임을 보여 주고 있었다.

이미 쓰러져 제정신을 못 차리는 공주를 품에 안은 채 망연히 앉아 있던 세현이 조심스럽게 그녀를 안아 자신의 침상에 눕혔다.

혹여 처소에서 깨어 그가 아닌 다른 사람에게 헛소리를 하는 날이면 사달이 날 것이 분명했기에 당분간은 자신의 눈 안에 두고 보아야겠단 생각이었다.

연서가 쓰러지던 날. 하연의 몸은 시집와 처음으로 남편의 처소에서 잠이 들었다. 남편의 눈길을 받으며.

차가운 사내의 시선이 누워 있는 여인의 얼굴에서 떠나지 않았다. 하얀 얼굴이 핏기마저 가셔 어두운 방 안에서도 마치 불을 밝힌 듯 빛을 발하고 있었다. 부드럽게 감겨진 눈매는 천성이 선한 성격임을 보여 주었다.

가까이 가지 않으면 숨소리조차 나지 않아 언뜻 잘못 보면 과연 여인이 살아 있는지 의문이 들 정도였지만 사내의 얼굴에 불안은 없었다.

공주가 쓰러지자 득달같이 달려온 공주의 유모 지씨를 내치고 스스로 잠자리를 보아준 것도 그였다.

안해라고는 하나 이토록 오랜 시간 얼굴을 마주하고 앉아 본 적도 없었다. 명목상의 혼인이었다.

빈궁공주, 하연.

황제가 제대로 기억도 못 하는 핏줄. 그럼에도 황제의 핏줄이기에 공주라는 이름으로 일개 궁인마냥 구석에 처박혀 자라던 아이.

그 아이가 나이가 차 더는 궁에 둘 수 없을 때 마침 내보낼 구실이 되었을 뿐이다.

처음 그녀의 짝으로 거론되었던 이는 형이었다. 다른 누구보다 아버지를 닮아, 어린 나이지만 그 학문의 높이에 사람들의 입에 오르내렸던 이는 형이었다.

바르고 꼿꼿한 성격조차도 아비를 닮았다며 칭송받았다. 그런 형을 보며 그도 자랑스럽고 그들만큼이나 존경했었다. 그리고 그가 있어 자유로울 수 있었다.

황제의 의도는 자신을 능가하는 평판과 지지받았던 대사헌을 막고, 그 아들들의 출셋길을 막으려는 게 분명했다. 결코 아버지가 예뻐 사돈으로 삼은 것은 아니라는 것쯤은 알고 있었다.

강직한 성격으로 주변의 적도 많은 부친을 원망하지는 않았다. 그라도 아버지와 같은 상황이라면 똑같은 행동을 했으리라.

소심하고 의심 많은 황제에게 좋은 소리보다는 입 바른 소리를 하는 아버지의 존재는 껄끄러움 그 자체였을 터였지만, 개국공신의 후예이며 선왕의 믿음을 받았던 아버지를 쉬이 내칠 수도 없었으리라는 것은 알고 있었다. 명분 없이 아버지를 내치면 그를 따르던 무리들의 반발을 생각지 않을 수 없으니까.

처음부터 공주는 그의 집안에 애물단지였다.

그 당시 그에게도 마음에 둔 여인이 있었다.

철없던 시절 산과 들을 싸돌아다니던 그에게 처음으로 이성으로 다가온 여인.

첫사랑이며 처음으로 입술을 주고받은 여인.

여인이라기보다는 소녀였던 그녀를 언젠가는 자신의 옆에 두고 평생 은애하며 살리라 마음먹었었다.

어차피 집안의 대는 형인 일현이 이을 터였기에 그녀를 맞이하는 것이 어려운 일은 아니었다. 집안의 차이는 있으나 천한 신분은 아니었다. 기울어진 가세 때문에 그 신분을 누리지 못하고 있었을 뿐이었다.

그래서 앞으로 남은 생에 늙어 가는 그 순간에도 그녀의 손을 잡고 있을 거라 믿었다.

형 일현이 사고를 당하지만 않았어도 공주는 형의 안해로, 그리고 그 사람은 자신의 안해로 살았으리라.

미동도 않고 공주를 향하는 시선에는 복잡한 심경이 그대로 담겨 있었다.

어디서부터 알고 있었던 것일까?

인해에 대한 감정은 어느 날 그녀가 그의 형수라는 이름으로 그의 앞에 섰을 때 접었다.

팔려 오듯 온 거라고 했다. 오직 그의 곁에 머물면 멀리서라도 볼 수 있으리라는 생각뿐이었다고 했다.

그 말을 들으며 마음으로 그녀에게 미안했던 스스로를 용서할 수가 없었다. 다른 이도 아니고 마음에 담았던 사람이 그런 식으로 형을 기만한다는 생각에 분노한 그였다. 감히 일현을 그런 감정으로 이용하다니.

일현은 아무리 그가 마음을 다해 가슴에 담은 여인이라도 함부로 할 존재가 아니었다. 아니, 그래서 더 분노했었다. 형을 그리 만든 사람이 자신인데 그로 인해 그를 대신해 묶여 버린 일현이 이런 대접을 받고 있다는 생각에 정이 떨어졌다는 말이 옳았다.

그 후로 그는 한 번도 인해를 여인으로 본 적이 없었다. 그나마 그 일 이후로 어떤 기미도 없이 살뜰히 형을 챙기는 모습에 기만했다고 오해했던 마음을 풀고 예전 그가 알았던 착하고 순한 여인을 떠올리며 이제는 감사하고 있었다. 형을 안다면 누구라도 그의 인품에 감동받을 거라고 생각했다.

다시는 걸을 수 없다는 현실 앞에서도 동생이 살았다는 것만으로도 충분하다며 웃는 형을 보고 통곡한 것은 세현이었다.

귀하기로 치면 그가 더 귀한 몸이 아니던가? 운씨 문중의 장자였다. 대를 이를 귀한 이가 일현이었다.

'난 미치지 않았어요. 그러니 쓸데없는 생각은 말아요. 나도 알아요. 내 말 들으면 누구라도 미쳤다고 할 거라는 거. 하지만 난 하연이 아니에요. 하연의 외모와 말투, 그리고 버릇까지 다 가지고 있지만 정작 알맹이는 한연서예요. 난 한연서라고요.'

한연서라…….

공주는 자신이 한연서라고 우겼다. 황당한 말과 내용에 기가 막힌 것도 사실이지만 너무도 변한 공주의 행동을 보면 거짓이라고 믿기에도 무리가 있었다.

아무리 약이 독하다 하나 사람이 변해도 너무 많이 변했다. 그 앞에서 숨소리조차 못 내던 사람이었다.

누구라도 다가오면 주눅이 들어 고개조차 못 돌리던 여인이 아니던가? 단 한 번도 목소리를 내어 자신을 나타내 본 적도 없었다.

그토록 귀히 여기는 시부모 앞에서도 제대로 말 한마디를 못 했었다.

그런 여인이 그에게 물그릇을 던지고 더해 뺨까지 때렸다면 누가 믿을까?

하지만 그 외모는 누가 보아도 공주였다.

사경을 헤매다 깨어 정말 변한 것일까? 아니면?

급하게 고개를 저어 쓸데없는 생각을 지워 버린 세현이 여전히 미동도 없는 공주를 응시했다.

안해라는 이름을 달고 6년을 살아온 여인을 제대로 본 것은 오늘이 처음이었다.

아름다운 여인이었다. 자신의 안해가 된 공주는. 처음 보았을 때도 아름답다는 생각을 했었다. 그러나 아름답지만 생기 없는 모습에 흥미를 잃었다.

원래 형의 여인이어야 했었다. 운명이 뒤틀려 자신에게로 온 여인이기에 손을 대고 싶은 마음이 들지 않았다.

공주를 보면 항상 형, 일현의 그림자가 같이 그려졌다. 처음부터 자신의 여자가 아니었기에 돌아보지 않았다.

거기다 자신의 여인이라 믿었던 여자는 형의 여자로 살고 있었다.

뒤틀린 만남, 그 속에서 그가 할 수 있는 일은 두 여인 모두 외면하는 것밖에는 없었다.

외로워 말라 죽어 간다는 말이 정확히 무슨 뜻인지 모르지만, 이미 외로움은 이 여인에게 익숙한 것이라 여겼다. 그에게는 그 외로움조차도 사치라 느껴졌었다.

생기 없는 꽃처럼 조용히 자신의 삶을 살아가던 여인이 무슨 일로 자신의 삶을 끝내려 했었는지 그런 용기가 있다는 것에 놀라는 자신이 더 신기했었다.

불쌍한 삶이나 자신이 원한 것이니 그것으로 끝이 나도 어쩔 수 없다 여겼는데 눈을 뜬 여인은 생생히 살아나 자신을 과시한다. 그것도 생각도 못 해 본 방식으로.

긴 속눈썹이 하얀 볼 위에 그림자를 드리우며 창백한 뺨과 대조를 이루듯 아름다운 선을 그리는 입술은 붉게 물들어 있었다.

가지런히 누워 두 손을 배 위에 올리고 잠이 든 여인은 지금 막 미인도에서 빠져나온 그림이라고 해도 믿겨질 정도로 신비로운 아름다움을 내뿜고 있었다.

눈을 감고 있으니 더욱 가냘파 보였다. 혹여 잘못 건드리기라도 하면 당장 깨져 버릴 것 같은 도자기 같았다. 천천히 그녀를 살피던 그의 눈에 파르스름 멍이 올라오는 팔목이 보였다.

아마도 후원에서 덤비던 그녀를 막느라 그가 잡았던 흔적이리라. 그리 세게 잡은 것이 아님에도 파랗게 멍이 들어 있었다.

망설이던 그가 조심스레 그녀가 깨지 않도록 주의하며 소매 끝을 올렸다. 눈에 보이던 것보다 더 넓게 퍼진 멍은 그의 손 모양의 도장처럼 보라색 자국으로 남았다.

"휴우."

달래듯 손끝으로 멍 자국을 쓰다듬고 있는 것도 모른 채 세현은 깊이 잠이 든 공주의 얼굴을 보았다.

감고 있는 눈이 부드러운 곡선을 그리며 작은 떨림도 보이지 않았지만 똑바로 자신을 향하던 커다란 눈동자는 지금도 선명하게 기억이 난다.

당장이라도 타오를 듯 격렬하게 흔들리는 눈빛이 이 여인이 얼마나 많은 것을 숨기고 살아왔는지 보여 주었다.

그에 비해 머리 하나는 작은 여인이 두 손을 불끈 쥐고 덤빌 태세를 갖추면 작은 체구마저 가려질 정도로 격한 성질을 보여 주었다.

이런 여인이었던가? 그 성질로 험한 궁궐을 어찌 견뎠는지도 의문이었다.

이제는 설명을 해 주어야 할 시기이기도 했다. 그와 인해의 인연에 대해서. 그리고 그녀의 오해가 얼마나 어처구니없는지도.

조만간 집을 비울 그였다. 그가 없는 동안 혹여 그 오해로 인해 일현이 상하기라도 한다면 가장 괴로울 이는 자신이기에.

5.

이거였어!

눈을 뜨고 올려다본 천장은 여태 보던 것과는 달랐다. 그래서 순간 혼동을 했나 보다. 혹시 자신이 원래의 세계로 돌아온 것인지도 모른다고. 이 모든 것이 그동안 꾼 꿈일지도 모른다고.

서둘러 일어나 앉은 연서의 눈에 보인 것은 다른 듯 비슷한 방의 모습, 그리고 차가운 눈으로 그녀를 바라보는 세현이었다.

"이런, 제길."

미동도 없이 잠자던 공주가 작은 움직임을 보이자 그가 그제야 안도의 숨을 내쉬었다. 의원을 불러야 하나 밤새 고민했었다.

그러나 의원을 불러 무어라 설명해야 할지 막막하기에 아침까지 상황을 보자 마음먹고 기다린 참이었다.

마치 무엇엔가 쫓기듯 일어난 공주의 입에서 나온 말에 세현이 이마를 찡그렸다. 이런 속된 말이 지금 정말 공주의 입에서 나온 것일까?

"지금 무어라 하신 게요?"

"왜 아직도 당신이 내 앞에 있죠?"

"여긴 내 처소니까."

방이 달라 그런 착각을 한 것이었다. 잠시의 기대가 물거품으로 사라지자 연서는 다시 침상에 몸을 묻고 눈을 감아 버렸다.

꿈이길 바랐다. 아주 웃긴 악몽이기를. 눈을 뜰 때마다 빌고 비는 마음. 제발 꿈이었기를.

그런데 깨어날 때마다 여전히 이게 현실이라는 것을 확인하며 소리라도 지르고 싶은 마음이었다. 그러나 대신 입술이 부르트도록 짓눌렀다.

"몸은 괜찮은 거요?"

"무슨 상관인가요?"

앵돌아진 목소리, 마치 토라진 아이처럼 이불을 뒤집어쓴 채 일어날 생각을 안 하는 공주를 보며 세현은 천장으로 시선을 돌렸다.

예전의 공주는 답답하긴 했지만 거슬리지는 않았다. 그러나 지금은 그런 때가 있었는지 의심스러울 정도로 공주의 행동에 당황스러워 슬그머니 화가 치밀었다.

"우린 아직 대화가 끝나지 않았소."

"대화란 걸 하긴 했나요? 당신은 내 말을 하나도 믿지 않잖아요. 믿지 않는데 무슨 말을 하자는 건가요?"

"우선 그 이불이나 걷으시오. 아무리 공주라 하나 내 안해요. 예법을 못 배운 것도 아니거늘 어찌 그런 태도를 보이는 게요?"

깊게 숨을 들이쉬며 그가 말을 골랐다. 혹여 정신이 나가 헛소리를 한다면 그건 또 그대로 문제가 되리라는 생각 때문이었다.

그의 말이 맞았다. 아무리 몸 안의 영혼은 연서라고 하나 이 몸의 주인은 하연이었다. 다시 제자리를 찾았을 때 자신으로 인해 하연이 오해를 받는 것도 옳은 일은 아니었다.

적어도 자신의 상태를 알고 있는 사람 이외에는 하연의 모습을 보여야 했다. 그래야 나중에라도 서로 바뀌었을 때 곤란한 일은 면하리라는 생각이 들었다.

할 수 없이 일어난 연서가 이불을 걷고 침중한 눈길로 자신을 보고 있는 그를 똑바로 응시했다. 어제 보았던 모습과 달라진 점이 없는 것으로 보아 밤새 그러고 있었던 모양이다.

"한 가지만 묻겠소. 당신은 정녕 당신의 몸속에 다른 혼이 있다고 믿는 게요?"

낮게 가라앉는 음성. 그 말에 묻어 있는 곤란함. 무슨 뜻으로 하는 말인지 대충 짐작이 되었다. 아마도 연서가 정말 제정신이 아닌지 묻고 있음이었다.

"당신 질문은 틀렸어요. 믿고 있는 게 아니라 이게 사실이에요."

연서가 우선 그의 질문 자체를 부정하며 그의 눈길을 피하지 않고 정면으로 마주 보았다. 어차피 꺼낸 말이니 이참에 어떻게든 그를 이해시키고 싶다는 마음이 그녀를 급하게 만들었다.

"내가 하는 말이 하연이랑 같은가요? 행동은요? 내가 하는 말을 듣고 당신은 얼마나 이해를 할 수 있나요?"

연이어 쏟아지는 질문에 세현이 답을 찾느라 망설이는 틈에 연서의 질문은 계속되었다.

"혹시 자동차라는 물건을 알아요? 비행기는요? 시계는? 기차는? 지하철은요? 전화기, 휴대폰, 편의점, 슈퍼, 하나라도 들어본 적이 있나요?"

"잠깐, 도대체 무슨 소리를 하는 거요? 비행기라니? 자동……뭐요?"

숨도 안 쉬고 쏟아 내는 질문에 세현이 이마를 짚다가 손을 들어 말을 끊어 냈다.

"봐요? 모르죠? 그런데 난 그걸 알아요. 내가 사는 곳에서는 이미 달에도 다녀왔죠. 그래서 달이 어떻게 생겼는지도 알아요. 달에 토끼가 있다고요? 웃기지 말아요. 달에는 아무도 살 수 없어요. 우리가 살고 있는 이 땅은 지구라고 부르죠. 동그란 공처럼 생겨서 여기서 출발해 쭉 한길로 가면 여기로 돌아오죠. 태양은 커다란 불덩어리로 된 별이에요. 우리 지구가 그 태양을 돌고 있죠. 그걸 공전이라고 불러요. 그래서 사계절이 있는 거죠. 내가 살았던 곳에서는 다 아는 사실이지만 당신은 들어 본 적은 있나요? 그렇다면 나는 어떻게 알고 있을까요?"

너무 황당한 말에 세현은 반응할 수도 없었다. 무엇 하나도 알아들을 수 없었다. 달은 뭐고 태양은 뭐란 말인가? 이 상황에서 왜 달이 나오고 태양이 나오는 건지도 모르겠다.

"환상을 보는 경우도 있소."

"하아~ 설명을 해도 모르겠죠. 당신은 본 적도 들은 적도 아니, 상상한 적도 없는 것이니 말한들 무슨 소용이야. 내 시대와 같은 과거라면 앞으로 일어날 일이라도 맞혀 증명할 텐데 여긴 나도 모르는 세상이고. 어쩌란 말이야."

왜 이리 눈물이 흔하게 나오는 건지 모르겠다. 이불을 움켜쥔 연서가 억지로라도 나오려는 눈물을 막아 보려 하지만, 어느새 볼을 따라 눈물은 흐르고 있었다.

그쪽으로 간다 해도 반겨 줄 사람이 많은 것은 아니었다.

고작 수녀님과 고아원 동생들. 하지만 그들과 약속했었다. 자신들만의 집을 지어 모여 살자고. 그래서 더 열심히 살았다.

반짝이는 아이들의 눈빛이 아직도 선명한데, 어쩌다 찾아가기라도 하면 우르르 몰려들어 미주알고주알 그동안의 일들을 털어놓던 외로움 많은 아이들. 아무도 없는 연서에게 피붙이 같았던 아이들. 그리고 인자한 수녀님. 가난하고 보잘것없는 살림에서도 아이들 꾸려 가느라 쉴 틈 없이 움직이고 기도하던 안젤라 수녀님.

그들은 알까? 혹시 나를 찾고 있을까? 하연은 지금 그들과 있을까? 아무것도 없이 사는 연서의 몸으로 떨어져 귀하디귀한 몸이 무슨 일을 겪고 있을까?

기어이 잡고 있던 이불자락으로 입을 틀어막고 그동안의 일들로 인한 여파로 흘러나오는 울음을 삼키는 연서였다.

소리도 못 내고 입을 막고 흐느끼는 공주의 모습에 세현의 미간이 더욱 찌푸려졌다.

거짓말을 하는 것은 아니었다. 정말 자신이 다른 사람이라 믿고 있었다. 절절한 울음소리는 거짓으로 나올 수 없는 일이었다.

"당신은 누구요?"

왜 그런 질문을 했는지 그도 몰랐다. 그러나 울고 있는 그녀의 뒤로 스치듯 다른 사람을 본 듯도 했다.

혼란스럽기는 공주나 자신이나 매한가지였다. 어디부터 손을 대야 하는지도 모르겠다. 공주의 얼굴로 공주가 아니라고 우기는 저 여인을 어떻게 대해야 할지 세현은 막막하다는 말이 이런 것임을 깨닫고 있었다.

그의 물음에 반응은 놀라웠다. 젖은 눈을 들어 그를 향하는 공주의 얼굴에 담겨 있는 것은 희망이었다. 살짝 벌린 입이 얼마나 그의 질문에 놀랐는지 여실히 보여 준다. 동그랗게 뜬 눈이 더욱 부각되어 환한 아름다움을 보여 순간 세현의 심장이 쿵 하고 떨어졌다.

"난 한연서예요. 24살. 대한민국에서 태어났어요. 지금은 한국대 2학년이고. 아! 휴학 중이에요, 중국어학과예요. 음, 고아고, 물론 고아원에서 자랐어요. 아주 어릴 때, 태어나자마자 버려졌대요. 암튼 제일초등학교를 나왔고. 문화중학교, 그리고 대일여고를 나왔어요. 지금은 편의점 알바를 하고 아침에 신문도 돌려요. 작은 자취방이 있고 시간제로 설거지 알바도 해요. 이번 학기 등록해야 하는데 아마 늦었을 거예요. 이러다 졸업은 언제 하려는지."

그가 조금이라도 마음을 열고 바라보려는 느낌에 연서가 쉬지도 않고 자신에 대해 설명을 했다. 연서의 말이 길어질수록 그의 표정은 심각해지고 있었다.

처음 듣는 지명, 처음 듣는 말들. 그나마 고아라는 말은 알아들었다. 지금 공주가 말하는 사람이 누구인지 감도 잡히지 않았다.

듣고 있음에도 모르는 말을 듣는 듯 알아들을 수 있는 것이 하나도 없었다. 그런데 공주는 평상시 쓰는 말인 양 거침없이 말한다.

사람이 미쳐도 이렇게 미칠 수 있을까? 맑은 눈빛. 흔들림 없는 확고한 의지가 엿보이는 표정을 보며 세현도 흔들리고 있었다.

"잠깐, 하나씩 합니다. 대한민국이 어디요?"

복잡한 마음속을 숨긴 채 그가 천천히 하나부터 짚어 나갔다.

"음……. 대한민국은 그러니까 조선이 망하고. 아니지. 여기로 치면 이 나라가 망하고 생길 나라라고 해야 하나? 아니면 대한민국이 생기기나 하려나? 암튼 내가 사는 나라 이름이에요."

설명이 힘들었다. 무어라 설명할까. 이곳은 분명 연서가 아는 과거는 아니었다. 모든 것이 미묘하게 같은 것 같지만 다른 세계.

어쩌면 이들이 보기에는 연서의 세상이 그럴지도 몰랐다. 연서가 아는 역사에서 신라가 통일하면서 고려로, 또 조선으로 이어지며 국토가 작아졌지만 이곳에서는 오히려 통일을 이루면서 국토가 넓어졌다.

한반도가 아닌 중국 대륙까지도 뻗쳐 나가 있었다. 개마산, 개마고원의 시작점. 그렇다면 분명 백두산을 일컫는 말일 텐데 수도에서 가까운 곳이라 했다. 수도의 이름은 한성으로 같은 이름을 쓰지만 분명 서울은 아니다.

한강이 아닌 패강이 흐른단다. 패강이라는 이름 익숙했다. 어디서 들었는지 한참을 생각하다 패강이 대동강을 일컫는 말이라는 것을 생각해 냈다.

대동강이 흐르는 곳이 한성이라면 북의 수도인 평양보다도 더 위쪽인 곳이었다. 북한의 지도는 거의 남의 것이라 생각해 제대로 확인한 적도 없어 정확히 어디인지는 모르겠다.

평안도? 함경도? 아는 이름이라고는 그 정도가 다였다.

개마산이 백두산이라면 함경도는 아니다. 적어도 백두산이 어디에 있는지는 안다.

그럼 이곳은 평안도? 하긴 지금 그게 무엇이 중요할까. 어차피 그 지명으로 불리지도 않는 것을.

아무튼 서울에서 백두산까지 가려면 북한이 열려도 그리 가까운 거리는 분명 아니었다.

그 뒤로도 둘의 대화는 스무고개 넘듯 하나씩 설명하고 묻고의 반복이었다. 문제는 아무리 설명해도 그가 알아듣는 기색이 없었다.

이곳에서 여자가 배움을 위해 어딘가를 다니는 일은 없었다. 있는 집에서는 선생을 붙여 가르치거나 그도 여의치 않으면 집안 사람들이 가르쳤다. 그런데 여인인 연서가 남자들이나 다니는 학당을 모두 거쳐 더 큰 배움을 위해 공부를 하고 있다는 것을 도무지 이해시킬 방법이 없었다.

수녀님은 그저 이 시대의 비구니로 비유하고, 고아원이라는 것도 이해시키기 어려웠다. 할 수 없이 절에서 부모 없는 불쌍한 애들 거둬 먹이는 곳이라는 설명을 할 수밖에 없었다.

알바라는 말도, 신문이라는 말도 그는 모두 알아듣지 못했다.

둘의 대화가 끝이 날 때쯤 연서는 너무 많은 말을 하느라 지쳐 있었고 세현은 복잡한 표정으로 그녀의 말을 되씹고 있었다.

거짓이라고 하기엔 너무 상세한 설명. 그리고 한 치의 흔들림 없는 표정.

"정말 당신이 공주가 아니라는 말이오?"

여전히 혼란스러운 얼굴. 믿기지 않는다는 표정. 그럼에도 세현이 되묻고 있었다. 달라도 너무 다른 공주의 모습을 보며 아니라고 하기엔 무리가 있었고 미쳤다고 하기에는 너무 멀쩡하다.

사람이 바뀌지 않고서야 저토록 다른 모습을 보일 수 없었다. 복잡한 마음에 이마를 짚은 세현이 눈을 감고 여태 공주에게 들은 말을 소화하려 애쓰고 있었다.

"아니에요. 난 공주가 아니에요. 물론 사춘기 때는 내가 어느 부유한 집안의 딸일 수도 있다는 황당한 판타지를 꿈꾸긴 했지만, 그건 어디까지 꿈일 뿐이고 현실은 가난한 고아라는 거였어요. 더구나 난 이 시대를 몰라요. 내가 살던 시대와 너무 다르다고요. 단지 하연의 껍데기를 둘러쓴 한연서라고요."

"연서라."

나지막이 그의 입에서 들리는 자신의 이름에 등 뒤로 소름이 돋았다. 늘 듣던 이름이었다. 그렇게 불렸으니까.

그런데 세현의 입으로 불리는 이름에 까닭 없이 또 눈물이 흐른다. 간신히 흘러내리려던 눈물을 훔쳐 내고 연서가 고개를 힘차게 끄덕였다.

"네, 그게 내 이름이에요."

"그럼 당신이 연서라는 그 여인이라 치고 공주는 어디 있소?"

자세를 고쳐 앉은 세현이 똑바로 연서를 응시했다.

가장 중요한 인물. 공주의 껍데기를 쓴 여인이 여기 있다면 공주는?

"당연히 제 몸 속에 있을 거예요."

"그게 어디요?"

"여태 제 말을 어디로 들은 건가요? 이 시대 사람이 아니라고 말했잖아요. 공주도 지금 다른 시대 내 몸속에 갇혀 버렸다고요."

그런가? 그가 아예 지끈거리는 이마를 손끝으로 누르며 대화에 집중했다. 그러나 확인해야 했다. 공주가 하는 말만 듣고 믿기에는 또 너무 공주처럼 보이고 있었다.

"당신은 공주가 아닌데 어떻게 공주에 관해 잘 아시오? 그 말
투, 물론 말이 많아진 것은 사실이오. 다른 세상에서 왔다면서
당신의 행동, 말투는 어떻게 설명할 거요? 몸이야 공주의 몸이라
지만 모르는 세상에 떨어진 사람이라고 하기에는 너무 많이 알
고 있소. 또한 공주가 아니라면서 이곳 사람들을 모두 알고 있
소. 그건 어찌 설명하려 하오? 나를 처음 봤다고 할 참이오? 그
러나 당신이 날 보았을 때 당신 눈은 날 알고 있다고 말하고 있
었소."

"그래요. 난 당신을 알아요. 그리고 하연이 아는 사람들 대부분
알아요. 하연의 감정이 깊은 사람은 선명하게, 하지만 다른 사람
은 그저 흐린 기억처럼. 그건 나도 설명할 수 없어요. 하연의 몸
에서 깨어난 순간 꿈을 꾸었어요. 그때 나도 하연을 처음으로 만
났어요. 항상 그 애의 꿈을 꾸었지만 그건 실체는 없는, 그저 감
정의 이입 정도였죠. 그 애가 보는 것 느끼는 것, 그리고 슬픔들,
기쁜 감정 등등. 그래요, 이건 마치 드라마를 보는 것 같아요. 난
앉아서 텔레비전을 통해 드라마를 보거나, 혹은 라디오의 드라마
를 듣는 것 같은."

"드라마? 텔? 뭐라고?"

이런 식으로는 설명이 되지 않는다. 연서가 아는 것을 그가 모
르니 알아듣는 것이 이상한 일이었다.

"설명하자면 길어요. 하나부터 열까지 다 당신이 모를 것인데

설명한다고 알까요? 아마 말해도 못 믿을 거예요. 당신 시대에는 감히 상상도 못 해 본 물건들일 테니까. 그건 중요한 게 아니에요. 아무튼 하연의 기억을 가지고 있지만 그건 내 거가 아니라는 거예요. 내 기억은 온전히 따로 있고 하연의 기억은 내가 남이 되어 구경하는 것처럼, 아니, 배운 것처럼 안다는 거예요. 이건 나도 설명 못 해요. 나도 이해 못 하는 걸 어떻게 설명할 수가 있겠어요."

애가 닳았는지 아예 공주는 세현의 곁에 다가와 그의 손을 잡은 채 얼굴을 들이밀고 있었다. 그의 거친 손에 하얀 공주의 작은 손이 겹쳐 극명한 대조를 보이고 있었다. 묵묵히 그 손을 바라보던 세현이 다시 한 번 공주의 눈빛을 살폈다.

적어도 입은 거짓을 말해도 눈은 거짓을 말하지 못한다는 걸 알고 있었다.

처음부터 공주는 맑은 눈으로 자신이 진실을 말하고 있음을 알리고 있었다. 이런 경우는 딱 두 가지였다. 정말 진실이든지, 아니면 그걸 진실로 믿고 있든지. 어느 쪽인가?

세현은 후자라는 결론을 내리고 싶었다. 전자라는 설명은 아무리 믿으려 해도 믿기지를 않았다. 그렇다고 아니라고 말을 하면 또 어떤 반응을 보일지 미지수니 우선은 전자라 믿는 척이라도 해 주자 싶었다.

얼굴은 공주나 행동은 공주가 아니었다. 아니, 이처럼 당돌하게 자기주장을 펴며 적극 다가오는 여인을 본 적이 없었다.

어느 여인이 사내의 얼굴에 자신의 얼굴을 바짝 들이대며 눈을 초롱인단 말인가? 더구나 공주는 전혀 그런 행동을 할 수 있는 사람이 아니었다.

변한 것이 정신이 온전치 못해서라면 온전해질 때까지는 자신이 보호해야 했다. 혹여 또 다른 말로 누군가에게 상처 주기 전에 막아야 했다.

"좋소. 다 믿는다면 거짓이지만, 믿도록 해 보겠소. 그럼 난 당신을 무어라 불러야겠소? 공주? 아니면 그 연서라는 여인?"

그의 대답이 마음에 들지 않아서일까? 일순 공주의 눈빛이 흐려졌다. 그러나 곧 체념한 듯 고개를 숙였다.

"그냥 믿는다는 게 더 이상하죠. 상황이 바뀌어 이런 말 듣는다면 나라도 못 믿을 거니까. 그래도 장족의 발전이네요. 믿도록 노력한다니. 편하게 부르세요. 호칭이 무슨 상관인가요. 지금은 누구로 불리든 어울리지 않는데."

그래도 답답하고 권위만 가득한 편협한 사내는 아닌 모양이었다.

하연의 기억 속의 그는 하도 차갑고 냉정해 가까이 가기만 해도 얼음덩어리가 될 것 같은 느낌이었는데 정작 대면하고 보니 그리 차갑지도 또 답답하지도 않았다.

고압적인 것은 있지만 이 시대 사내라면 이 정도면 꽤 준수한 편이리라.

어쩌면 하연은 이런 면을 알고 눈이 먼 걸까?

일방적인 하연의 감정으로 그를 보았었다. 어렵고 무섭고 또 차가운. 그래서 늘 의문이었다. 그런 사내를 왜 마음에 품었는지. 아무리 외로움에 지친 아이라도 작은 호의를 그 이상으로 착각할 멍청이는 드물었다.

느낌상 하연은 멍청이와는 거리가 멀었다. 단지 소심하고 위축되어 있는 가여운 여인일 뿐이었다. 기댈 데가 없어 누군가의 따뜻한 말 한 마디, 손길 하나면 금방 눈물을 보이던 여인. 다가와 달라고 떼쓰기보다 내내 한자리에서 다가오길 기다리던 바보 같은 여자. 그게 하연이었다.

"그럼 이제 말해 주겠소?"

하연에 대해 생각하느라 연서는 아직도 그의 손을 잡고 있는 스스로를 인식조차 못 하고 있었다. 머리 위에서 들리는 목소리에 현실로 돌아온 연서가 의문을 담은 눈으로 그를 올려다보았다.

"뭘요?"

"내가 형수와 통정을 했다는 말. 그건 무슨 소리인지 이제 밝혀야 할 때요. 누구한테 들은 거요?"

이를 악물고 입 밖으로 내는 것조차 질색이라는 듯 통정이라는 말을 한 자 한 자 끊어 내뱉는 세현의 얼굴이 다시 험상궂었다.

인상만으로 사람 서넛은 죽였다 해도 믿을 수 있을 것 같았다.

"물론 하연이지요. 아니다. 하연의 기억이에요. 그 영효당? 그 여자가 당신 형수 맞죠? 그 여자가 하연에게 대놓고 그러더이다. 당신은 자신의 것이니 넘보지 말라고. 그 옆에 자리나 지키고 두 사람의 보호막이나 하라고. 자신이 당신의 형에게 시집온 까닭도 당신 때문이라고 하더이다. 조금 더 은애하는 사람 곁에 살고 싶었다나? 아주 뻔뻔하게 그러던데요?"

어깨를 으쓱이며 마치 남의 일이라는 듯 공주는 그에게 충격을 주고 있었다.

"어디서, 그런! 말도 안 되는 말을 하는 게요? 형수님은 그럴 사람이 아니오. 물론 한때 우리가 정을 나눈 것은 사실이오. 그건 그분과 내가 서로 정해진 혼처가 없을 때였소. 우리도 그때는 이런 식으로 다시 만날 줄 몰랐단 말이오. 내가 아는 형수님은 착하고 순한 여인이었소. 다시 만나 가장 괴로워한 사람은 내가 아닌 형수님이었소. 서로 얼굴 보는 것도 힘들어한 분은 형수님이란 말이오."

어쭈, 사랑하는 여인을 모함했다고 이 난리를 피우는 건가?

기가 막힌 연서가 아직도 그의 손을 잡고 있었다는 것을 깨닫고 얼른 손부터 놓아 버렸다. 그리고 냉큼 그와의 거리를 벌렸다. 잘못 앉아 있다 맞기라도 하면 자신의 손해였다.

"워~ 워. 좀 진정하시죠. 난 하연의 기억 그대로 말해 준 것뿐이에요. 왜 나에게 화를 내요? 나도 피해자야. 하연이 그 말을 듣고 죽으려고 약을 먹었어요. 그래서 우리가 바뀐 거라고요. 당신이 누구랑 붙어먹든 내 알 바 아니라고요. 그게 형수든 제수씨든 무슨 상관. 어차피 사람 사는 데 막장은 어디나 깔려 있으니까. 문제는 당신이 그 여자에게 빠져 안쓰러워 죽는 동안 하연은 외

로움에 목이 말라 죽어 가고 있었다는 사실이에요. 그리고 그 피
해는 고스란히 내가 가졌고."

남의 일 말하듯 태평한 그녀의 어조에 세현은 귀에서 연기가
피어오르는 것 같았다.

청천벽력 같은 말을 내뱉고는 상관없단다. 지금 그게 할 말이
던가?

"누가 누구에게 빠져 있었단 말이오? 내가 가장 중요하게 생각
하는 건 형수님도 나도 아닌 형님이오. 만약 형님이 이 말을 듣는
다면 어떤 심정이실 것 같소?"

"형님을 그토록 생각한 사람이라면 적어도 제대로 감정은 정리
했어야죠. 당신 말대로 두 사람이 그런 관계가 아니라고 치자고
요. 그런데 왜 그 여자는 그토록 당당한 얼굴로 하연에게 그런 말
을 지껄였을까요? 적어도 자신에게 기회가 있다는 생각을 했다는
거잖아요. 차라리 하연이라도 돌아보지. 그럼, 그 여자도 포기했
을 거 아냐. 제 여자 돌아보지도 않는 남자를 보면서 무슨 생각을
했을까요? 뭐, 당신 말 들어 보니 답은 나오는데 거기서 당신 잘
못 없다고 할 수 있나요?"

차가운 질책이었다. 그리고 정곡을 찌르는.

인해를 보면 안타까웠다. 그를 보는 눈이 항상 젖어 있음을 알
고 있었다. 웃고 있었으나 입가에 슬픔이 매달려 있음도 알았다.

공주의 말대로 정말 자신은 책임이 없는 것일까?

팔짱까지 끼고 냉정한 눈초리로 자신을 노려보는 공주를 보는

순간 세현은 세차게 머리를 한 대 맞은 것 같았다.

자신과 하등 상관없다는 얼굴로 그를 탓하고 있는 여자는 모르는 여자였다. 냉정하게 판단하고 결론을 내리는 모습. 그의 침대에 꼿꼿이 허리를 세우고 그를 노려보는 눈을 가진 여자는 공주라고 할 수가 없었다.

이 여자는 공주가 아니었다. 공주의 탈을 쓰고 있지만 내용물은 분명 다른 사람이었다. 왜 그런 생각이 드는지 알 수 없지만 그럼에도 그는 공주가 아니라는 걸 분명히 알 수 있었다.

"당신 누구요?"

떨리는 목소리, 똑같은 질문. 그러나 그 질문에 담긴 감정이 달랐다. 놀라움, 그리고 황당함.

"이제 감이 오나요? 내가 하연이 아니라는 걸? 몇 번을 말해야 기억할 건가요? 난 한연서예요. 이곳이 아닌 다른 세상에서 살다 온."

당당한 말투. 똑 부러지는 대답. 한 치의 흔들림도 없는 시선. 공주는 미치지 않았다.

이번에는 세현의 세상이 뒤집어지고 있었다. 이런 일이 있을 수 있다는 것이 믿을 수가 없었다.

딱하다는 눈길로 그를 바라보는 공주의 얼굴을 한 모르는 여자를 보며 기어이 그는 힘없이 의자에 무너졌다.

이 여자는 공주가 아니었다.

적어도 한 사람은 믿어 주었다. 완전히 믿은 것은 아니지만 적어도 가능성은 열고 보아 주었다. 그 사람이 하연의 남편이라는 것은 아이러니지만 지금은 그것을 따질 여유가 없었다. 그가 도와준다면, 어쩌면 하연을 이곳으로 부르는 일이 쉬워질 수도 있음이었다.

그의 사랑을 받지 못해 약을 먹은 여자였다. 그가 그녀를 부른다면 듣지 않을까? 어쩌면이라는 기대만으로 힘이 나는 것 같았다.

이른 아침까지 그를 이해시키느라 많은 말을 했었던 탓인지 처소로 돌아와 연서는 깊은 잠에 빠졌다.

그의 궁금증은 끝이 없었다. 그녀의 말을 믿으려 애를 쓰면서도 믿기지 않는 눈으로 끊임없이 확인하려는 듯 묻고 또 물었다.

일일이 대답하다 진이 빠진 연서가 오늘은 그만하자는 말로 끝을 보았다. 그리고 기다리고 있는 지씨의 부축을 받으며 하운당으로 돌아왔다.

아직은 조금만 움직여도 쉬이 피로를 느꼈다. 하연이 약을 제대로 고르긴 한 모양이었다. 제 기능은 실패했는지 몰라도 후유증은 꽤 오래간다.

긴 잠을 깨고 나니 벌써 하루가 다 가고 있었다. 깨어나지 않는 연서의 곁을 지키며 유모 지씨의 얼굴에 주름살이 하나 더 는 듯 보이는 건 딱히 착각만은 아니리라.

"기침하셨습니까? 쇤네 다시 마마께서 깨시지 못하면 어쩌나 얼마나 노심초사를 했는지. 다행이십니다. 정말 다행이십니다."

깨어난 연서를 붙잡고 또 한참을 눈물을 뺐다.

"미안해요. 왜 이리 피곤한지."

"오죽 독한 약인데요. 살아나신 것만도 하늘이 도우신 거라 했습니다요. 혹여 시장하시진 않으신지요."

배가 고프지는 않았다. 하지만 먹어야 힘이 나고 생각이란 걸 할 수 있을 것 같았다.

"배가 고프긴 하네요."

"그럼 얼른 준비하겠습니다. 아 참, 아까 나리께서 오셨다 가셨습니다. 마마께서 아직 깨어나지 못하신다는 말에 많이 걱정하시는 듯했습니다."

지씨는 보고도 믿기지 않는 말투였다. 평상시 공주가 무엇을 하든 신경 쓰시던 분이 아니었다.

혹여 그분이 찾으실까 밤마다 몸치장을 하고 기다려도 긴긴밤 단 한 번도 찾지 않으시던 분이 아니신가.

그런데 공주님을 자신의 처소에 머무르게 하고 사람을 보내 확인하는 것도 모자라 직접 납시기까지 하는 모습에 공주님의 지극정성을 하늘이 불쌍해 알아주셨나 싶어 기쁘기 그지없었다.

"그래?"

그러나 정작 기뻐해야 할 공주님은 별일 아니라는 듯 고개만 끄덕일 뿐이었다.

"기쁘지 않으십니까?"

"뭐가요?"

"이제 나리께서 마마를 보아주시잖아요. 전 자꾸 꿈인가 싶어 볼을 꼬집어보는데. 그토록 기다리시던 분이셨잖아요. 밤마다 문 밖의 동태를 살피며 제대로 주무시지도 못할 정도로."

아주 골고루 했구나, 너.

마음만 있고 행동하지 못했던 하연의 동동거림이 느껴져 괜스 레 그 인간이 미워졌다.

"기뻐요. 잠깐 다른 생각을 하느라. 나 배고픈데."

"아휴~ 내 정신 좀 봐. 금방 준비하겠습니다. 하온데 마마, 왜 저에게 존대를 하십니까?"

"에?"

"아니, 아닙니다. 기다리십시오. 냉큼 준비해 오겠습니다."

고개를 저으며 황급히 나서는 유모를 보며 연서가 두 눈을 모 았다. 아무래도 다른 사람들에게는 하연으로 보여야 할 듯했다.

세현 한 사람 이해시키는 데도 진을 빼야 했는데 다른 사람에 게 말해야 미친 사람 취급이나 받을 것이 분명했다.

혹여 공주 사칭이라고 쫓겨나기라도 한다면?

그럼 이제 생각을 할 차례였다. 어떻게 바뀌게 된 것일까? 하 연과 자신은 그저 꿈에서 교감을 나눈 사이였다.

바뀌게 된 방법을 알아야 제자리를 찾을 방법도 찾을 수 있을 것이다. 더구나 벌써 이곳에 온 지 두어 달이 넘어가는데 하연은 첫날 이후 다시는 나타나지 않았다.

그쪽에서는 또 무슨 일이 일어나고 있는지 알 수가 없으니 답답했다.

오직 꿈에 나타날 하연만 기다리는데 나오지 말라고 발광을 하던 때는 죽어라 나타나더니 나오라 비니 아예 그림자도 비추지 않고 있었다.

그동안 그녀와 하연을 연결하던 교감도 이미 끊어져 아무것도 느낄 수 없었다.

마치 끊어진 휴대폰을 들고 소리치는 것 같은 느낌. 왜 그녀와 하연이 연결된 것일까? 바뀌게 된 이유는? 복잡한 마음에 방안을 둘러보던 연서의 눈에 익숙한 물건이 보였다.

경대.

나무 상자 안에 거울이 달린 여자들의 필수품. 예전 돌아가신 원장수녀 어머니가 남겨 주셨던 유품과 똑같이 생긴 경대가 탁자 위에 오롯이 놓여 있었다.

원장수녀 어머님도 그 어머님의 유품이라고 했었다. 어릴 때 유난히 그 경대를 좋아했던 연서를 보며 아마도 네 것인가 보다, 라며 주셨던 물건. 그래서 연서의 가장 중요한 보물이 되었던 경대와 같은 모양의 상자가 놓여 있었다.

단지 연서의 것이 낡아 흠집이 나 있었다면 이것은 이제 막 만들어진 듯 상처 하나 없이 생생해 보였다.

첫날 연서가 하연의 얼굴을 확인하던 그 경대였다. 그때는 정신이 없어 그냥 넘겼는데 지금 보니 바로 자신이 가지고 있는 경대와 똑같은 모양과 크기였다.

경대를 열면 작은 거울에 비치는 자기 얼굴이 재밌어 외로울 때면 경대의 거울에 비친 자신에게 말을 걸며 놀고는 했었다.

천천히 일어나 경대에 다가간 연서가 뚜껑을 열자 깨끗이 닦인 거울이 나타났다. 손잡이 부분이 닳아 있는 걸 보면 하연도 이 경대를 자주 이용했음을 알 수 있었다.

여전히 거울에 비치는 얼굴은 연서가 아닌 하연이었다. 그러나 연서는 그 얼굴을 보고 있는 것은 아니었다. 거울에 비친 하연의 표정을 보며 답을 찾았다.

하연도 외로울 때마다 이 경대를 열고 자신과 대화를 했으리라.

숨겨 둔 마음. 울고 싶은 마음. 그리고 그리운 마음. 모두 이 경대의 거울을 보며 담아 두었음이었다.

"이거였어. 우리의 공통점."

이 거울이 어떤 식으로 자신의 세계에 떨어졌는지 모르지만, 하연의 마음을 담은 경대가 연서에게 오고 그녀와 똑같은 행동을 함으로써 공명한 것이었다.

거울 속 하연의 얼굴을 따라 움직이는 손끝이 떨리고 있었다.

외로웠을 아이. 일국의 공주로 태어났으나 어미의 정도 아비의 정도 모르고 자랐을 아이. 그건 이미 연서와 같은 고아와 다를 것이 없었다.

커다란 궁에서 의지할 사람이라고는 젖어미였던 유모 한 사람
뿐인 가여운 아이. 빈궁공주 하연은 지독히도 외로운 아이였었다.

손끝의 떨림과 함께 눈시울이 붉어졌다. 그 외로움을 누구보다
연서가 잘 알고 있었다. 세상 어디에도 제 편은 없어 자기 얼굴을
보며 위로받고 위로했던 두 사람은 다른 세상 같은 마음을 지녔
던 거였다.

어떻게 바뀌었는지 알 수는 없지만 적어도 매개체는 알았다.
그렇다면 방법도 분명 있으리라. 찾아야 했다. 무슨 일이 있어도
찾아야 돌아갈 수 있었다. 왔다면 가는 길도 있음이었다.

'그래, 적어도 내가 너로 있는 동안 너 대신 억울하고 분한 건
치워 줄게. 너라면 못 할 일을 내가 해 줄게. 이건 의리야. 그러니
까 기다려. 내가 길을 찾을 때까지. 최대한 빨리 찾을게. 그러니
까 무사히 있어야 해. 잘 견뎌야 해.'

거울 속 하연의 얼굴을 쓰다듬으며 연서가 약속을 했다. 세상
에 없는 존재라고 생각했던 하연이 이제는 동기처럼 느껴지는 건
비단 연서만은 아니라 믿었다.

이곳과는 다른 험한 곳에 떨어져 얼마나 힘들까 싶어 마음이
쓰려 왔다. 공주로 살아온 그녀가 과연 그곳에서 가난한 고아로
살아갈 수나 있을지 걱정스러웠다.

"마마?"

얼마나 경대를 보며 서 있었을까. 작은 반상에 가벼운 식사를

들고 들어오는 지씨의 뒤로 세현이 서 있었다.

부쩍 공주를 찾는 부마 때문에 지씨는 신이 난 모양이었다.

"마마께서 아직 식사 전이시라."

바쁘게 설명하며 부지런히 손을 놀려 작은 탁자에 밥상을 차렸다.

"혹여 나리께서도 아직 전이시라면 같이 차릴까요?"

"되었다."

부산을 떠는 지씨를 차가운 말투로 저지한 세현이 경대 앞에서 넋을 잃고 있는 공주를 묘한 눈길로 응시했다.

"그만 나가 보거라."

"예? 제가 시중을……. 마마께서는 아직 옷도 제대로……."

"그만 나가 보세요. 저 혼자도 충분합니다."

아직도 궁금증이 남아 있어 찾아온 그의 속내를 짐작한 연서가 우선 지씨를 내보냈다.

"경대에 무엇이라도 있는 거요?"

지씨의 인기척이 사라진 것을 확인한 그가 여전히 경대를 연 채 아무 말도 없는 공주를 보았다.

공주이나 공주가 아닌 존재. 어떻게 받아들여야 하는지 알 수가 없어 고심하고 또 고심하는 중이었다.

눈으로 다시 확인해 보자는 마음이었다. 다시 한 번 들어 보자는 마음이었다. 그러나 묵묵히 경대를 바라보는 공주의 모습은 딱히 달라 보이지 않는다. 그가 예전에 보았던 공주의 모습 그대로였다.

파리한 안색. 고개 숙인 태도. 모습은 변함이 없지만 행동은 달랐다. 공주라면 그를 보자마자 고개를 숙이고 움츠러들 사람이었다.

마치 죄라도 진 듯.

그가 왔다는 말에 꿈쩍도 안 하고 자기만의 생각에 빠져 있는 모습은 또 공주라고 우길 수도 없었다.

"알았어요. 우리가 어떻게 연결된 건지."

낮지만 떨리는 음성. 그를 쳐다보지도 않고 경대의 거울을 어루만지는 손길이 조심스러웠다. 묵묵히 공주의 행동을 주시하던 세현이 긴 한숨을 내쉬었다.

결국 공주의 말은 사실인 모양이었다. 분명 사람이 바뀌었다. 아니, 그 내용물이 바뀌었다고 해야 하나?

그러나 이 말이 맞는지도 모르겠다. 정말 이런 일이 가능한 건가? 그러나 눈앞에 벌어진 일을 아니라고 부정도 못 하는 세현이었다.

미친 것이라고 하기에는 너무 멀쩡했다. 귀신이 씐다는 말을 들어 본 적이 있지만 그런 사람들 역시 미친 짓을 한다 들었다. 그러나 이 여인은 너무도 정상으로 보였다.

혼란스러운 머리를 흔들며 그가 자세히 공주를 살피고 있었다.

눈도 돌리지 않고 경대만 주시하는 공주의 행동에 자신이 보지 못한 무엇인가 있나 싶어 세현도 다가가 공주의 시선을 잡고 있는 경대에 주목했다.

"설마 그 경대가 무슨 요술이라도 부린다는 말을 하는 거요?"

아무리 봐도 평범한 경대였다. 특별한 멋도 없이 흔하디흔한 경대, 여느 여염집 아낙네의 방이라면 하나씩을 있을 경대였다.

"내게도 이것과 똑같은 경대가 있었어요. 아주 소중한 분에게 받았어요. 그 경대에 달린 거울에 외롭고 힘들 때면 하소연을 했죠. 그리고 스스로를 위로했죠. 하연도 그랬을 거예요. 아무도 들어 주지 않는 말을 자신의 얼굴을 보며 달래고 또 위로하고 다잡으면서."

외로움이 사무치는 음성에 그는 작은 여자아이가 제 부모도 아닌 자기 얼굴을 작은 거울에 비추며 억지로 울음을 참는 모습이 보이는 듯했다.

"같은 마음. 그게 열쇠였어요. 다르지만 같은 마음, 같은 생각. 그게 공명한 거였어요. 그 애의 영혼과 나의 영혼이. 이제 왜 하연과 내가 연결되었는지 알았어요. 하지만 우리가 바뀐 이유는 모르겠어요. 그것만 알면 제자리로 돌아갈 수 있을 거예요."

반짝이는 눈에 담긴 것은 희망이었다. 그런데 세현은 그 반짝임이 거슬린다. 이토록 사람을 혼란스럽게 하고 저 혼자 답을 내고 흥분하는 여인을 보니 왠지 속는 기분이었다.

"그래, 경대 때문이라고 칩시다. 그렇다면 경대에 빌어 보시구려. 되돌려 달라고."

공주로 인해 밤을 설치고 여태 한숨도 못 잔 피곤이 짜증으로 나타나고 있었다. 그의 상태를 아는지 모르는지 공주는 딱하다는 듯 혀를 찬다.

"제 말을 끝까지 안 들으셨습니까? 연결된 이유를 찾았다 했지 바뀐 이유는 모른다 하지 않았습니까?"

"좀 앉읍시다."

피곤한 눈가를 만지며 세현이 자리를 잡고 앉자 공주도 어깨를 으쓱이더니 그 앞에 자리를 잡았다.

문득 그는 아직도 공주가 속옷 차림이라는 것을 깨달았다. 아무리 부부지간이라고는 하나 아내가 남편을 맞이하며 속옷 차림으로 돌아다닌다는 이야기를 들은 적이 없었다.

그러나 공주는 그런 것 따위는 하등 상관이 없다는 듯 빤히 그를 올려다보고 있었다.

"의복은 갖추지 않아도 되오?"

그의 지적에 휘휘 자신을 둘러보더니 고개를 끄덕인다.

"가릴 데는 다 가렸잖아요. 당신이 오래 있을 것도 아닌데 번거롭게 뭐하게요. 아직 정리가 안 되신 모양인데 왜 오신 건가요?"

"하~"

할 말을 잃었다. 하나부터 열까지 다 달랐다. 그가 그녀가 바뀐 것을 인지한 순간부터 공주의 형상을 한 여인은 거칠 게 없어 보였다.

"아직 난 다 믿는 것은 아니오. 쉬이 믿어지지 않는 일이잖소.

솔직히 난 공주가 혹여 제정신이 아닌 경우도 생각하고 있소."

"쉽게 믿는다면 그게 더 이상하죠. 나도 못 믿는데 누구더러 믿으라 할까요. 하지만 이게 현실이고 진실이에요. 난 하연이 아니에요."

속옷을 입고서도 얼굴 하나 붉히지 않는 이 여인은 진정 공주라고 할 수 없었다.

어디를 가든 한 점 흐트러짐 없는 옷차림을 하던 이였다. 더욱 그의 의심을 거두게 하는 것은 그의 눈을 똑바로 바라보며 대답하는 모습이었다.

이제 인정해야 했다. 하루 종일 고민하고 또 생각하면서도 말도 안 된다 여겼던 일이 여기 있음을.

"이제 어쩔 생각이요?"

"돌아가야죠. 하지만 방법을 모르니 당분간은 하연으로 살아야겠죠."

그가 기함하며 고민하는 사이 이 여인은 결론을 낸 모양이었다.

"공주의 몸을 가진 사람인데 참으로 공주와는 다르오. 그건 아오?"

지끈거리는 관자놀이를 눌러 자꾸만 퍼지는 두통을 잡으려 애쓰던 세현이 툭 뱉는 말에 공주가 배시시 웃었다.

"내 별명이 잡초였어요. 어디든 던져 놔도 살 사람이라는 뜻으로. 제 모습이 참 편안해 보이나요? 하지만 지금 속으로는 무지 두려워요. 평생 하연으로 살게 되면 어쩌나 싶어서. 너무 다른 세계라 적응하는 것도 쉽지 않아요. 다행이라면 이 몸뚱어리죠. 버릇이란 거 무섭더라고요. 익숙하지 않은 옷도 불편하지 않고 무의식중에 하연이 하던 행동을 하더군요. 몸과 마음이 따로 논다고 하던가?"

아무렇지도 않게 말하지만 떨리는 음성, 불안하게 흔들리는 눈동자. 그 말에 한 치의 거짓도 보이지 않았다.

새삼스런 눈으로 세현은 공주의 탈을 쓴 여인을 바라보았다. 남자라도 기겁할 일을 대범하게 받아들이는 모습.

보통의 사람이라면 이런 일이 생기면 반은 미치지 싶은데 이 여인은 두려운 기색을 감춘 채 앞날을 계획하고 있었다.

"그쪽 여자들은 당신처럼 대범하오?"

"대범? 글쎄요. 말씀드렸잖아요. 전 고아였어요. 어느 시대든 부모의 보호 없이 자란다는 건 수많은 질곡을 견뎌야 한다는 말과 통하죠. 살아남기 위해서 스스로를 보호하는 걸 먼저 배우죠. 그걸 대범이라고 할 수 있나요?"

스스로를 보호하기 위해서 대범해진다는 말에 세현은 묵묵히 앞에 앉아 빤히 쳐다보는 여인을 관찰하고 있었다.

속옷 차림에도 흐트러짐 없는 자태. 작고 갸름한 얼굴은 눈만 도드라져 언뜻 어린아이 같은 순수함도 내보였다. 조그만 입을 오물거리며 말을 할 때는 천진함마저 스며 있었다.

긴 머리채가 무거워 보일 정도로 가는 목, 그리고 좁은 어깨.

얇은 적삼 사이로 비치는 팔조차 가늘어 손이라도 대면 부러질 듯 보였다.

그럼에도 그녀는 범접할 수 없는 위엄을 간직하고 그를 올려다 보는 눈에는 추호의 부끄러움도 없었다.

그가 그녀를 관찰하는 사이, 연서도 처음으로 세현이라는 사내를 뜯어보고 있었다.

편하게 내렸던 머리를 오늘을 깔끔하게 묶어 반 상투를 틀었다. 조금은 각이 진 얼굴이 천생 사내의 용모였다. 훤한 이마에선 굵은 눈썹이 강직한 성품임을 보여 준다.

쌍꺼풀 없는 눈임에도 작지 않은 눈은 눈빛이 날카롭고 잘빠진 콧대 밑으로 굳게 다문 입술도 한번 정하면 쉬이 마음이 바뀌지 않는 사내임을 알려 주고 있었다.

사내들 속에 서 있어도 쉬이 눈에 뜨일 키는 키가 작은 하연이 옆에 서면 주눅이 들기에 충분해 보였다. 아마도 이 사내가 연서가 사는 곳에서 태어났다면 벌써 픽업되어 만인의 선망의 대상이 되었을지도 몰랐다.

아무리 봐도 참 여러 여자 울릴 상이었다.

원래 연서는 잘생긴 남자는 좋아하지 않았다. 생긴 값을 한다는 말을 경험으로 습득했으니까.

돈 좀 있고 생겼다는 남자들은 하나같이 여자들을 노리개쯤으로 알았다. 그런 남자들에게 진심이란 없다는 건 상식이었다. 뭐, 예외는 있겠지만 아직 연서는 그런 예외를 본 적이 없었다.

그래서 연서의 이상형은 진득한 머슴형이었다. 그러나 눈앞의 사내는 머슴형과는 차원이 달랐다.

뭐, 이 사내가 돌쇠 분장을 하고 마~님 하고 외친다면 한 번쯤 생각해 볼까?

"왜 웃는 거요?"

연서의 고질병. 꼭 진지한 생각을 하다 사차원으로 빠지는 버릇 때문에 아마 저도 모르게 웃었나 보다.

그녀의 웃음이 기분 나빠서였는지 이마 위로 굵은 선이 하나 생기니 산적 역할을 해도 어울릴 모양새로 변한다.

"그저 지금 상황이 웃겨서."

그렇다고 속에 있는 말을 꺼내 알려 줄 필요는 없었다. 다시 정색을 한 연서가 세현을 무시한 채 앞에 놓인 죽에 수저를 담갔다.

어찌 된 것인지 하연의 몸은 이상하리만치 음식을 잘 받아들이지 못했다. 무엇이든 가리지 않고 잘 먹던 연서였다.

바쁘게 생활하다 보니 먹는 시간이 곧 밥때였다. 그래서 한번 먹으면 양껏 배불리 먹는 것이 버릇이 되었다.

버릇처럼 열심히 먹어 보려 하지만 이상하게 받지를 않았다. 무엇을 먹든 소태처럼 쓰게 느껴져 몇 수저 들지도 못하고 내어 놓는 것이 다반사였다.

원체 먹는 체질은 아닌 모양인지 지씨는 그래도 수저라도 드는 연서를 보며 마냥 고마워했다.

수저를 내려놓고 입맛을 다시는 건 분명 하연의 행동은 아니었다.

여전히 죽이 올라와 있는 것을 보며 곱게 미간을 찌푸린 연서가 조금 떠서 입에 넣고 또 인상을 찡그렸다.

"왜, 입에 안 맞소?"

가만히 그 모습을 보고 있던 세현이 걱정스러운 음성으로 되묻는다.

"이 죽이 맛이 없는 건 아니에요. 분명 맛이 있는데 입에서 안 받아요. 하연은 정말 밥하고는 거리가 멀었나 봐요. 난 먹고 싶어도 못 먹을 때 많았는데."

"잘 모르겠소. 무엇을 좋아하는지도 난 모르니까."

하긴 뭘 바랄까. 공주가 있는지도 모르고 산 사람이 아니던가.

"그래도 억지로라도 먹어야 기운을 차릴 것이오."

"알아요. 그래서 먹으려는데 입이 써요. 마치 쓴 약을 먹는 것처럼. 그래도 먹어야죠. 얼른 먹고 기운 내서 돌아갈 길을 찾아야죠."

씩씩하게 숟가락을 들었지만 입으로 넘어가는 양은 그리 많지 않았다.

마치 병아리가 모이를 먹듯 연서는 죽 한 모금 먹고 물 한 모금 마시며 억지로 목구멍으로 양분이 될 죽을 밀어 넣고 있었다. 그런 연서를 묵묵히 세현이 지키고 있었다.

"사람들이 놀라겠어요. 당신이 제 처소를 찾아와 제가 밥 먹는 모습을 보고 있다는 말을 들으면. 아마도 그 여자 돌아 버리겠는데요."

문득 떠오른 그 여인. 영효당. 이 상황을 들으면 아마도 머리에서 김이 나고 있으리라.

간신히 죽 한 그릇을 비운 연서가 쓰디쓴 입을 물로 헹구며 씨익 웃는 모습은 개구진 꼬마처럼 보였다. 그러나 장단 맞춰 웃어 줄 수 없는 내용에 세현이 험악한 기색을 보였다.

"말조심하시오. 형수님은 그런 분이 아니시오."

그 말 한마디에 두 사람의 평안함이 깨지며 싸늘한 기운이 서렸다.

"믿고 싶은 건가요? 믿는 건가요?"

한참을 세현의 반응을 살피던 연서가 고개를 갸웃하며 물었다.

"무슨 뜻이오?"

씨근덕거리는 폼이 꽤 화가 난 모양이었다. 아마도 이 주제는 그에게 아킬레스건인지도 모르겠다. 누구든 약점을 지적당하면 발끈하는 법이니까.

"말 그대로예요. 당신의 그 형수님이라는 여자를 믿고 있느냐고 묻잖아요. 아니면 믿고 싶은 건지."

"그런 건 상관없소. 나와 형수님이 과거에 연이 있는 건 사실이나 이미 예전의 일이오. 그분은 내 형님의 부인이시오. 함부로 말할 사람이 아니오."

과거의 연이라. 가만히 나이를 따지던 연서가 입을 열었다.

"첫사랑이군요."

단정하는 말투. 그리고 이해한다는 끄덕임이 세현의 화를 더욱 부채질하고 있었다.

"당신의 주장은 말 그대로 주장일 뿐이오. 당신이 공주가 아니라면서 어찌 안단 말이오? 공주가 겪은 일을 어떻게 당신이 겪은 일처럼 말하는 거요? 당신도 그 자리에 있었다는 말이오?"

탁자에 올린 손은 이미 불끈 힘이 들어가 있었다. 당장에 무엇이든 던져 버리고 싶은 충동을 참고 있는 듯 꽉 쥐어진 주먹에 불끈거리며 혈관이 튀어나오고 있었다.

"몇 번을 말해요? 그냥 안다고. 설명하라는 건 무리예요. 내 기억이 아니지만 난 분명 기억하고 있어요. 다른 건 그리 선명하지 않지만 그 여인의 말은 선명하게 떠올라요. 표정까지도."

흥분해 달려들던 그때와 달리 공주는 또박또박 설명을 한다. 이제 아무 상관 없다는 듯이.

"당신의 감정은 모르겠어요. 하지만 그 여자가 어떤 마음인지는 알아요. 아직은 잘 숨기고 있겠죠. 하지만 당신의 형님과는 부부 사이예요. 과연 그 감정을 들키지 않을까요? 당신이 지키고 싶은 사람이 당신의 형님이라면 제대로 정리해 주는 게 옳아요. 당신 혼자 정리되었다고 다른 사람까지 그런 건 아니에요. 나중에 당신 형님이 더 큰 상처를 받기 전에 이쯤에서 정리해 주는 게 맞을 것 같은데. 뭐, 그건 당신 사정이니까."

버릇인 것 같았다. 어깨를 으쓱이는 건. 상대방의 의중은 상관

없다는 표현을 그런 식으로 하는 모양이었다.

작은 어깨를 으쓱이고 입술을 내밀며 삐죽이는 모습은 어린아이의 치기처럼 보이기도 했다. 그러나 말 한 마디 한 마디 정곡을 찔러 세현을 당혹시켰다.

그녀가 형수로 나타났을 때의 놀라움은 곧 분노로, 그다음은 형을 대하는 형수의 태도에 안도로 바뀌었다. 그래서 당연히 그녀 역시 모든 것을 정리했으리라 생각했다.

처음이야 그런 마음이라도 형과 같이 지내며 마음을 접었다 여겼다. 그리고 이제는 고마워하고 있었다.

그 외에 다른 생각은 해 본 적이 없었다. 단지, 자신을 추스르느라 정신이 없었을 뿐이었다.

오직 한 사람 일현만 보았다. 불편한 자신을 미안해하는 모습에 죄스러웠고, 그래도 그녀를 보며 환하게 웃는 형을 보며 감사했다.

"그래도 난 당하고는 못 살아요. 내가 하연은 아니지만 이 몸은 분명 하연이에요. 그러니 갚아 줄 거예요. 알고나 있으라고요."

혼자만의 생각에 빠져 있던 세현이 맹랑한 선언에 눈빛이 변했다. 도대체 무슨 짓을 하려는 건가.

"형님을 힘들게 한다면 다음 상대는 내가 될 거요."

이를 악물고 내뱉는 말에 일어서려던 연서가 다시 앉으며 시선을 마주했다.

이 남자 정말 그 여자에게 마음을 접은 모양이었다. 그녀의 말에 여자의 안위는 전혀 신경 쓰지 않고 있었다. 단지 상처받을 제 형님만 챙긴다.

호오! 그 여자 혼자 헛물 켰군.

앞뒤 상황이 대충이지만 그려졌다. 무슨 정통 신파 소설도 아니고 웃기기도 했다. 뭐 그것도 어차피 자신의 일이 아니니 느끼는 감정이리라.

"그럼 당신이 도와줄래요? 아주 멋지게 빅 엿을 먹이고 싶은데?"

"비…… 빅 엿?"

또 모르는 단어지만 결코 좋은 뜻으로 들리지 않아 그의 눈매가 날카로워졌다.

"뒤통수를 치고 싶다고요."

"어쩌자는 거요?"

어디로 튈지 모른 여자. 공주의 모습을 한 공주가 아닌 여자. 그녀와의 대화는 그를 심히 지치게 만들었다.

"간단해요. 그 여자는 아직도 당신이 자신을 못 잊고 사랑한다 믿죠. 착각은 자유니까. 하지만 당신 책임도 분명 있어요. 게다가 당신 형님은 자신도 모르게 바보가 되어 있는 상황이고."

"말조심하시오."

이 남자 유난스레 제 형 이야기만 나오면 민감해졌다. 벌써 목소리가 한 톤 내려가 살벌함이 흘렀다.

"그냥 좀 듣죠. 목소리 깔지 말고. 그만할까요?"

"계속하시오."

인상을 쓰는 그를 향해 공주의 얼굴을 한 여인은 어깨를 으쓱이더니 할 말 없게 만드는 협박까지 한다. 결국 세현이 이를 악물고 고개를 끄덕였다.

"중요한 건 왜 여자가 아직도 당신이 자기를 원한다 생각할까? 답은 나와 있잖아요. 자, 여기 이 얼굴을 보세요."

순식간에 탁자 위로 몸을 내밀며 그의 얼굴 가까이 공주가 얼굴을 들이밀었다. 그러고는 넉살좋게 제 얼굴을 가리킨다.

"예쁘죠? 거기다 공주님이야. 순하고 착하기까지 해. 어디 하나 빠지는 데가 없는데 당신은 쳐다보지도 않잖아요. 그럼 어느 여자라도 자기 때문이라고 생각하는 거죠. 나 때문에, 나를 너무 사랑해서 저 남자는 저토록 완벽한 여인을 쳐다보지도 않는다고 생각하고 기어이 착각의 물을 덜컥 마셔 버리는 거죠. 그러면서 예쁘고 착하고 순하고 어디 하나 빠지지 않는 공주님은 연적이 되는 순간이고요."

숨도 쉬지 않고 천연덕스럽게 스스로를 지칭하는 말에 세현의 눈이 커지더니 헛웃음을 흘렸다.

"당신은 참 스스로를 높이면서도 얼굴 하나 변하지 않는구려."

"설마요. 난 나를 높이는 게 아니에요. 하연이죠. 나랑은 너무 다른 공주님. 잊지 말아요. 이 얼굴은 하연이지만 내용물은 한연서라는 걸."

그의 지적에 새침한 표정을 짓는 공주는 그녀가 생각하는 것보다 더 예쁘다는 걸 알고나 있는지.

세현은 무의식중에 넋을 잃고 공주의 얼굴을 보고 있었다. 한마디 한마디 할 때마다 영롱하게 반짝이는 눈빛이 사람을 홀린다.

무언가 골똘히 생각하다 짓궂게 올라가는 입꼬리는 사내를 유혹하듯 선홍빛 아름다움을 빛내고 있었다.

"어쩌려는 거요?"

공주의 얼굴에서 눈을 돌리는 건 꽤 고역이었다. 더구나 자신의 생각에 빠져 제 얼굴을 치울 생각도 안 했다.

결국 그가 의자에 등을 기대며 몸을 뒤로 빼야 했다. 간신히 공주의 얼굴에서 멀어졌지만 향긋한 그녀의 체취가 남아 콧잔등을 간질이는 것 같았다.

저도 모르게 앉아 있는 자세가 불편해지며 등 뒤로 열기가 감돌고 숨결이 거칠어졌다.

헛기침 몇 번으로 스스로를 다잡은 그가 묻는 말에 공주가 생긋 웃자 보일 듯 말 듯 작은 보조개가 눈에 들어왔다.

"착각을 깨 버려야죠. 이제부터 당신은 공주에게 푹 빠진 부마 역을 합니다. 여태 모르고 있다가 공주가 죽을 뻔한 순간 깨달은 거죠. 아! 이 여인이 없으면 안 되는구나 뭐 이런 정도? 될 수 있으면 그 여자 앞에서 깨가 쏟아지는 금슬 좋은 부부 연기를 하는 거죠. 그럼 당신의 부모님. 즉, 하연이 존경하는 시부모님과 더불어 당신의 형님도 안심을 하시겠죠. 그건 덤이고 그 여자도 깨닫게 되는 거죠. 자신의 위치를."

사실 마음이야 당장 쫓아가 주리를 틀고 싶지만 그러다 혹여 그가 걱정하는 형이 알게 된다면 일이 커지리라는 생각에 지워 버렸다. 그렇다고 맥 놓고 가만히 있자니 열이 받는다.

분명 하연에게 약속했다. 연서가 하연을 대신하는 동안 그녀를 괴롭힌 것들은 치워 주겠다고. 그러다 그를 보니 자연스레 떠오른 생각이었다.

하연에게 제 남자라고 넘보지 말라 하였다. 자기가 못 가지면 남도 주기 싫다는 말이렷다. 그런 심보를 가진 인간에게 가장 괴로운 일이 무엇일까?

배시시 웃는 연서를 향하는 그의 시선이 날카로웠다.

"도와줄 거죠?"

묻는 말이 아닌 단정이었다. 결국 그 방법이 누구에게도 이로운 방법임을 그도 깨달았다. 어차피 그와 공주는 부부였다.

부부지간에 금슬이 좋다는데 누가 뭐라 할까?

가뜩이나 후손을 기다리는 부모님의 마음도, 은근히 동생 부부의 사이를 걱정하는 형님까지 모두 안심시킬 방법이었다.

대답이 없음에도 연서는 더 이상 재촉을 하지 않았다. 똑똑한 남자라면 알아들었을 터였다. 누구에게도 피해를 주지 않으면서 모든 상황을 만족시키는 방법인데 싫다면 이 인간이 문제가 있다는 것이니, 그때는 누구의 사정도 봐주지 않고 엎어 버리면 그만이었다.

명색이 공주인 데다 잘못도 그쪽에서 했으니, 누가 그녀에게 뭐라 할 것인가.

"내가 어떻게 하면 되는 거요?"

"뭘 어떻게 해요? 연애했었잖아요, 그 여자랑. 그렇게 하면 돼요."

"연애?"

"연애 몰라요?"

눈을 동그랗게 뜨고 되묻는 말에 그가 인상을 찡그렸다. 대충은 짐작하지만 정확한 뜻은 모르겠다.

"남자랑 여자랑 만나 사귀고 어쩌고 하는. 몰라요?"

"정분을 말하는 것이오?"

약간의 사이를 두고 그가 비슷한 뜻일 것 같은 말을 떠올렸다.

"아하~ 정분. 맞아요. 근데 정분 그러니까 무지 야리꾸리하게 느껴지네."

"야…… 뭐?"

"넘어가요. 내가 살던 곳의 말이니까. 우선은 좋아하는 여자를 보듯 보아야 하고, 항상 옆에 끼고 다니고, 나랑 같이 있으면 제일 먼저 나를 신경 써야 해요. 특히 당신 형님 부부가 있을 때는 더욱. 뭐, 나도 잘은 모르지만 그게 맞을걸요."

연애라는 것을 해 본 적도 없는 연서이니 더는 설명할 길이 없었다. 그나마 지나가며 보았던 드라마를 떠올려 대충 알려 주며 이 시대의 연애는 어떤지 문득 궁금해진다.

시대가 바뀌었다고 사람 사이의 사랑이 바뀔까. 어차피 거기서 거기일 거라 제멋대로 단정 짓고는 그의 답을 기다렸다.

어차피 선택은 없었다. 그건 그도 알고 연서도 아는 일이었다. 지금 가장 필요한 답을 연서가 내놓은 것이었다. 그는 그저 따르면 그뿐.

"좋소. 그리하리다."

뭘 그리 고민을 하는지 제법 시간이 흐르고 난 뒤에야 마지못한 듯 하는 대답에 피식 웃음이 나 연서는 일부러 자리에서 일어섰다.

"언제까지 그런 차림으로 다닐 거요?"

여전히 그녀의 옷차림이 거슬린 모양이었다. 여자가 벗고 다니는 모습은 생전 보지도 못한 듯 인상을 찡그리는 그를 보며 제 옷차림을 확인했다. 하얀 무명으로 만든 속옷은 그녀가 자신의 세상에 있을 때 즐겨 입던 옷보다도 심하게 몸매를 가려 주고 있었다. 알몸으로 다니는 것도 아닌데 뭐가 문제인지 모르겠다.

"그럼 옷 입게 나가시든가요. 가뜩이나 몇 겹으로 입는 옷이 지겨운데."

"당신이 온 곳에서는 그렇게도 다니오? 속옷 차림으로?"

다른 세계에서 온 여인. 입을 열 때마다 모르는 말을 쏟아 내는 여자. 어떤 곳인지 궁금하지 않다면 그건 사람이 아니었다. 정말 그녀가 다른 세상에서 살다 왔다는 전제하이지만.

"음~ 그곳에서는 이렇게 많이 가리고 다니는 경우는 추울 때뿐이에요. 날씨가 더워지면 거의 내놓고 다녀요. 기본만 가린다고 할까?"

"기본?"

"그러니까, 음, 여기서…… 여기까지? 아마 이 정도?"

설명할 길이 없어 대충 손동작으로 옷 모양을 만들며 설명을 하자 세현의 눈이 믿을 수 없다는 듯 커졌다. 그녀가 말하는 반만 내놓고 다녀도 거의 발가벗는 수준이었다. 간신히 치부만 가리는 옷차림이라니.

"음~ 굉장한 곳이구려."

저절로 상상이 되며 얼굴이 달아오른 세현이 헛기침을 하며 작은 목소리로 내뱉는 말을 듣고 이번에는 연서의 입이 벌어졌다.

이 남자가 정말 그런 말을 했는지 듣고도 믿기지 않았다.

"남자들이란."

그가 무슨 생각을 하는 줄 다 안다는 듯 째리는 눈길이 제법 야멸치지만 그 모습이 꽤 귀여워 세현이 다시 헛기침을 했다.

문득 자신이 여인과 아니, 다른 누구와도 이런 식으로 편안하게 대화라는 걸 한 적이 없었다는 것을 깨닫고 새삼스러운 눈으로 그녀를 보았다.

"내가 그대를 어떤 이름으로 부르길 바라오? 공주라는 지칭은 전혀 어울리지 않소. 당신은 분명 공주가 아니오."

그랬다. 그녀는 공주와는 다른 사람이었다. 그러니 공주라는 말이 어울리지 않았다.

그녀가 공주처럼 보이지 않아서가 아니라 자신이 살고 있는 곳의 사람들과는 그 틀을 달리하는 사람이기에 그녀를 보고 공주라는 말을 쓸 수가 없는지도 몰랐다.

"글쎄요. 공주라는 말이 나랑 어울리지 않는다는 말 같은데, 맞아요. 난 공주는 아니죠. 그렇게 될 수도 없는 사람이고. 그렇다고 남들 앞에서 내 이름인 연서라고 부르는 것도 웃기죠. 그럼 왜 그러냐고 물을 테고 대답도 어려우니. 아! 연이라고 부르세요. 하연과 내 이름 연서. 중복되는 단어 연. 그냥 편하게 연이라 부르면 남들은 모를 거예요. 그게 하연의 연인지, 연서의 연인지 알 리 없으니까."

그의 말에 살짝 빈정이 상하지만 무시하며 연이 대답을 해 주었다. 그의 말이 맞으니 할 말도 없었다.

하연의 껍데기를 둘렀다고 천애고아인 연서가 바뀌는 것은 없었다. 공주는 공주고 연서는 연서니까.

하연은 하얀 연꽃이라는 뜻이지만 연서는 연못의 서편에 버려진 아이라는 뜻이었다. 나중에라도 부모를 찾으려 할 때 자신이 어떻게 버려졌는지 기억하라고 지어진 이름.

뜻은 다르지만 연 자만은 같은 연을 쓰는 것도 맞았다.

"연이라……"

부드럽게 굴러가는 울림이 꽤 마음에 들어 세현은 고개를 끄덕였다.

"오늘은 무엇을 할 생각이오?"

"계속 방에만 처박혀 있을 순 없잖아요. 정확히 내가 어떤 시대로 떨어진 건지 알아보려고요. 달라도 너무 달라 보는 것마다 신기해서 구경거리도 많아요. 더구나 오늘 당신 부모님께서 만나고 싶어 하세요. 사실 만나 무슨 말을 해야 할지 몰라 거절한 것만 몇 번인데요. 이번에 같이 식사라도 하죠. 뭐, 죽도 지겹고. 이곳 음식도 맛볼 겸 가려고요. 같이 가실래요?"

"그러지."

빈말이었다. 별 뜻 없이 버릇처럼 묻는 말. 식사를 할 때 주변에 사람이 있으면 그저 예의상 묻는 말이었다. 그런데 뜻밖에 그가 흔쾌히 나서자 오히려 놀란 것은 연서였다.

"늘 같이 행동하고, 다른 사람 앞에서 더욱 돈독한 모습을 보여야 한다고 하지 않았소. 아마 형님 내외도 나와 계실 터이니 좋은 기회 같은데."

꽤 적극적이었다. 그만큼 형을 생각하고 있음이었다. 이런 형제지간의 우애를 겨우 여자의 이기심으로 깨트리려 하다니, 그래서 더 그 여자를 용서할 수가 없었다.

형제지간이 뭔지, 남매는 뭔지, 또 자매는 뭔지 모르고 자란 연서였지만 토닥이는 모습만 보아도 부러워했었다.

"좋아요. 같이 가죠. 시간 맞춰 데리러 오세요."

"데리러?"

"물론이죠. 좋아하는 사람들끼리는 한시도 떨어져 있지 않는 법이니까. 사실 이렇게 한집에서 따로 지내다니, 말도 안 되는 일이라고요. 이곳은 부부라도 따로 사나 보죠? 한 울타리 안에서도?"

"당신의 시대는 안 그런가 보오."

"안 그래요. 항상 같이 지내죠. 이런 행동은 별거하거나 이혼하려는 사람들이나 하는 짓이라고요. 아, 맞다. 내가 살던 시대의 옛날에도 이랬던 것 같네요. 하긴 여기도 과거라면 과거니까 당연한 건가."

사랑채와 안채의 구별은 조선시대 양반가의 흔한 구조였다. 여인과 사내의 일이 다름이라 사내가 안채에 드나드는 일이 잦은 것은 허물이 되기도 한다고 배웠다.

"별거? 이혼?"

"나중에, 시간 나면 그때 하나씩 설명해 줄게요. 우선은 하나씩 하자고요. 난 당신이 살고 있는 시대를 탐방하고 당신에게 시간 나는 대로 내가 살던 곳의 이야기를 해 줄게요. 뭐, 믿을 수 있는 이야기가 될지는 자신이 없지만. 나에게 지금 이 시대는 과거지만 당신에게 들려줄 내 이야기는 미래라고 해야 맞을 테니까."

너무 오랜 시간 떠들었음인지 벌써 하연의 몸이 지치고 있었다. 약 때문은 아닌 듯했다. 워낙 약하게 태어난 탓이거나 운동 부족이거나. 후자라면 좋을 텐데.

쉬이 지치는 건 연서의 성격상 맞지 않았다. 항상 활달하게 움직이며 살아온 그녀기에 가만히 앉아 조몰락거리는 건 취미에 맞지 않았다.

"이만 돌아가 주세요. 식사 시간에 보죠."

번번한 축객령에 세현은 쓴웃음을 지었다.

안사람에게 쫓겨나는 사내라니, 다른 누군가의 이야기라면 비웃을 수 있지만 자신의 이야기니 그럴 수도 없었다. 더구나 짙은 피곤이 감도는 안색이 마음에 걸렸다.

"불편하오?"

저도 모르게 걱정이 먼저 앞섰다.

"좀 지치네요. 하연의 몸은 조금만 움직여도 지쳐요. 약 때문에 그런 건지, 원래 약한 건지 모르지만."

"아무래도 의원에게 다른 약을 지으라 해야겠소. 좀 기운이 나는 약으로."

"됐어요. 지금 먹는 약도 얼마나 쓴데. 소태를 씹는 것 같다고요. 자기 먹을 약 아니라고 마음대로 그러지 말아요."

질색하는 표정을 숨기지도 않고 정말 쓴 약을 먹듯 인상을 찡그리는 연서 때문에 세현이 설핏 웃음을 베어 물었다. 매사 감추지 않고 표현하는 그녀가 마음에 들었다. 작고 오물거리는 입으로 단호하게 내뱉는 말도.

그를 두려워하지 않고 똑바로 응시하는 눈은 더욱 마음에 들었다.

"쉬시오. 물러가리다."

"그러세요. 나중에 봐요."

일어나지도 않고 손짓으로 까딱하는 그녀를 보아도 화가 나지 않는 스스로가 이상했지만 세현은 입가에 미소를 지우지도 않고 천천히 연의 처소를 나섰다.

분명한 건 저 안에 있는 여인은 공주가 아니라는 확신이었다. 알 수 없는 말을 해서 믿는 것이 아니라 그를 대하는 태도며 상황을 직시하는 명석함이 달랐다. 어떻게 그런 일이 일어났는지 모르지만 공주가 바뀌었다.

죽었다 깨어나 숨기고 있던 성질이 나온 것이라고 하기에는 무리가 있을 정도로. 그렇다면 남은 것은 공주의 말대로 영혼이 바뀌었다는 말밖에 없었다. 그럼에도 믿어지지 않지만 눈으로 확인하고 나니 아니라고 부정할 수도 없었다.

혼자만의 생각에 빠져 있던 그가 문득 지친 그녀의 안색이 떠올라 걱정이 앞섰다. 길을 나선 그가 다음으로 찾아간 곳은 의원이 거처하는 곳이었다.

의원에게 연의 상태를 알려 주며 약을 지시하던 그는 질색을 할 연이 떠오르자 저도 모르게 웃음이 피어난다. 그래도 하루빨리 그녀가 강건해지길 바라는 마음은 거짓이 아니었다.

6.
복수는 이렇게 하는 거야

대사헌 윤효영은 오늘만 같으면 세상 부러울 것이 없었다. 그동안 내내 마음 졸이게 했던 공주 며느리의 무사 쾌차한 모습을 보니 안도감에 십 년 묵은 체증이 내려가는 듯했다.

더구나 한동안 운신조차 버거웠던 큰아들의 안색도 좋아 보인다. 늘 따로 식사를 하던 큰아들 내외까지 모두 모여 넓은 식탁이 꽉 차 절로 흥이 났다.

그의 안사람인 하씨 역시 흐뭇함을 감추지 못하고 연신 눈물을 감추느라 정신이 없었다. 큰며느리의 말없는 태도는 어제오늘 일이 아니었다. 가문은 있으나 부모 없는 고아인 그녀를 큰며느리로 맞으며 눈물을 흘린 날이 얼마인지 몰랐다.

일현이 멀쩡했으면 절대 큰며느릿감으로 선택할 리 없었다. 그나마 다행이라면 순하고 여린 아이라는 점이었다.

불편한 사내를 남편으로 맞이하여 혹여 무시하면 어쩌나 하는 걱정을 비웃기라도 하듯 지극정성으로 대하는 모습에 처음 못마땅했던 마음이 미안해지곤 했다.

그리고 둘째 며느리인 빈궁공주는 애물단지 아닌 애물단지였다.

하사품이라는 명목으로 내려진 귀한 존재. 단 한 번도 공주라는 지위를 이용해 사람을 하대하는 것을 본 적이 없었다. 그러나 너무나 주눅이 들어 제 할 말도 못 하고 숨죽이고 사는 모습이 안타까워 마음으로 애달파 했던 존재기도 했다. 심성도 고와 시부모 모시는 데 소홀함이 없었다.

큰며느리와 달리 매사 흠 없이 행하는 태도며 말솜씨, 그리고 행동까지, 뭐 하나 나무랄 데가 없음에도 오직 단 한 사람 신랑에게 냉대받으며 속앓이하는 것을 모르지 않았다.

세현도 처음부터 이토록 차갑고 무뚝뚝한 아이는 아니었다.

제 형이 제 생명 대신 다리를 내어 준 그날 이후로 밝고 치기 어린 모습은 사라지고 매사 날카로운 사내만 남았다.

두 아이 사이에 한 놈이 더 있었지만 세현이 태어나기 전 세상을 뜨고, 그 슬픔이 가시기 전에 태어난 아이라 큰아이와는 다르게 조금 더 보듬고 기른 것도 사실이었다.

하루가 멀다 하고 다치거나 흙투성이가 되어 나타나 씨익 웃던 아들의 모습이 그리운 건 그가 나이를 먹어서는 아니었다.

사내로서의 기력을 잃고 시들어 가는 큰아들을 보며 마음이 까

맗게 타들어 가고, 그만큼 차갑고 말수가 적어지는 둘째 아들을 보며 마음이 졸아들었다.

변방을 돌면서 혹여 무슨 일을 당하는 것은 아닌지 마음 졸인 지 몇 년째인지도 기억에 없었다.

마치 형 대신에 모든 것을 해야 한다고 믿는 사람처럼 세현은 어떤 일이든 물불을 가리지 않았다.

혹여 변방에 일이 생기면 뜬눈으로 밤을 새우는 것은 대사헌뿐이 아니었다.

지금 현재 세현이 잘못되기라도 하면 이 집안의 대가 끊김이기에 다들 긴장하며 내내 하늘을 향해 세현의 무사 귀환을 빌곤 했다.

도리어 공주와 혼인하고 집에만 있으니 안심이 될 정도였다. 그러나 무슨 일인지 다시 변방으로 갈 것이라는 말에 하씨가 누구에게 말도 못 하고 애를 태우고 있었다.

공주 부부의 일로 늘 살얼음판 같았던 집안이 오늘은 화색이 돌며 절로 대사헌과 하씨 부인의 안색에도 홍이 서려 있었다.

"이리 다들 모이니 내 기분이 좋구나. 다행이야. 진정 다행이야."

흐뭇한 눈길로 자식들을 바라보는 대사헌의 눈가가 젖어 있었다. 여전히 적막한 분위기에 말없이 식사만 하는 식솔이지만 이렇게 모여 앉아 있는 것만으로도 그는 만족할 수 있었다. 그동안의 사달을 생각하면 이것만도 충분히 그를 기쁘게 했다.

"입맛이 돌아오질 않는 거요? 아직도 입에 쓰게 느껴지오? 아니면 찬이 입에 맞지 않소? 의원 말로는 이제 진지를 드셔도 된다 하던데."

그때 나직한 목소리로 제 안사람을 챙기는 세현의 말에 모두 놀라 수저를 멈췄다. 단 한 번도 공주에게 따뜻한 말은커녕 안부도 묻지 않는 사내가 그였다.

"아닙니다. 찬은 아주 맛납니다. 하지만 아직 제 입이 반기지를 않사옵니다. 죄송하나 서방님 앞에 놓인 물김치 좀 주시겠습니까?"

그런데 당황할 줄 알았던 공주도 아무렇지도 않은 듯 그의 말을 받으며 도리어 찬을 달라 주문까지 한다.

처음 보는 상황에 모여 식사하던 식솔들의 입은 물론이요, 그들을 시중들던 하인들까지 입이 벌어지는 줄도 모르고 공주 내외를 보고 있었다.

그런 시선을 아는지 모르는지 세현은 소매 끝을 잡고 아예 물김치 그릇을 통째로 공주의 앞에 가져다 놓았다.

시어른을 모시고 밥상에 앉아 먹는 태도치고는 버릇없는 행동임에도 누구도 책을 잡지 않았다. 책을 잡기는커녕 서서히 미소가 떠올랐다.

오직 한 사람 인해의 얼굴만 굳어져 갔다.

주변의 기색을 살피던 연서가 영효당의 표정을 확인하고 내심 쾌재를 불렀다. 그리고는 일부러 수줍은 기색을 만들며 물김치를 한 수저 입에 넣었다.

"입에 맞으시오?"

"예, 깔깔했는데 제법 입안이 진정되는 것 같사옵니다."

"조금 더 드시오. 억지로라도 드셔야 예전 같아지실 겁니다."

"예, 명심하겠습니다. 서방님께 심려를 끼쳐 송구스럽습니다."

"나으시면 됩니다. 하루라도 빨리 강건해지시면 됩니다."

아름다운 모습이었다. 늠름한 사내의 옆에 다소곳이 얼굴을 붉
히는 젊은 부인의 아름다움 역시 남 못지않게 눈길을 끌었다. 더
구나 서로를 향하는 애틋한 정이 숨긴 듯 드러나며 주변 사람들
을 간질인다.

시부모와 함께하는 자리이며 형 내외도 동석한 자리임에도 두
사람은 세상에 단둘만 있는 듯 내내 아련한 눈길을 보내며 서로
를 챙기고 있었다.

둘에게 무슨 일이 있었는지 알 수 없지만 소원하던 두 사람이
이토록 다정한 모습을 보이니, 보는 시부모 흐뭇하고 일현의 눈에
도 안도가 담겨 있었다.

자신에게 미안해 방황하는 동생을 보는 것도 고역이었다. 같은
상황이라면 동생도 똑같은 행동을 했으리라. 한 가지 아쉬운 점이
있다면 차라리 그때 죽었더라면 좋았을 것을 모진 목숨 이어져
가문의 누가 되고 있음이었다.

살아 있는 것이 못내 미안해하던 일현이 세현과 공주의 다정한
모습에 남모르게 깊은 안도의 한숨을 내쉬다 어둡게 가라앉은 안

사람을 보고는 외면했다.

안사람에게는 항시 미안한 그였다. 사내로서는 이미 기력을 다한 인간이 아니던가. 젊은 아내를 보며 더는 해 줄 것이 없는 스스로가 참으로 비참해지는 순간이기도 했다.

"허어~ 호사다마라고 하더니 그 말이 맞는 말인가 보오. 내외의 금슬이 언제 그리도 좋아졌누?"

대부인 하씨도 남편의 말에 고개를 끄덕이며 연신 놀란 기색 감추지도 못하고 두 사람을 번갈아 보고 있었다.

"제가 미진하여 소중한 사람을 그냥 보낼 뻔하였습니다. 그동안 심려 끼쳐 죄송합니다. 이제 저희 부부, 두 분께 더는 걱정 끼쳐 드리지 않을 것입니다."

언제부터 작은아들이 그리 살뜰한 말을 하게 된 것인지 몰라 멍해지는 표정을 간신히 수습하며 대사헌은 기특함에 허허 웃기만 했다.

어쭈, 제법인데.

생각보다 그는 제대로 행동하고 있었다. 무심한 듯 식사 내내 시선도 주지 않다가 연서가 입맛이 써 젓가락만 가져다 댄 음식을 귀신같이 알아내 슬쩍 그녀 앞으로 밀어놓았다.

게다가 음식은 생각보다 입에 맞았다. 아직은 고춧가루가 나오지 않았는지 하얀 백김치가 입맛을 돋우었다.

간단히 무만 담겨 있는 물김치도 제대로 시원한 맛을 낸다. 오밀조밀 무쳐 있는 나물도 맛깔스러웠고 고슬거리는 밥이 거칠긴 하지만 연서의 시대에도 건강을 위해 보리밥이나 현미 쌀을 해 먹는 경우를 알기에 딱히 입에 거슬리진 않았다.

문제는 음식이 아니라 여전히 깔깔한 하연의 입 상태였다. 무엇을 먹든 맛은 느끼지만 제대로 받아들이지를 못한다. 덕분에 열심히 젓가락을 놀리지만 딱히 입안에 들어가는 음식은 없었다.

그나마 물김치의 시원한 맛이 입맛을 달래 주어 결국 수저를 열심히 물김치에만 담그고 있었다.

뭐, 찬이야 입에 안 맞아도 할 수 없는 일이지만 시시각각 세현이 연서를 챙겨 주는 모습에 안색이 변하는 영효당을 보는 재미는 꽤 스릴이 있었다.

이쯤에서 조금 더 염장을 지를까 하는 와중에 어떻게 알았는지 그가 먼저 선수를 치고 있었다.

아주 낯간지러운 말도 천연덕스럽게 하는 그를 보니 이 인간이 원래 무감각하고 차가운 인간이 맞는지 헷갈릴 정도였다. 더구나 세심하게 챙겨 주는 그 모습에 자꾸만 얼굴이 붉어지는 건 또 무슨 일인지.

아마도 하연의 몸이 먼저 반응을 하는 모양이라고 치부하며 연서는 흐뭇한 눈으로 자신을 보고 있는 시부모를 향했다.

이쯤에서 착하고 예쁜 며느리 역할도 해 주어야 나중에 하연이 와서 더 예쁨받으리라.

"제가 미진하여 아바님과 어마님의 마음을 언짢게 하였나이다. 부덕한 저를 이리 귀히 여기시는 줄 알면서도 못난 마음에 그리

한 것이니 너무 미워하지 말아 주소서. 신첩 대죄를 청해야 하나 이리 마주 보고 앉아 편히 식사를 하니 송구스럽습니다."

생각한 말은 달랐는데 입에서 필터링을 해서 나가니 스스로 황당하긴 하지만 내심 다행이라 안도감이 밀려왔다.

며느리의 그 말이 기꺼웠는지 시부모의 안색이 더욱 환해졌다.

"무슨 말씀이십니까. 귀하신 분을 모셔 오고 그토록 외롭게 한 제 자식의 허물임을 모르지 않습니다. 이토록 강건해지신 모습을 보니 제가 더욱 송구스럽고 고맙습니다."

연서가 보기에 참으로 어이없는 일이지만 신분상으로 하연이 높기에 시부모는 항상 극존대를 하고 있었다.

한참 어른이며 더구나 시부모라는 분들이 그리 행동하니 하연의 몸속에 연서가 정말 송구스럽다는 말의 의미를 깨닫고 있었다.

사실 하연이 죽어도 지금의 왕은 눈 하나 깜짝하지 않을 위인이었다. 그러나 대사헌의 성격상 그런 상황이라고 공주를 무시할 사람이 아니었다.

대쪽 같은 성격 때문에 조정에서도 왕의 눈치를 받는 분 아니었던가. 명망이 아니라면 진즉 유배를 가도 수십 번은 갈 사람이었다.

단지 선왕부터 내려오는 가호가 있기에 그나마 이 정도로 명맥을 유지하는지도 몰랐다. 지나치게 고지식한 인물이지만 연서는 마음에 들었다. 틀어지지 않고 사람을 사람으로 대하는 그 성격이 좋아 보인다.

"이제 더는 이 시어미를 놀라게 하지 말아 주세요. 마마 덕분에 수명이 반은 줄은 듯하였답니다. 더구나 그 일 이후 두 분의 금슬이 사뭇 좋아 보이니, 이제 이 시어미는 여한이 없습니다."

시집와 세 아들을 낳아 큰아들은 평생 앉은뱅이가 되었고 둘째 아들은 태어나 두 해를 못 넘기고 품에서 놓아주어야 했다. 그나마 멀쩡한 아들 하나 역시 불안한 삶을 살아가니 근심으로 바짝바짝 말라 가는 가슴을 안고 살아가는 하씨 부인이었다.

자식을 셋을 낳았고 그중 두 아들이 장성하여 혼인을 하였음에도 여태 집안에 아이 울음소리가 나질 않으니, 본인은 제 할 일을 다 했음에도 항상 남편에게 죄송한 마음뿐이었다.

그나마 공주가 살아나고 아들의 왕래가 잦다는 말에 혹여 기대를 하고 있던 차에 금슬 좋아진 두 사람을 보니, 내내 흡족함에 절로 웃음이 따라 나온다.

문제는 공주가 음독한 약이 본디 독한 약이라 혹여 후사에 문제가 있으면 어쩌나 하는 점이었다. 의원에게 괜찮을 것이란 말은 들었지만 여전히 마음이 놓이지 않았다.

서로 다른 마음을 가진 식사 시간이 끝나 가고 있었다. 여전히 웃음이 사라지지 않았지만 묘하게 불편한 자리기도 했다.

시부모는 시부모대로 변한 아들 내외의 모습에 놀라고 기쁘지만 여전히 못 미더워했고, 일현 부부는 부부대로 서로 엇갈린 감정으로 시선을 외면하고 있었다.

"영효당 형님께서는 어디 좋지 않으신 모양입니다. 내내 저분

질이 약하십니다. 전날 오실 적에 신첩이 무서운 꿈을 막 꾸고 난 터라 정신이 없어 형님을 그리 보낸 것이니 너무 마음에 담아 두시지 않으셨으면 합니다. 제 못난 짓 때문에 참으로 심려 끼쳐 너무 송구합니다."

한 번은 찔러 주고 넘어가야 속이 풀릴 것 같았다. 연서는 애처로운 표정을 만들어 지으며 미안한 기색을 얹었다.

아무것도 기억 못 하는 양 그녀 옆에서 속을 긁어 주리라는 생각이었다.

사람을 미치게 하는 방법은 이 시대보다 연서가 살던 시대가 더 우월하다 자신할 수 있었다.

어디든 사람 사는 곳은 마찬가지지만 시대가 발전하면서 사람이 사람을 괴롭히는 방법은 또 그만큼 진화하는 법이었다. 그리고 그 시대에서 연서는 악으로, 깡으로 살아온 사람이 아니던가.

하연이라면 모를까. 연서와의 싸움은 처음부터 영효당 저 여인에게 불리할 수밖에 없었다.

"아닙니다. 마마의 무탈한 모습을 뵈니 저로서도 바랄 것이 없습니다. 서방님께서 많이 걱정하셨습니다. 옆에서 보는 내내 어찌나 안쓰럽던지."

어쭈!

얌전한 척하며 그동안 세현을 많이 만났다는 암시를 돌려 말하고 있음을 모를 연서가 아니었다.

말은 시동생을 걱정하는 말투지만 그 속에 담긴 뜻은 네가 그러고 있는 동안 내가 네 남편을 돌보았다, 그 뜻이렷다.

"고맙습니다. 형님이 계셔서 그나마 안심이 됩니다. 하지만 이제 서방님 걱정은 마세요. 저도 정신 차렸으니 이제는 허튼 생각 없이 서방님 옆을 지키겠습니다. 아주버님의 안색이 좋아 보여 다행입니다. 개마산에 다녀오셨다 들었습니다. 저도 한 번은 가고 싶었는데. 형님도 좋아하실 것인데 어찌 혼자 가셨습니까? 부부가 같이 가면 더 좋았을 것을. 다음에는 부부동반으로 같이 다녀오시지요. 그렇잖아도 서방님께서 개마산에 데리고 가 주신다 하여 어찌나 기쁘던지."

움찔하는 세현의 팔을 보이지 않게 지그시 누르며 연서가 나긋나긋한 음성으로 영효당의 염장을 질렀다.

아픈 남편이나 잘 돌보라는 말을 우회해 한 것인데 알아들었는지 안색이 굳어진다. 더구나 세현이 공주와 함께 여행을 간다는 말에 슬그머니 젓가락을 놓는 손이 떨리고 있음을 놓치지 않았다.

똑똑한 여자는 이게 좋아. 돌려 말해도 알아듣거든.

피식 웃음이 나오려는 것을 감추며 한껏 감사함을 담은 얼굴을 만들었다. 그럴수록 영효당의 낯빛은 파리해졌다.

"좋은 곳 입니다. 온천물도 참으로 좋습니다. 마마도 가보시면 놀라실 겁니다. 개마산 꼭대기 천지도 눈이 부시게 아름답다는 말은 들었지만 소인은 아직 가 본 적이 없으니 이번 기회에 부마와 가셔서 제게도 그 아름다움에 관해 들려주시지요."

맞장구를 치는 일현의 부드러운 말과는 달리 여전히 연서의 손에 잡혀 있는 세현의 팔에 힘이 들어갔다.

몸 상태가 나빠질 때마다 일현은 개마산의 온천을 찾았다. 이미 그곳에는 집안에서 그를 위해 마련한 작은 별장도 있었다.

그러나 그 많은 시간을 개마산에 기거하면서도 천지를 올라가 본 적은 없었다는 말이 아프게 세현의 귀에 박혔다.

그만큼이나 활달한 일현이었다. 그런 그가 모든 것을 잃고 움직임도 불편한 가운데 살게 된 것이 자신의 탓이니 별 뜻이 없음에도 가슴 한편이 아려와 불편해진다.

그런 세현의 감정을 알았음일까? 팔을 잡고 있던 연의 손이 어느새 부드럽게 어루만지며 달래 주는 듯 움직였다.

소매 위로 따스한 연의 온기가 스미며 그의 죄의식을 나누기라도 하려는 듯 어루만지다 약하게 두드려 이해의 마음까지 전한다.

알고 하는 행동인지 아니면 무의식인지 알 수 없지만 그 작은 행동에 마음이 가라앉으며 편안한 눈으로 형을 마주하고 웃어 보일 수 있었다.

그리고 돌아본 연의 눈이 무엇인가 생각하듯 일현을 보며 고정되어 있었다. 골똘하게 생각에 빠져 있는 듯 남은 한 손으로는 들리지 않게 탁자를 손끝으로 두드리는 모습에 일순 불안함을 느끼는 건 세현뿐인 것 같았다.

식사는 화기애매한 분위기로 끝을 맺었다. 대사헌과 부인 하씨는 마냥 즐거운 식사 자리였을지 몰라도 큰아들 내외는 그저 맞장구를 치는 정도였고, 세현은 분주히 연과 형님 내외를 살피느라 제대로 식사에 전념할 기분이 아니었다.

연서는 연서대로 영효당의 변한 얼굴빛을 살피느라·바쁘기만 한 자리였다.

우선은 세현의 말에 거짓이 없음을 확인하니 안심이 되었다. 하연이 정신 빠진 인간을 마음에 둔 거였으면 어쩌나 하는 걱정도 기우였음을 알았다.

바보같이 제대로 확인도 안 하고 제 절망에 빠져 앞뒤 분간 못 하는 행동을 한 하연을 생각하니 한숨이 나왔다.

순해빠져 저런 여우도 안 되는 너구리같은 여인에게 휘둘리다 니.

그리고 세현의 형, 일현. 분명 하반신 마비 같았다.

그런데 정말 마비일까? 연서의 시대라면 정밀검사를 하고 지속적인 물리치료로 얼마든지 다시 걷게 되는 사람을 보았다. 그러나 이 시대에 그런 병원이 있을 리 없고, 처음 사고를 당해 별다른 치료를 못 해 굳어진 것은 아닌지 의심 아닌 의심이 든다.

그러나 혹여 입을 놀려 쓸데없는 기대로 사람을 죽일 수도 있음을 알기에 우선은 생각만으로 접어 두었다. 그러나 기회가 된다면 한 번쯤은 확인하고픈 욕심이 생겼다.

일현을 볼 때마다 어두워지는 세현의 표정이 마음에 걸렸다. 자세한 상황은 모르지만 그로 인한 사고임에는 분명해 보였다.

누군가가 자신 때문에 평생 불구로 산다는 건 그만큼 사람을 죄의식으로 시들게 한다. 더구나 그 사람이 형이라면. 한 번도 가지지 못한 형제라지만 다는 몰라도 대충 그 심정이 이해가 가 마음이 쓰였다.

고아원 동생 중에 소아마비로 지속적인 재활 훈련을 받아야 했던 아이가 있었다. 그 아이가 다니던 병원에서 의사는 신경이 살아 있다면, 그래서 감각이 살아 있다면 지속적인 물리치료와 재활로 다시 걸을 수 있다고 말했었다. 지금이라면 감히 상상도 못 할 일이겠지만, 연서의 시대에는 흔하지 않지만 없는 일도 아니었다.

어쩌면, 정말 어쩌면 세현의 형에게 기회가 있을 수도 있었다.

묵묵히 일현의 안색을 살피는 연서가 불안했는지 조심스럽게 세현이 그녀의 소매 끝을 잡아당겨 주의를 환기시켰다.

"오늘은 정말 기꺼운 날이구나. 곧 있으면 부마가 변방으로 나갈 터이니 부부지간에 잠시 여행이라도 다녀오면 좋을 듯하구나. 개마산의 맑은 기운이면 공주님에게도 좋을 터. 곧 날을 잡아 보거라."

평상시 대사헌에게서는 보기 어려울 정도로 호쾌한 말이었다. 세현은 죄송함에 고개를 숙였다.

아들 둘을 보며 얼마나 속이 닳았을까. 단 한 번도 아들들을 나무라지는 않았지만 그 눈 안에 담긴 질책을 모르지 않았다.

부부지간의 일이니 나설 수는 없지만 집안을 생각하는 어른으로서는 답답한 노릇이었을 게다.

더구나 연의 상황을 모르는 식구들이니 조금은 멀리 떨어트려도 나쁘지 않을 것 같았다. 도리어 가까이 있다가 낭패를 당할 수도 있었다. 조금 더 앞까지 생각한 세현이 곧 부친의 말을 받았다.

"예, 그리하지요. 그렇잖아도 공주의 안색이 아직은 좋지 않아 걱정이었는데 형님을 보니 개마산의 공기가 좋을 듯합니다. 공주도 가시고 싶어 하시니 곧 차비를 차리지요."

이 인간이, 그걸 덥석 물면 어쩌자는 건가.

그냥 영효당의 속을 긁으려 한 말인데 그가 나서니 할 말이 없어 대신 연서가 그의 팔뚝을 보이지 않게 꼬집었다. 제법 힘이 들어갔음에도 그는 전혀 반응을 보이지 않은 채 부친과 마주 보며 덕담을 나누고 있었다.

이런, 이런. 말 한마디 잘못 뱉어 이러다 팔자 좋게 백두산 유람을 하게 될 판이었다.

영효당으로 돌아온 인해의 행동은 평상시와 다를 바가 없었다. 그러나 보기와 달리 이미 염화에 몸을 담근 듯 뜨거운 분노로 가슴이 타들어 가고 있었다. 그럼에도 남편의 처소에 들러 서로 마주 앉아 차도 한 잔 마시고 오는 길이었다.

마치 맨발로 뜨거운 자갈길을 걷는 듯 온몸에 열기가 뻗쳐 지금이라도 폭발할 것 같은 심중을 감추느라 진이 빠져, 따르는 시녀도 물리치고 들어와 문을 닫고는 스르르 주저앉았다.

설마 살아났다 하여 정이 생기리라고는 상상도 하지 못했다.

그래도 일국의 공주라는 신분을 가진 여자가 자결이라니. 그것도 극독을 마신 여자 아니던가.

무에 그리 자랑스럽다고 살아났다 기뻐한단 말인가. 만약 자신이 죽었다 살아났다면 그런 행동을 했으리라 믿기지 않았다.

신분부터 달랐다. 그래서 당하는 설움에 목이 막혔다. 가난하다 하나 자신도 귀족의 피였다. 모자란 부모 밑에 태어난 것은 자신의 선택이 아니었다.

한 끼 먹기도 버거워 구걸하던 시절에 이미 신분이란 우스운 것이라는 걸 깨달았다. 결국 있고 없고는 신분을 막론하고 사람의 가치조차 바닥으로 떨어트렸다.

천한이야 구걸이라도 한다지만 신분 때문에 구걸도 못 하고 물만으로 끼니를 때우던 때가 또 그 얼마이던가.

하루 종일 책만 읽으며, 식구들이 배를 주리며 죽어 가는 모습을 강 건너 구경꾼처럼 바라보며 살던 아버지라는 인간은 생각할수록 이가 갈렸다.

결국 언니는 나이 많은 양반의 후처로 들어가야 했다. 남은 식구들이라도 살리자는 마음이었지만 그도 시집간 지 얼마 안 되어 제 목숨을 끊어야 했다.

아직도 팔팔한 젊은 언니가 이미 죽을 날을 받아 놓은 늙은이 옆에 서 있는 젊은 종과 눈이 맞은 건 어쩌면 당연한 일이었다.

집안의 수치라 조리돌림 당해 죽은 언니를 벌레 보듯 하는 아버지를 진정으로 죽이고 싶었다.

하루 사는 것이 고역인 시절 그를 만났다. 천둥벌거숭이같이 세상을 증오하며 날뛰던 소녀가 인해였다.

그가 말을 달리던 순간 몸을 날렸을 때부터 그가 누구인지 알고 있었다.

처음에는 그 말에 다쳐 보상이라도 받을 요량이었다. 굶주림과 노동으로 병들어 늙어 가는 노모를 구하고픈 치기 어린 마음이었다.

욕심으로 만난 소년이 전부가 될 줄은 몰랐다. 그가 있어 노모의 장례도, 또 부친의 장례도 치를 수 있었다.

'조금만 기다려 주겠소? 어르신 생전에 그대를 내 안해로 맞이했으면 좋았지만 아직은 형님이 계시니 기다려야 한다오. 형님의 혼사가 오가고 있으니, 그 후 내 당당히 그대를 안해로 맞으리라. 슬퍼하지 마시오. 이제 내가 그대의 진정한 가족이 돼 줄 것이오.'

열여섯의 사내로 자란 그의 말을 믿었다. 곧 그의 안해로, 대사헌의 며느리로 당당히 살아갈 줄 알았다. 그때는 그의 형수로 살아갈 줄은 꿈에도 몰랐다.

한순간의 부주의로 모든 것을 잃게 되리라고는 상상도 해 본 적이 없었다.

공주를 향하던 그의 따스한 눈빛은 오로지 그녀의 것이었다. 그 눈빛을 한 번만 받아 보는 것이 살아생전의 마지막 소망인데, 한 번만 그의 품에 안기는 것이 소원이건만.

미웠다. 그의 옆에 웃고 있는 공주가 미웠다. 차라리 소원하던 그때라면 참고 견딜 수 있으련만 이제 그 모습을 옆에서 두고 봐야 한다는 생각만으로도 숨이 막혀 왔다.

결국 참지 못한 그녀가 일어나 미친 듯이 손에 잡히는 대로 내던지며 패악을 부렸다.

방 안에서 들리는 소리에 놀라 들어온 시녀, 진심이 커다란 눈으로 보고 있었지만 지금은 아무것도 눈에 들어오지 않았다.

7.

하연아, 하연아

　여전히 하연은 나타나지 않았다. 긴긴밤 오지도 않는 잠을 자려 수없이 뒤척이며 간신히 잠이 들었다 깨어나면 멍한 머릿속에 하연이 보이지 않았다는 것이 먼저 떠올랐다.

　혹여 무슨 일이 생긴 것은 아닌지 답답함에 몸이 달아올랐지만 연서가 할 수 있는 것은 아무것도 없었다.

　답답한 마음에 이곳이 어딘지 알아보려 해도 이놈의 몸뚱이가 조금 심하게 움직였다 싶으면 현기증부터 몰려왔다.

　결국 지금은 몸을 다스리는 일이 먼저였다. 하긴 공주라는 신분 때문에 모든 행동에 제동이 걸린 하연의 처지를 생각하면 어쩔 수 없는 일인지도 몰랐다. 움직이는 양도 적은데 그리움에 목이 말라 먹는 것조차 간신히 목숨을 연명하는 정도였으리라.

　하연의 처지를 이해하며, 고아로 살아왔다 해도 제 시대가 훨

씐 여자에게는 행복한 시대임을 다시 한 번 깨닫고 있었다.

결국 고대 한글을 해독하며 하나씩 이해하려 애쓰지만 정확히 알 수가 없었다. 지금이 자신의 시대로 치면 조선시대인지 고려시대인지 아니면 삼국시대인지도 모르겠다.

한글이 쓰인다면 조선시대이나 신분제도를 보면 양반제도라기보다 귀족 서열에 가까웠다.

자신이 배운 역사도 쓸모가 없었다. 이곳은 다른 세상이었다. 땅덩이는 같지만 다른 시간으로 흘러가는 시대.

머리를 쥐어뜯으며 내린 결론은 결국 자신도 모르는 세상에 떨어졌다는 현실이었다.

이런 식이면 대한민국이라는 나라는 없을 수도 있었다. 어쩌면 자신도 태어날 수 없을지도 몰랐다.

잘 알지도 못하는 평행이론과 나비효과를 떠올리니 머리가 아파 왔다. 대충만 알지 정확히 공부해 본 적이 없으니 자신의 상태와 어울리는지 확신도 없었다.

"관두자. 돌아갈 길이나 찾자고. 따지면 뭐할 거야. 가서 꿈꿨다 생각하자고."

결국 포기한 연서가 어쩔 줄 몰라 하며 자신을 보는 지씨에게 살짝 미소를 보여 주었다.

언제나 연서를 챙기는 유모 지씨를 대하는 것도 미안했다. 정작 그녀가 그토록 아끼는 공주님은 다른 세상에서 어떤 일을 당하고 있는지도 모른 채 공주의 껍데기를 둘러쓰고 있는 연서를 보며 애달아했다.

"불편하십니까?"

창백한 안색을 살피는 유모의 목소리에 벌써 걱정이 한가득이었다. 공주가 위독하다는 전갈이 궁에도 전해졌건만 아무도 내다보는 이조차 없었다.

귀하디귀한 분이건만 궁 안의 멍멍이보다 못한 대접을 받고 있었다.

그 누구 하나 챙겨 주는 사람도 없이 커다란 궁에서 오직 자신만 믿고 살아온 공주이기에 지씨는 항상 안쓰럽고 또 안쓰러웠다.

어데 모난 곳 하나 없이 그 어미처럼 순하고 착하기만 한 공주를 보면 모진 세상 어찌 살아가나 애가 타기도 했다.

지씨는 궁 안의 무수리였다. 천한 신분으로 자질구레한 일만 도맡아 하던, 말 그대로 노비인 존재였다. 늘 꽃 같은 궁녀들을 보며 신기해하면서도 고개를 숙이며 받들어 모셔야 했던.

가끔 이상한 궁녀를 만나 모진 일을 당하기도 했었다. 여인들의 투기란 상상을 초월해 가장 만만한 무수리들에게 그 화를 풀어 곤욕을 치르는 일이 하루 이틀이 아니었다.

그 와중에 궁녀의 노리개 하나 사라진 일로 치도곤이를 당할 처지였던 그녀를 구해 준 이가 지금 공주의 어미, 한 상궁이었다.

첩지마저 받지 못한 채 하룻밤의 성은으로 떡하니 임신했던 무수리, 한 상궁.

이미 궁 안에 원자가 있었고, 그 외에 수많은 공주와 왕자가 있던 상황에서 일개 무수리가 용종을 잉태하였다 하나 뭐 대수였으랴.

임신으로 상궁을 달고 내쳐졌던 그녀는 결국 공주를 낳고 석 달을 못 넘겨 산고로 세상을 떴다.

마지막 숨을 쉬던 그날 그녀의 손을 잡고 어린 공주를 부탁하던 눈물 어린 모정을 기억하는 지씨에게 그날부터 공주는 친딸과 진배없었다.

"아니오. 더우이. 내 잠깐 바람이라도 쐬려고 하오."

아직은 한밤중이라 깜깜한 밤이었다. 그럼에도 답답한지 공주는 이내 덮고 있던 이불을 걷어 내더니 그 모습 그대로 문밖으로 나서려 하고 있었다.

"마마, 옷을……."

"되었습니다. 멀리 갈 것도 아니고 그저 문밖에 나가는 것인데 거추장스럽게 무슨 옷까지. 그러지 마시고 좀 쉬세요. 저 때문에 제대로 쉬지도 못해 얼굴이 많이 상하셨습니다."

부지런히 옷을 챙겨 들던 지씨의 얼굴에 의아함이 어렸다.

분명 자신이 어렸을 때부터 키우던 공주가 맞았다. 그럼에도 문득 낯선 사람을 대하는 듯한 거리감에 머뭇거리게 된다.

죽음의 사선에서 깨어난 탓으로 사람이 변한 것인가? 예전보다 당당해진 모습은 마음에 드나, 너무도 변한 성격과 가끔씩 타인을 대하듯 거리를 두는 공주는 모든 것을 털어놓고 그녀의 품에 눈물짓던 사람이 맞나 싶어 혼란스러워졌다.

말투도 변하여 반존칭을 쓰니 몸 둘 바를 모르겠다. 편안한 어미처럼 하대를 하던 공주님이었다. 그런 분이 이제는 꼬박꼬박 반존칭을 쓰며 윗사람 대하듯 거리를 두어 멈칫하게 만들었다.

벌써 문밖을 나서는 공주를 쫓아 나가려던 지씨의 발걸음을 막은 것도 공주였다.

"잠깐이지만 혼자 있고 싶습니다. 들어가 쉬세요. 일 있으면 찾겠습니다."

내치는 목소리에 더는 따라나서지 못한 지씨를 뒤로하고 연서는 천천히 방문을 열고 달빛 고고한 마당으로 나섰다.

작은 마당에는 키 작은 소나무가 문지기 대신 지키고 노란 달맞이꽃이 달님을 찾아 하늘을 향해 고개를 쳐들고 있었다. 벌써 차가운 기색은 사라지고 상큼한 꽃 냄새와 풀 냄새가 가득한 계절이 와 있었다.

연서가 이곳으로 떨어지던 때가 이른 2월이라 추위가 가시지 않았던 시기였다. 속으로 달수를 세어 보던 연서의 이마에 수심이 가득했다.

"왜 나와 계시오?"

스스로를 보호하듯 두 팔로 제 몸을 감싸고 멍하니 서 있던 연서가 어둠 속에서 들리는 목소리에 흠칫 놀라며 목소리의 주인을 찾았다. 잠기지 않은 사잇문이 열리며 세현이 달빛 속에 제 모습을 나타내었다.

"놀랐소?"

"인기척이라도 내시든지요. 이 밤중에 무슨 일이십니까?"

"안해의 처소를 찾는 것에 이유가 있어야 하는 거요?"

이게 농인지 진심인지 몰라 연서의 눈이 가늘어졌다.

"당신과 하연이 그런 사이였나요?"

형과 잠깐 담소를 나누고 돌아가는 길에 키 작은 담 너머로 연이 보여 들어온 것뿐이었다.

달빛이 고고하나 어둠에 하얀 속옷 차림이 얼마나 눈에 잘 뜨이는지 본인은 모르는 모양이었다.

이 여인은 속옷 바람으로 참 잘도 돌아다닌다. 이곳에서는 여자는 천민이라도 함부로 외간 사람에게 속옷을 보이지 않았다.

그러나 연의 당당한 태도를 보면 뭐라 말하기도 애매해 세현은 흘낏 그녀의 옷차림을 보고 눈살을 찌푸릴 뿐 더는 타박을 주지 않았다.

"담이 낮아 그대가 보인 것뿐이오."

하연의 키로 보면 낮은 담은 아닌데 그가 이 시대의 사내보다 큰 편이라 담이 낮게 느껴지는 모양이었다.

"밤이 깊었습니다. 그만 가서 주무시지요."

답답함에 신경질이 나서인지 말본새도 괜히 날이 서 있었다.

"빈정 상하신 모양이십니다."

가라는 연서의 말을 무시한 채 뒷짐까지 지며 세현이 그녀 옆에 서 하늘을 올려다보았다. 이제 막 기울어지는 달 주변으로 흐리게 달무리가 서려 있었다. 내일은 비가 올 모양이었다.

"하연이 보이질 않습니다."

가라는 말을 무시한 채 다가와 서 있는 그를 째려보던 연서가 기어이 주저앉으며 작은 목소리로 울먹였다.

주저앉으니 세현의 그림자가 연서를 감추듯 덮친다. 그 사이로 연서의 속치마가 하얀 물웅덩이를 만들었다.

오도카니 하얀색 물웅덩이에 앉아 있는 듯 보이는 연은 금방이라도 사라질 듯 아스라이 보여 순간 세현의 가슴이 먹먹해져 왔다.

한 걸음 다가가 한쪽 무릎을 땅에 대고 연의 작은 얼굴을 마주하니 달빛을 받아 더욱 하얗게 보이는 뺨 위로 눈물 어린 눈이 달빛을 반사하고 있었다.

"보이지 않는다?"

"네, 보이질 않아요. 처음 여기 떨어지던 날 보이더니 여태 나타나질 않습니다."

떨리는 목소리에 담긴 것은 걱정과 두려움이었다.

"두 사람은 어떻게 보는 거요?"

"주로 제 꿈에 하연이 나타나요. 항상 울고 있었습니다. 그래서 저도 같이 울곤 했었습니다. 그 애의 꿈을 꾸고 나면 눈이 퉁퉁 불어 있을 정도로. 마지막 꿈에 나타났을 때 포기한다 했습니다. 내내 그 말이 걸려서. 정말 포기한 거라면 나는 어찌해야 하는지 두렵습니다."

오직 연서와 하연이 바뀐 것을 알고 있는 사람은 세현뿐이었다. 그러니 하소연할 수 있는 사람도 그밖에는 없었다.

"당신이 공주의 꿈에 들어갈 수는 없는 거요?"

"그럴 방법이 있다면 진즉에 했겠지요. 한 번도 제가 그녀의 꿈에 들어간 적은 없었습니다. 오직 하연이 제 꿈에 나왔을 뿐이죠."

처음 하연과 혼이 바뀐 것을 알았을 때 금방 돌아갈 줄 알았다. 아니, 그렇게 믿고 싶었다. 그러나 날이 갈수록 두려움이 엄습해 왔다. 보이지 않는 하연과 흘러가는 시간들이 바짝바짝 연서의 신경을 조여 왔다.

"이곳은 제가 있을 곳이 아닙니다. 여기는 하연의 세계입니다. 그러니 저란 존재는 없는 것이나 마찬가지입니다. 제 자리도 아닌 곳에서 언제까지 하연인 척하며 살아야 할지 막막하기만 해서."

아무리 기다리는 사람 없는 곳이라 하나 그녀가 태어나 이십사 년을 살아온 곳이었다.

그리움이 없다면 거짓말이리라. 힘든 일도 많았지만 아직도 눈을 감으면 고아원 동생들의 초롱초롱한 눈이 떠올랐다.

주말마다 그녀를 기다리며 하염없이 고아원 정문을 서성일 아이들. 그 아이들과의 미래를 꿈꾸며 흔들리지 않고 살아왔다.

아무것도 이룬 것 없이 낯선 곳에 떨어진 연서는 또다시 고아가 된 것 같아 서럽고 두려웠다.

혼자라는 것이 너무도 싫어서 더욱 동생들에게 매달렸는지도 몰랐다. 누군가 찾아가 웃고 안아 줄 수 있었던 포근한 그곳이 그리웠다. 아무도 기댈 데 없는 이곳은 낯선 다른 이의 세상이었다.

고개를 숙인 채 떨고 있는 작은 어깨가 왜 그리 외로워 보이는지. 세현은 자신의 의지와 상관없이 연의 어깨를 잡아 품에 안았다.

작고 여린 몸은 세현의 품에 쏙 들어오며 달빛조차 접근할 수 없도록 감싸 안았다. 일순 멈칫하던 연이 끝내 그의 품에 얼굴을 묻고 뜨거운 눈물을 쏟아 냈다.

처음 그녀를 만나던 날부터 너무도 당당해 대차고 독하다 여겼다. 그러나 허세였던 모양이었다.

그녀의 마음을 모두 알 수는 없으니 그가 해 줄 수 있는 일이 이것뿐이라 그는 쏟아 내는 눈물을 가슴으로 받아 내며 그녀의 소리 없는 울음을 흡수하고 있었다.

조금씩 스러지는 달빛이 아쉬워 이슬에 목을 축이던 달맞이꽃이 그들을 지켜 주고 있었다.

"이제 좀 진정이 되었소?"

얼마나 시간이 지났을까 품 안의 여린 육체의 움직임이 잦아드는 느낌이 들자 세현이 침묵을 깨며 부드러운 손길로 연의 어깨를 쓰다듬었다. 커다란 그의 손에 작은 어깨가 통째로 들어올 정도로 작았다.

"네, 고마워요."

울음소리 하나 없었으나 목이 쉬어 웅얼거리듯 대답을 하고 그의 품을 벗어나자 밤공기의 싸한 냉기가 스며들어 절로 몸서리가 쳐졌다.

완연한 봄 날씨라고 하나 밤기운은 차가워 속옷 바람으로 다니기엔 아직은 추운 날씨였다. 얇은 속적삼만 입고 나왔으니 추운 것은 당연한 일이었다.

잠시 한숨을 쉰 세현이 입고 있던 장옷을 벗어 꼼꼼히 연의 몸을 둘렀다. 그의 체온이 남아 있는 옷에서는 체향도 진하게 남아 연서를 푸근하게 감싸 안았다.

"당신 좋은 남자였네요. 난 하연의 하소연을 들으면서 차갑고 무서운 사내를 연상했었어요. 그런데 지금 행동을 보면 하연이 반할 만도 하겠다 싶어요."

그의 체취가 싫지 않았다. 그래서 더욱 옷깃을 감싸 폭 파묻힌 연서가 은연중 마음에 담았던 속내를 말로 표현하고 있었다.

"공주에게는 분명 차가운 사람이었을 거요. 조금 더 신경을 썼더라면 좋았을 것을. 하지만 사람의 감정이 생각대로 된다면 힘들 일도 없을 것이오."

맞는 말이었다. 좋아하는 사람끼리 연결되면 좋으련만 누군가 장난을 치듯 다른 곳을 보게 해 사랑이 절망으로 변하는 것일지도 몰랐다.

내가 좋아한다고 그 사람보고 좋아하라는 것은 그저 꿈이요, 바람일 터였다.

"땅바닥에서도 한기가 올라올 것이오. 그만 일어나시오. 혹여 몸이라도 상한다면 개마산에는 어찌 가려 그러오."

"에? 개마산? 진짜 가시려고요?"

"간다 하지 않았소. 가고 싶다고 한 사람은 분명 당신이었소."

놀라 커다래진 눈을 응시하는 그에게 풍기는 것은 분명 재미있다는 감정이었다.

"그냥 해 본 소리죠."

"아버님께서는 그렇게 듣지 않으신 모양이오. 날을 잡아 같이 다녀오라시오."

"둘러대시지 그랬습니까? 제가 아직 성치 못하니 다음에 간다 하시지요. 둘러대자 마음먹으시면 분명 그리할 수 있었을 겁니다. 거기서 네, 하고 오신 건 아니시지요?"

언제 울었냐는 듯 발딱 일어서던 연서가 발이 저려 결국 그의 팔에 매달려 볼멘소리를 한다.

"어디 불편하오?"

"다리가 저려서……."

갸우뚱 서 있는 연서에게 팔을 내준 채 다리 저리는 것이 멈출 시간 동안 세현은 묵묵히 그녀의 머리 뒤쪽을 응시했다.

"그곳에 기다리는 사람이 있소?"

한참을 말이 없던 그가 똑바로 몸을 세우는 연서를 향해 낮은 음성으로 물었다.

"있어요. 해야 할 일도 있고. 그러니 가야 해요."

초롱초롱 빛나던 동생들의 얼굴을 떠올리며 연서의 눈에 그리움이 차올랐다. 대답을 듣고 그녀에게 시선을 내린 세현이 머뭇거리다 다시 시선을 돌렸다.

"그만 들어가 쉬시오. 안달한다고 해결 볼 일이 아니잖소. 그리고 다음에 밤이슬을 맞고 싶거든 옷은 챙겨 입으시구려. 이곳은 그런 옷차림으로 다니는 여인네는 없소."

거뜬히 제 힘으로 서 있는 연서에게서 팔을 빼낸 세현의 목소리가 아까와는 다르게 차가워졌다.

순식간에 변하는 그의 모습에 황당해하는 연서를 뒤로한 채 안채를 나서는 그의 발걸음에는 망설임도 없었다.

"참 낮도깨비 같은 인간일세. 조금 인간다워져 감동하려는 찰나인데 찬바람 휑하니 불며 가 버릴 건 또 뭐야. 그런데 개마산에 간다는 거야, 만다는 거야? 결론이나 알려 주고 갈 것이지."

아예 그림자도 없는 그가 나선 자리를 보며 멍하니 서 있는 연서의 어깨에는 기다란 그의 장옷 끝자락이 설익은 바람에 흔들리고 있었다.

◈

새벽잠을 설친 연서는 결국 늦잠을 잤다.

"소세하셔야지요."

눈꺼풀에 잔뜩 잠을 매달고 깨어난 공주를 지씨가 주물로 만든 무거운 세숫대야를 들고 기다리고 있었다.

동창을 환하게 비추는 햇살이 오전은 후딱 넘어간 시간임을 알려 주고 있었다.

"너무 곤하게 주무셔서 깨울 수가 없었습니다."

공손하게 대야를 내미는 지씨를 향해 연서가 멋쩍은 미소를 베어 물었다.

아침부터 잠잘 때까지 누군가의 시중을 받는 것이 나쁘지 않았지만 어머니 연배의 나이 드신 분에게 시중 받는 것이 불편한 것도 사실이었다.

마음이야 그랬지만 무의식중에 대야에 손을 담그고 가볍게 얼굴을 씻은 연서의 손에는 벌써 무명으로 만든 수건이 들려져 있었다. 더불어 지씨가 내미는 소금으로 가볍게 양치질을 대신하였다.

처음 아무 생각 없이 그녀가 내미는 대로 행동하고 놀란 건 연서였다. 생각을 지우면 몸이 알아서 그동안의 행동을 보여 주었다.

이제는 생각을 해도 자연스럽게 행동도 따라 나왔다. 정말 사람이란 적응의 동물이 맞는 것 같았다.

"오후에 영효당 마님께서 같이 차라도 하자는 연통을 보내오셨습니다. 어떻게 할까요?"

생각보다 빠르게 움직이네.

잠시 뜸을 들인 연서가 어느새 주름을 만든 지씨를 보며 배시시 웃어 보였다.

"제가 가지요. 그래도 형님이신데 오랄 수는 없는 일이니까."

"마마께서 웃전이십니다."

아마도 영효당을 보며 발작을 일으켰던 공주를 기억했는지 툴툴거리는 폼이 지씨의 성격과는 맞지 않아 연서가 고개를 갸웃했다.

"좋으신 분인 건 아는데 왜 전 그분이 영 마뜩잖은지. 늙은이 주접일 겁니다. 그런데 도대체 공주님과 무슨 일이 있으시건대 그분을 보시고 그런 모습을 보이셨습니까?"

늙은 생각이 맵다더니 순해 빠진 하연이 그나마 이 정도 유지하고 살았던 이유가 물심양면으로 그녀를 보필한 지씨가 있었기 때문임을 이제야 알겠다.

"악몽을 꾸고 나서 잠시 혼동이 온 것 같아요. 그렇잖아도 그때 일도 사과드려야 하는데. 잘되었네요. 씻고 나서죠. 좀 일찍 간다고 설마 내쫓기야 하시려고요."

어차피 독한 약 먹고 죽으려고 했던 사람이니 그런 변명이 통하리라, 그리고 분명 통했다. 안쓰러워하는 지씨를 보니 연서의 생각이 맞았다.

분명 미안하다고 부를 사람으로는 보이지 않았다. 그 긴 세월을 한 사람을 보고 온 사람이 쉬이 포기한다는 걸 믿을 만큼 순진한 연서는 아니었다.

그리 쉬이 포기할 거였으면 이 지경이 되도록 일을 만들지도 않았으리라.

어쩐다?

곰곰이 생각하던 연서가 지씨에게 한 가지 지시를 하자 고개를 끄덕인 지씨가 부지런히 하운당을 나섰다.

영효당은 하연이 머무는 하운당보다 조금 작았다. 그러고 보면 꽤 큰 집이었다. 하긴 개국공신으로 넓은 땅 하사받은 가문이니 초라한 집에 살고 있다면 그것도 웃기는 일이었다.

그래도 인심을 잃지 않는 것 보면 나름 노블리스 오블리제를 잘 보여 주고 있는 모양이었다.

그나마 각각 이름은 붙었다지만 멀리 떨어져 있지는 않았다. 사립문을 지나 몇 걸음 가니 또 다른 문이 보이고 바로 영효당이었다.

조그마한 집 한 채와 마당이 전부인 모양새지만 딱히 멋을 내지 않았으나 깨끗이 정리되어 있었다.

조심조심 나서는 연서의 뒤로 유모가 따르고 제각기 일을 보던 시비들이 황급히 부복을 하는 모양새를 보며 정말 과거의 시대로 온 것을 제대로 확인하고 있었다.

언뜻 보면 조선시대가 배경인 사극을 보는 것 같았지만 그들의 머리 모양이나 옷 본새가 미묘하게 달랐다. 그나마 결혼한 여인이나 사내는 머리를 올리고 아직 미혼인 경우는 내리는 것 같았지만 딱히 그것도 정해진 것은 아닌 듯했다.

머리 모양새보다는 장신구로 신분을 확인하는 것 같았다. 하연의 패물함에는 갖가지 장신구가 넘쳐 났다.

뒤꽂이부터 팔찌나 반지, 노리개, 비녀까지. 돌아갈 때 몇 가지는 가지고 가고 싶을 정도로 예쁜 것도 있었다.

영효당에서 조금만 더 돌아가면 분명 후원이 보일 터였다. 담이 낮아 맘만 먹으면 후원 전경이 다 보일 것이니, 복인지 화인지 모르겠다.

후원을 마주 보고 바로 형제의 거처가 있었다. 과연 영효당은 이 담 너머로 누구를 보고 있었을까?

"마마, 어서 오세요."

영효당의 시비, 진심이 얼굴을 붉히며 쪼르르 달려와 넙죽 고개를 숙였다. 시비 뒤로 찬찬히 나서는 영효당 윤씨가 눈에 들어왔다.

"어서 오세요. 제가 가면 될 것을 굳이 몸도 불편하신데 오시게 했습니다."

"별말씀을요. 다 나았는걸요. 모두 형님의 보살핌 덕입니다."

오가는 말은 안부였지만 두 사람의 진심은 다름을 서로 알고 있었다.

온화한 미소를 짓고는 있지만 연서를 향하는 눈은 북풍한설이 부는 것처럼 차디차게 번뜩였다. 그런 영효당 윤씨를 맞이하면서도 연서는 생긋 웃어주며 한 걸음 나섰다.

산전수전 다 겪고 살아온 연서는 아무리 겁을 주고 협박을 해도 쉬이 꺾일 위인이 아니었다. 더구나 여인의 질투쯤이야.

미안해서 어쩌나, 지금 당신이 상대할 사람은 하연이 아닌데. 사람 잘못 본 데 대한 값은 제대로 치르게 해 주지.

윤씨 옆을 지나며 그녀만큼이나 차가운 눈길을 보내는 연서의 모습도 다른 이에게는 인해만큼이나 화사해 보였다.

"다행이십니다. 무탈하신 모습을 보니 이제야 제 마음이 놓입니다."

시비와 지씨까지 물리고 마주 앉은 동서지간 앞에 놓인 다기에서 향긋한 김이 올라오고 있었다.

소매 끝을 살며시 잡고 우아한 자태로 차를 따라 연서 앞에 놓으며 인해가 먼저 입을 열었다.

"그렇죠. 제가 잘못되기라도 하면 형님의 마음이 편치는 않았을 겁니다."

"그런 무서운 말씀을. 어찌 그리 무서운 선택을 하신 것입니까? 서방님께서 어찌나 놀라셨는지 보는 내내 마음이 아팠습니다."

"특이하네요. 다들 서방님께 부마라 호칭하는데, 어찌 형님만은 서방님이라 호칭을 하십니까? 서열로 따지면 저나 서방님이 웃전임을 배우지 못하셨습니까?"

돌려 말하는 건 연서의 성격이 아니었다. 형수가 장가간 시동생을 서방님이라 부르는 건 틀린 일이 아니었다. 그러나 인해가 부르는 말은 듣는 사람에게 묘한 어감으로 다가와 오해를 불러일으켰다.

불시에 당한 일에 인해의 눈이 거세게 흔들렸다.

호칭에 문제가 있음을 모르지 않았다. 그러나 모르는 척하며 서방님이라 불렀다.

시부모님은 그저 몇 번 주의를 주었으나 바뀌지 않으니 그대로 내버려 두었고, 그는 전혀 신경 쓰지 않는 눈치였다.

어쩌면 그 말을 기다리고 있을지도 모른다 생각했고 이제는 믿고 있었다.

그에게 서방님이란 호칭을 쓸 때마다 잠시지만 그의 안해가 된 듯 기뻤다. 그리고 공주 앞에서 그 말을 쓸 때는 내심 공주를 비웃고 있었다. 그의 진정한 여인은 자신이라는 뜻이라고 알려 주고 싶었다.

일반 사가에서는 장가간 시동생을 그리 부른다는 말에 아무 생각도 없이 그러냐며 고개를 끄덕이던 것을 기억하며 인해가 보이지 않게 이를 사리물었다.

"호칭은 마마께서 허락하신 일이었습니다. 전 그저 사가에서는 그리 쓰니 편하고 가깝게 지내자는 뜻으로."

"아하~ 그러셨죠. 그런데 왜 전 형님의 입에서 서방님이란 소리를 들으면 이토록 욕지기가 치미는 것일까요?"

"무슨 그런……!"

참 대단한 연기였다. 약을 먹기 전날 자신의 행동을 기억하고 있음에도 전혀 티도 내지 않는다.

찻잔을 들어 향긋한 차향을 맡고 난 후 소리 없이 제자리에 올려놓은 연서가 어깨를 으쓱했다.

"편리한 기억력이십니다. 본인 입으로 제게 한 말을 잊으셨습니까? 왜요? 제가 독한 약을 먹어 헛소리를 들으신 거라 우기고 싶으셨습니까?"

정곡을 찌른 모양이었다. 아직은 뜨거울 찻물이 넘치도록 인해는 손을 떨고 있었다.

"괘념치 마시지요. 설마 제가 그런 말을 뉘께 하리까? 아주버님께? 아니면 연로하신 시부모님께? 아니면 서방님께? 잘못 말하면 제가 미친년이 될 것이 자명한데 그리 머리가 나쁘지 않으니 심려 놓으시지요. 차가 뜨거울 텐데 혹시 데이지는 않으셨는지요?"

나긋나긋한 음성에는 경멸조차 담겨 있지 않았다. 도리어 소매 안에서 작은 천을 꺼내 탁자에 흘러내린 찻물을 닦아 내는 모습에 인해는 경악할 수밖에 없었다.

정녕 눈앞에 공주가 같은 사람인지 의심이 들었다.

소심하고 위축되어 있던 여인이 아니던가?

공주라는 신분 때문에 주눅 들었던 자신이 우스울 정도로 공주 같지 않았던 여인이 변해도 너무 변해 정신을 차릴 수가 없었다.

세상 물정이라고는 하나도 몰랐던 순둥이며 자신을 내세울 줄도 모르는 여인이었다. 그런 여인이 이토록 당돌하게 자신을 압박해 올 줄은 몰랐다.

"왜요? 놀라우십니까? 사랑받는 여인은 자신감이 솟는 법이지요. 제가 서방님의 뜻을 몰라 잠시 오해하여 그런 말도 안 되는 짓을 벌였지만 덕분에 그분의 마음을 얻었으니 제가 오히려 형님께 감사를 해야지요."

"말도 안 돼!"

하얗게 질리는 인해를 보며 연서는 통쾌하기보다 씁쓸했다. 여기 또 가련하게 사랑에 목숨 거는 여자가 있었다.

하연과는 다른 선택이지만 분명 이 여인도 그를 마음에 담아 고통 속에 살고 있었다.

따지고 보면 정말 나쁜 놈은 세현이었다. 멀쩡하게 생겨 괜히 여인들 마음이나 울리는 통속적인 바람둥이 아니던가. 그래서 잘난 놈은 싫었다. 항상 제 생긴 값을 하니까.

그러나 이 여자를 이해한다고 용서하는 것은 아니었다. 제 사랑이 귀해 다른 사람을 아프게 한다는 것 자체가 용서가 되지 않았다. 더구나 사랑이라곤 받아 본 적은 없는 하연을 이용한 점이 더욱 용서가 되지 않았다.

"힘드시겠습니다. 저도 한때나마 그분의 마음을 얻지 못했다 여겨 괴로워한 적이 있던 사람이니 그 심정을 왜 모를까요. 더구나 담 넘어 그분이 보이니 그 괴로움이야 오죽했겠습니까? 그러나 이제 본분을 지키시지요. 형님의 부군은 분명 그분은 아니십니다. 어찌 되었든 이미 선택은 끝났으니까요."

조근조근 설명하는 말투. 그러나 인해의 귀에는 천둥처럼 들렸다.

"아니야, 그럴 리 없어. 그분은 나를 은애한다 하였어. 나를 그분의 안해로 맞이해 주신다 약조하였어. 한번 마음을 주시면 그리 쉬이 변하실 분이 아니야. 그분은 내 것이야. 아무리 우리가 바라만 보고 살아야 한다 해도 그분은 다른 이를 마음에 품을 분이 아니야. 내가 다른 이를 받아들이지 못하는 그 마음과 같다고. 거짓말이야, 당신은 지금 거짓말을 하는 거야."

아니어야 했다. 이런 말을 들으려 이 여인을 만난 것은 아니었다. 그저 지금 상황을 보며 설명을 바랄 뿐이었다.

긴긴밤을 지새우며 단지 놀라신 어른들을 위해 잠시 보여 주는 모습이라는 말을 듣고 싶었다.

그렇게 밝힐 마음은 아니었다. 자신을 붙잡고 그를 얻으려면 어찌해야 하냐며 눈물짓는 공주를 보고 기가 막혔다.

적어도 자신은 부군의 사랑을 받아 행복한 여인이 아니냐는 말에 감추려던 미움이 폭발했다. 설마 그 말에 약을 먹을 줄은 몰랐다.

긴 세월 그를 보며 이를 악물고 살아온 자신도 살고 있는데 그까짓 일로 약을 먹은 공주를 보고 그 정도밖에 안 되니 그를 얻을 수 없다는 것을 알려 주려 함이었다.

분명 넘보지 말라 그리 말하지 않았던가. 혹여 그 말이 샐까 염려되어 단속을 할 요량이었다. 이런 말을 들으려 꼴 보긴 싫은 여인과 마주하고 있었던 것은 분명 아니었다.

이 자리를 벗어 던지고 그에게 달려가고픈 마음을 억지로 참은 세월이 몇 해던가.

미웠다. 죽지 않고 살아온 이 여인이 미워 화를 참지 못한 인해가 달려들어 손톱을 세웠다. 그러나 그녀의 손톱에 찢긴 피부는 공주가 아닌 다른 이였다.

"한때는 분명 그런 마음이었습니다. 하지만 형수님, 이제는 제게 형수님은 그저 제 형님의 안해 되실 뿐입니다. 그리고 지금 제 마음에 있는 여인은 오직 한 사람, 제 안해뿐입니다. 그동안 제 행동이 흐릿하여 형수님의 마음의 오해를 풀지 못했으니 제 죄입니다. 용서해 주십시오."

세현의 뺨에 가늘지만 선명한 손톱자국이 생겼다. 그 선을 따라 핏빛이 물들고 있었다. 놀란 연서가 다급히 탁자에 흐른 찻물을 닦으려던 수건으로 상처를 감쌌다.

묵묵히 수건을 받아 쥔 세현이 슬그머니 그녀의 손을 밀어내자 공중에 멈춘 채 제 갈 길을 잃어버렸다.

할 수 없이 내린 손을 감추듯 소매 안에 넣고 연서는 한 걸음 물러서 문가에 다가섰다.

혹여 다른 이가 와 있나 살피려는 마음도 있었지만 그가 밀쳐낸 손을 꼭 잡으며 서운한 마음을 감추었다.

"왜 당신이, 어째서 당신이⋯⋯."

스스로의 행동에 놀란 인해가 결국 주저앉는 모습에도 세현은 흔들리지 않았다. 가만히 그녀를 응시하다 다시 고개를 조아릴 뿐이었다.

"한때의 마음은 사실이었습니다. 그 마음에 거짓은 없었습니다. 그러나 세월이 지나며 무뎌지고 아름다운 추억으로 남겼습니다. 형수님도 그저 예전 어릴 적 치기로 남겨 주실 순 없으신지요. 철모르는 아이들의 한때의 꿈이었다, 잊어 주시면 아니 되시는지요. 저는 이미 잊어 기억으로 묻어 놓은 일에 형수님만 매달려 계시면 형수님도 그리고 형님도, 또한 제 안해인 공주도 모두 힘들어지지 않겠습니까? 제게 가장 소중한 이는 제 안해입니다. 또 그 사람을 잃을 수는 없으니 도와주십시오."

영효당으로 와 달라는 연의 전갈을 받고 부리나케 오는 길이었다. 혹시 이상한 말로 집안을 뒤집어 놓는 것은 아닌지 하는 걱정에 마음이 급했다.

그리고 문 앞에 서 있는 순간 왜 그를 불렀는지 연유를 깨달았다. 보여 주고 있었다. 자신이 제대로 끊어 내지 못한 연을 이번에는 제대로 끊으라는 뜻이었다.

처음부터 모질게 끊어 버렸어야 하는 연을 어린 시절의 애틋한 마음 때문에 기미를 남겨두어 일이 이 지경에 이르렀다.

자신의 잘못이니 이제 자신이 정리하고 풀어 주어야 하는 인연의 꼬인 실타래였다. 멍하니 그를 올려다보는 인해를 보니 마음이 아렸다.

불쌍한 여인이었다. 그녀가 어떻게 자랐는지 누구보다 잘 알고 있었다. 고단한 그녀의 인생을 밝은 곳으로 인도해 주고 싶은 사내의 마음이 분명 있었다.

한때는 모든 것을 내주어도 아깝지 않은 사람이었다.

그러나 그건 그의 몫이 아니었다. 그녀가 형을 선택하여 그의 앞에 나타났을 때 이미 끝난 인연이었다. 그러니 이제는 인연의 끈을 끊어 그녀도, 자신도 자유로워질 때가 되었다.

천천히 세현이 인해 앞에 무릎을 꿇었다. 이 지경이 되도록 모른 척한 자신에 대한 벌이었고 형님에 대한 죄송함이었다. 그리고 인해에 대한 정리였다.

영효당 앞에 무릎을 꿇고 고개를 숙이는 세현을 보며 연서가 기함을 했다. 그녀가 알기론 자존심이라면 하늘을 찌르는 남자가 그였다. 그런데 무릎을 꿇고 잘못을 비는 모습을 보니 자신과 상관없음에도 열불이 나 그대로 문을 나섰다. 더는 그 모습을 보고 싶지 않았다.

갑작스레 치미는 열기를 달래려 손부채질을 하며 연서가 삐죽거렸다.

"이 시대도 드라마가 있어? 뭔 말을 그리 잘해? 아주 각본을 쓰고 온 것 같네. 저러니까 나만 나쁜 년인 거 같잖아. 잘못은 지들이 해 놓고."

문 안쪽에서 영효당의 흐느낌 이외에는 아무 소리도 들리지 않았다. 얼마나 연서가 문 앞에서 보초를 서고 있었을까. 마침내 문이 열리며 세현이 나왔다.

어두운 기색의 그를 보며 연서도 딱히 할 말은 없었다. 그러나 이제 분명 정리가 되었다. 다시는 이런 일로 분란이 일지는 않으리라.

문득 연서는 자신이 이곳에 온 이유가 이 때문이 아니었나 하는 생각이 들었다. 하연이라면 절대 할 수 없는 일이니 연서를 통해 대신 해 달라는 뜻이 아닐까.

그럼 이제 되돌아가는 일만 남은 건가?

확인할 마음에 발걸음이 급했다. 어서 잠이 들어야 결과를 알 수 있을 테니까.

"그만 전 제 처소로 돌아가지요. 안녕히 계십시오."

그러나 돌아서는 발걸음을 막은 것은 묵묵히 서 있던 세현이었다.

"어디 가시는 게요?"

"제 처소에 간다 하지 않았습니까? 손 놓으시지요."

마음이 급한 연서가 잡힌 손을 빼려 기를 쓰고 있었지만 별반 힘이 들어간 것도 아닌 것 같은데 빠지지가 않았다.

"지금 그대가 하는 인사는 멀리 떠나는 사람이 하는 인사였소. 그대가 온 곳에서는 그런 인사를 하오?"

눈치도 빠르긴.

"여기서는 설명 못 해요. 듣는 귀가 있으니. 그럼 제 처소로 가시든지요. 우선 손이나 놓으세요."

"그러지."

말만 내던지고 여전히 세현은 연서의 손을 잡고 하운당으로 향했다. 보폭이 큰 그의 발걸음을 쫓느라 종종걸음을 하는 연서의 눈초리가 올라가자 슬그머니 그 속도를 늦추며 보폭을 좁힌다.

이 남자 은연중 사람을 배려하고 챙길 줄 알았다. 처음 그녀가 생각하던 차가운 남자와는 거리가 멀었다. 어쩌면 하연은 이 사내의 이런 모습도 알고 있었나 보다. 이제야 조금은 하연의 마음이 이해가 되었다.

이제 남은 건 돌아오는 일이었다. 자신의 자리에 서면 그가 돌아봐 주리라. 그러니 하연은 돌아와야 했다. 자신의 자리로.

손을 잡고 걷는 세현과 연서의 모습은 마치 금슬 좋은 젊은 부부가 봄기운을 즐기러 산책 나온 듯 아름답게 보였다.

지나는 시비들이 처음 보는 공주와 부마의 모습에 냉큼 고개를 조아리면서도 입을 닫지 못했다. 개중 서넛은 벌써 재게 몸을 놀리며 눈으로 본 놀라운 행색을 소문내려 부산하게 움직였다.

"제 처소가 아니지 않습니까?"

손에 잡혀 끌려오다시피 하느라 제대로 확인을 못 했는데, 세현은 하운당을 향하던 발을 돌려 가까운 자신의 처소로 그녀를 데려왔다.

먼빛으로 지씨가 그녀만큼이나 종종걸음으로 따라오는 것이 보였다.

곧 처소에 둘만 남자 연서가 입을 삐죽이며 다시 나서려 문고리를 잡았다.

"여기가 가까우니까. 앉으시오. 시간을 많이 빼앗지는 않을 것이니."

만약 오늘 하연과 그녀가 바뀐다면 적어도 이 사람에게는 알려 주는 것이 예의일 것 같다는 생각이 들자 연서도 군말 없이 그의 말을 따랐다.

두 사람이 마주 앉아 있는 사이 말없이 시간이 흐르고 세현은 무슨 생각을 하는지 연서를 무시한 채 제 생각에만 빠져 시비가 차를 놓고 가는 것도 모르는 것 같았다.

그러나 연서의 착각이었나 보다. 시비가 나가자 자연스럽게 차를 따르며 찻잔을 연서 앞에 밀어 놓는다.

아까도 이미 한 잔 마시고 온 길이니 차가 당길 리 없어 그냥 받아만 두었다.

얼마나 더 침묵수행을 하려는지 몰라도 역시 이번에도 성격 급한 연서가 먼저 입을 열었다.

"말을 해요, 말을. 이제는 텔레파시를 보내나요? 난 못 알아듣는다고요."

그러면서 무의식중에 그의 손에 들려 있는 자신의 손수건을 뺏어 들고 찻물을 살짝 적셔 그의 상처에 대 주고 있었다.

아까부터 핏기 밴 상처가 눈에 거슬렸다. 손톱으로 생긴 상처는 잘 낫지도 않는다는데 어쩌나 싶기도 했다.

물이 있으면 좋겠지만 당장 보이지 않으니 따뜻한 찻물을 적셔 꼼꼼히 핏기를 닦아 내고 조심스럽게 두드려 주고 있었다.

고아원에서 동생들이 다치면 잔소리를 하면서 치료를 해 주던 버릇이 나오고 있었다. 이번에는 세현도 놀란 눈을 하면서도 피하지 않고 얼굴을 내밀고 있었다.

"뎰?"

발음도 어려운 말에, 상처 때문이 아닌 모르는 말에 얼굴을 찡그렸다.

"아파요? 연고라도 있으면 좋은데. 찻물도 아마 효과가 있을걸요. 그리고 그런 말이 있어요. 아무튼 사람을 불렀으면 말을 해야 할 거 아니에요."

대충 상처를 닦아 내고 더는 핏기가 보이지 않자 연서가 제자리 앉았다. 툴툴거리는 연서를 보며 세현이 묘한 표정으로 또 입을 다문다.

저 인간이 지금 해 보자는 소리야?

"가는 것이오?"

생각지도 않은 질문에 연서가 흠칫했다. 이 남자 눈치가 빨라도 너무 빠르다.

"아마도 그리될 것 같아요. 이번 일 때문에 하연은 내가 필요했나 봐요. 자기는 못 하니 나더러 대신하라고."

"그럼 공주가 당신을 불렀단 말이오? 필요해서?"

황당하다는 말에 달리 토씨를 달수가 없어 설핏 웃으며 고개만 끄덕였다.

사실 혼과 혼을 바꾸는 일이 어디 흔한 일인가. 그렇다고 자기 필요에 의해 혼을 바꾸는 사람이라니, 그건 만화에나 있을 법한 일이었다.

"그냥 염원이 통했다 생각하면 될 거 같아요. 오면 잘해 주세요. 외로운 여자잖아요. 기댈 데가 없다는 건 사람을 참 치사하고 슬프게 하거든요. 적어도 당신이라는 남자 생각보다 괜찮아 안심이에요. 오늘은 멋있었어요."

당당히 인정하고 상대방을 배려한 모습에 반하지 않았다면 거짓이었다. 연서의 세상에서는 있는 사람일수록 더욱 고개 빳빳이 들고 제 잘못 감추려 기를 쓰며 엄한 사람을 잡곤 했다.

"고맙소. 아마도 당신이 아니었다면 난 끝까지 몰랐을 거고, 나도 모르게 형님 내외에게 씻지 못할 죄를 지을 뻔했소. 맺은 사람이 풀어야 하는 법이거늘, 내가 풀었어야 할 인연이었소."

사람 새삼 놀라게 한다. 이토록 제 잘못을 시원하게 인정하는 사람을 본 적이 없었다.

"하연의 눈을 의심했는데 틀리지 않았네요. 하연이 반할 만하겠어요. 아마 나를 통해 느낄 거예요. 그렇지 않더라도 내가 다 말해 줄게요. 당신이 얼마나 멋진지. 그럼 이제 두 사람 걱정은 안 해도 되겠죠? 하연이 다시 내 꿈속에 나타나 우는 일 없게 잘 돌봐 주세요."

공주의 얼굴을 하고 천연덕스럽게 공주를 잘 돌봐 달라고 말하는 여인을 보며 세현은 혼란스러웠다.

그녀의 안중에는 공주밖에 없는 모양이었다. 그것이 괜히 서운해진다. 남아 있는 자신은, 그녀를 기억하는 자신은 어쩌라는 건지.

이제 공주를 보면 그녀를 떠올릴 텐데 그 점은 아예 생각에도 없어 보인다.

그 앞에서만 본모습을 보이며 밝게 웃고 대꾸하는 그녀의 모습이 좋았다. 당당하게 잘못을 지적하며 슬기롭게 해결할 방법까지 모색하는 지혜로움도 좋았다.

어떤 여인과도 다른, 그래서 보면 볼수록 신기하고 사람을 끄는 여인, 연. 그녀가 돌아간다는 말에 왜 가슴 한쪽이 무겁게 내려앉는지.

가지 말라고 안 가는 것도 아니건만 왜 자꾸 그녀를 잡고 싶어지는지도 모르겠다.

"기다리는 이도 반가워하겠구려."

연의 세상에서 그녀를 기다리는 사람이 있다는 말이 마음에 안 들었다. 문득 그 사내가 궁금해지는 건 호기심 때문이라고 변명하며 일부러 입에 올렸다.

"네, 많이들 걱정하고 있을 거예요. 내 상태를 모르니 답답하긴 해요. 하연은 어떤 상태인지, 아이들과는 만났는지, 수녀님은 어떤지."

"아이들?"

"네. 고아원 동생들이요. 저를 많이 따르거든요. 나중에 제가 돈을 벌면 아이들과 같이 살 거예요. 근사한 집을 짓고."

입 밖으로 내니 더욱 그들이 보고 싶어졌다. 그리 오랜 시간 떨어져 있는 것도 아닌데 왜 이리 그들이 보고 싶은지.

"기다린다는 이가 그들이오?"

"네, 저 고아라고 했잖아요. 달리 있을 리가 없잖아요."

고개를 갸웃하며 속 시원한 대답을 하는 연을 보며 세현은 갑자기 기분이 좋아지는 것 같았다.

막연히 사내라고 생각했던 스스로가 웃기지만 기다리는 이가 연인도 아닌 그저 같은 처지의 아이들이라는 것을 알고 안도하는 스스로가 이상했다.

저 여인과 자신은 하등 상관이 없는 인연이었다.

태어난 곳도 다른 세상이며 이런 일이 없었다면 존재조차 생각 안 했을 여인이 아니던가.

그런데 어느새 이 여인은 그에게 자신을 각인시키고 돌아보게 만들었다. 그리고 이제 떠난다는 말을 하고 있었다.

붙잡고 싶다는 마음이 들자 정작 놀란 건 그였다.

"확실한 거요? 돌아가는 거?"

그의 물음에 담겨 있는 것은 안도인가?

그녀가 거추장스러웠을지도 몰랐다. 어느 날 뚝 떨어져 공주의 탈을 쓰고 있는 이상한 생명체.

그래도 섭섭한 것은 사실이었다. 옷깃만 스쳐도 인연이라 했는데 서너 달을 아내로 남편으로 살았다.

이런 인연이면 꽤 깊은 인연이 분명했지만 그런다고 그가 진짜 연서의 남편은 아니었다. 그러니 연서에게도, 그에게도 서로가 스치는 인연이 맞았다.

"몰라요. 그냥 제 생각이죠. 우리가 바뀐 이유를 모르니, 딱히 방법도 몰라요. 하지만 내가 하연을 위해 해 줄 수 있는 일은 여기까지니까. 그건 하연도 알 거예요. 서로 다른 세상에 살던 사람이니 이제 제자리를 찾아야 하잖아요. 그저 하연이 돌아오길 바랄 뿐이에요. 그럼 전 이만 자러 가야겠어요. 하연을 만날 방법은 꿈속밖에 없으니 잠이 오지 않아도 전 자야 한답니다. 숲속의 잠자는 공주처럼."

서운한 마음을 접어 묻어 버리고 연서가 밝게 웃었다. 그러나 되돌아오는 그의 표정은 무심함 외에는 아무것도 없었다.

"그럼 혹시 마지막일 수도 있으니 작별 인사하죠. 자요. 이건 악수라는 건데 만나거나 헤어질 때 쓰는 우리 쪽 인사법이에요. 제 손을 잡고 한번 꾹 잡았다 놓으면 돼요."

조그만 손을 내밀고 설명하는 연을 응시하던 그가 천천히 뒤돌아 문을 나섰다.

"내일 아침 확인하고 나서 인사를 하든 합시다. 그럼 이만."

그녀가 자신의 처소로 가는 것도 확인 안 하고 제멋대로 나가 버리는 그를 보고 황당한 사람은 연서였다.

저 인간이!

마지막일지도 모른다는데 그냥 사라져 버리는 세현을 보며 연서가 이를 갈았다.

"아무리 내가 가는 것이 반갑다지만 그래도 조금은 서운한 표정이라도 하든가. 매정한 인간."

이미 그림자도 보이지 않는 그를 향해 투덜거리는 연서의 눈이 아직도 그를 찾고 있었다. 많이 의지했었나 보다. 그래도 그가 믿어 주어 혼란스러운 와중에도 견딜 수 있었다.

"잘 있어요. 하연이 오면 정말 잘 해 주세요. 당신의 진정한 짝인지도 몰라요. 이번에는 외롭게 하지 말아요. 고마웠어요."

결국 그가 나간 문을 향해 속삭이는 연서의 목소리가 묘하게 떨리고 있었다.

8.

왜, 아직도?

"안젤라 수녀님."

변한 것이 없었다. 작지만 아담한 수도권 외곽 주변의 고아원은 성당과 마주하고 있어 더욱 운치가 있었다.

성당 관리는 주로 수녀님이 하시고, 돌아가며 미사를 위해 주일마다 오시는 신부님이 계셨다.

전쟁이 나고 오갈 데 없는 전쟁고아들을 거두기 시작하면서 생긴 성 배드로의 집.

부모를 잃고 그리움과 가난에 허덕이던 많은 고아들을 살려 낸 곳이었다.

그러나 어느새 사람들의 기억에서 흐려지면서 작고 낡은 성당만큼이나 오래되어 수리비와 보수가 장난이 아닌 애물단지 건물로 전락해 있었다.

서른 명 내외의 아이들이 모여 지내는 곳은 언제나 시끄럽고 분주하며 정신이 없었지만 외따로 떨어진 성당 옆에 붙어 있는 건물이기에 소음과 상관없이 처량해 보였다.

연서는 성당 옆에 있는 연못 서쪽 귀퉁이에 버려진 아기였다. 차라리 버리려면 성당 문 앞에나 놓든지, 어떻게 고아원 앞까지 와서 그곳에 버릴 생각을 했는지 부모라는 인간을 찾는다면 꼭 묻고 싶은 말이기도 했다.

"오랜만이구나, 아녜스. 그동안 소식도 없고. 걱정했었다."

하복으로 갈아입은 수녀님은 낡은 회색 수녀복이 연륜을 말해 주듯 인자함을 더한 웃음과 함께 연서의 세례명을 부르며 타박 아닌 타박을 하셨다.

"사정이 있었어요. 아마 들으시면 못 믿으실걸요."

밝게 웃으며 수녀님의 품에 안긴 연서가 알 수 없는 소리를 해도 그저 웃기만 하신다.

어릴 적 이 품을 정말 좋아했다. 따스함과 정갈함이 가득한 향기를 맡고 있으면 서럽고 우울한 감정이 사라지는 것 같았다. 그러나 이제는 수녀님이 그녀의 품에 안긴 것처럼 보일 정도로 연서가 나이를 먹었다.

"동생들은요?"

"큰 아이들은 학교에 갔고, 작은 아이들은 이제 막 낮잠을 자고 있단다. 어서 들어가자."

"네."

신나게 대답을 하고 양손 가득 들고 온 과자 봉지를 흔들자 수녀님이 한쪽 과자 봉지를 드신다. 덕분에 홀가분한 한 손으로 연서는 냉큼 수녀님의 팔짱을 꼈다.

"연!"

막 수녀님과 고아원 정문을 들어가려는 찰나, 귀에 익은 목소리가 들려왔다.

"누구?"

수녀님의 팔짱을 낀 채 멈춰 서 고개를 돌려 확인하니 휑한 길에 먼지만 불고 있었다.

"왜 그러니?"

갑자기 멈춰 선 연서를 보며 수녀님이 알 수 없는 표정을 하고 계셨다.

"아니, 누가 부른 것 같아서요. 잘못 들었나 봐요. 들어가요."

"연!"

"누구야?"

이번에는 분명하게 들었다. 낮고 그윽한 사내의 목소리. 어딘가 익숙하면서도 묘하게 사람을 설레게 하는 목소리. 그러나 뒤를 돌아 휘휘 둘러보아도 아무도 없었다.

"널 부르는 모양이구나."

"아무도 없는걸요."

수녀님도 들으신 걸까? 연서가 팔짱을 풀자 수녀님은 금방이라도 눈물을 떨굴 듯 슬픈 얼굴이었다.

"수녀님?"

왜 그런 표정을 하시는지 알 수 없지만 수녀님을 보는 순간 가슴이 먹먹해졌다.

"넌 참 예쁜 아이였단다. 널 키우면서 정말 자랑스러웠어. 그래서 널 우리에게 주신 주님께 항상 감사했단다."

갑작스러운 말에 덜컥 겁이 났다. 수녀님의 말투는 꼭 헤어지는 사람에게 하는 말 같아 저도 모르게 목소리가 떨려 나왔다.

"……왜 그러세요. 갑자기."

"연!"

"널 부르는구나. 널 다시는 못 볼 것 같아 자꾸 슬퍼지는구나. 하지만 넌 어디서든 잘 살 거야. 그렇지?"

"수녀님?"

뒤에서는 보이지 않는 누군가가 자꾸 부르고 수녀님은 슬픈 얼굴로 가라고만 한다. 도대체 어떻게 해야 할지 몰라 허둥거리는 연서의 등을 살며시 민 수녀님이 아까와는 다르게 환한 미소를 지으며 뒤돌아 가셨다.

이대로 수녀님을 놓치면 정말 마지막 같아서 연서가 수녀님의 옷깃이라도 잡으려 했지만 마치 환영처럼 스르르 손이 통과해 버렸다.

"안 돼!"

"가려무나. 아마 이것도 주님의 뜻일 거야. 행복할 거야. 넌 아무리 힘들어도 항상 웃는 법을 알아냈잖니? 넌 언제나 주변 사람을 행복하게 하는 아이였어. 아녜스, 잊지 말아라. 우리가 항상 널 위해 기도한다는 걸."

수녀님을 쫓아가려 애쓰지만 왜인지 발이 땅에 붙은 듯 떨어지지 않았다.

"연!"

여전히 등 뒤에서 그녀를 부르는 사내의 음성이 들렸다. 한 번도 연이라 불린 일이 없었는데 그 이름의 주인이 자신인 걸 어찌 아는지. 그리고 마지막으로 돌아서서 인자한 미소로 인사를 하는 수녀님이 왜 그리 슬프던지.

결국 주저앉아 울어 버린 연서를 모르는지 수녀님은 망설임 없이 고아원으로 들어가시고 한 번도 닫힌 적이 없었던 고아원의 정문이 연서 앞에서 굳게 닫혀 버렸다.

"안 돼! 왜 이런 일이, 수녀님. 제발!"

"연, 일어나시오. 당신은 지금 꿈을 꾸는 거요. 연."

수녀님을 쫓아가려는 연서를 누군가 막으며 못 가게 했다. 몸부림을 치며 벗어나려 하지만 쉬이 놓아주지를 않았다.

깊은 밤 대사헌의 집이 있는 영촌은 달빛만 고고히 비추고 있었다. 가끔 멀리서 알 수 없는 동물의 울부짖는 소리와 매 시간마다 정찰을 겸비한 수비군이 기웃기웃 인기척을 내고는 사라졌다. 어둠이 깊어 별빛이 돋보이는 하늘 가운데 보름이 얼마 남지 않아 둥그런 달이 덩그러니 떠올라 세상을 어둠에서 보호하려는 듯

빛을 밝혔다.

얼마나 시간이 흘렀을까. 새벽닭이 목청껏 아침을 부르자 돌로 만든 불상처럼 앉아 있던 세현이 부스스 일어나 처소를 나섰다. 그가 향한 곳은 그의 안해 빈궁공주 하연이 머무는 하운당이었다.

"아이고머니나!"

긴 하품을 하며 주섬주섬 일어나 아침을 맞이하던 지씨가 장승처럼 서 있는 주인을 보고 자지러지게 놀라 하마터면 엉덩방아를 찧을 뻔했다.

"나리, 쇤네가 정신이 없어 그만. 어인 일이신지요."

정신을 추스른 지씨가 넙죽 엎드리며 죽여 줍소, 읍소를 한다.

"공주께서는 기침하셨느냐?"

"쇤네도 이제 막 잠에서 깬 처지라."

"가서 보고 오너라. 기침하셨는지."

"예? 예."

주인의 명령에 조아린 자세 그대로 황급히 공주의 처소로 들며 지씨는 정신이 하나도 없었다. 또 무슨 일이 일어난 건지 알 수가 없었다.

혹시 하는 마음에 황급히 처소 앞에 서서 인기척을 냈지만 안에서 아무 소리도 들리지 않자 덜컥 겁증이 난 지씨가 들어오라는 허락도 없이 다급하게 문을 열고 뛰다시피 공주가 잠들어 있는 침상에 다가갔다.

"휴우~"

안도의 한숨이 입에서 나오는 순간 다리에 힘이 풀려 하마터면 그대로 주저앉을 뻔했다.

나쁜 꿈을 꾸는 듯 미간을 찌푸리고 있었지만 분명 숨소리가 느껴지는 걸 보면 깊이 잠이 들었음이었다.

밖에서 기다릴 주인을 떠올린 지씨가 공주님이 깨지 않도록 살며시 문을 닫곤 세현 앞에 서서 머리를 조아렸다.

"아직 기침하지 않으셨습니다. 곤히 주무시고 계십니다."

"그래? 알았다. 볼일 보거라."

지씨의 대답이 마음에 안 들었는지 주인의 인상이 흐려졌다.

"들어가 나리 오셨다 전할까요?"

"아니다. 내가 직접 기다리지."

"예?"

뜻밖의 대답에 놀라 버릇없이 고개를 번쩍 들어 주인을 올려다 보니 벌써 공주의 처소로 들어가 버린다.

연인지 공주인지 모를 여인은 자신이 누구이든 상관이 없다는 듯 깊은 잠을 자고 있었다. 어스름 새벽이 지나고 햇빛이 창문 창호지를 통과해 아름다운 얼굴을 어루만지며 긴 속눈썹에 걸려 뺨 위로 그림자를 남겼다.

창밖 박새의 지저귐이 소란스럽게 울리는 내내 방 안에서는 아무런 움직임도 없이 한 남자가 잠자는 여인에게 눈도 돌리지 않고 바라보고 있었다. 그러다 갑자기 누군가를 애타게 부르며 우는 연을 보고 놀라 급히 그녀를 깨우려 애를 썼다.

눈물범벅으로 몸부림을 치는 연을 세현이 품에 안고 어떻게든 깨우려 하지만 눈을 뜨지 않은 채 여전히 누군가를 애타게 불러 대고 있었다.

"연! 제발 눈을 뜨시오. 꿈에서 나와 당장!"

결국 세현이 가볍게 흔들며 사정하다 명령조로 소리를 치니 그제야 감겨 있던 연의 눈이 서서히 떠졌다.

멍한 눈동자로 세현을 응시하는 그녀가 불안해 저도 모르게 품에 안은 그가 달래듯 천천히 그녀의 작은 등을 쓰다듬었다.

시야가 돌아오며 정신이 든 연서가 기운이 빠져 그의 품에 기댄 채 여전히 꿈의 여파에서 혼란스러워하고 있었다.

꿈에서 깨면 익숙한 자신의 세계에 있을 줄 알았다. 기대한 만큼 실망도 큰 것일까? 여전히 수녀님의 목소리가 귓가에 남아 서럽게 한다.

"당신이…… 당신이…… 잡았어. 왜? 왜?"

꿈에서 깨자 목소리의 주인공이 세현임을 깨달았다. 억지로라도 수녀님을 따라가려던 자신을 잡았던 목소리, 그건 세현이었다.

"무슨 소리요?"

귀를 기울이자 원망하는 연의 말에 그의 미간이 좁혀졌다.

"당신이었어. 왜 거기서 잡은 거야? 수녀님을 따라가야 했는데. 이제 어쩌지?"

반은 울음이 섞여 웅얼거리는 것 같았지만 그는 알아들었다. 결국 그의 품에서 목 놓아 우는 연을 붙잡고 이러지도 저러지도 못하고 그녀의 눈물을 받아 낸 건 이번에도 그의 가슴이었다.

한참의 시간이 흐른 후 겨우 진정이 된 연서가 고개를 드니 세현이 알 수 없는 얼굴로 그녀를 응시하고 있었다.

"반갑다고 해야 하는 거요?"

뜻밖의 말에 왜 웃음이 나오는지 모르지만 방금 펑펑 운 사람치고는 정말 기가 막히게 웃음보가 터졌다. 아직도 눈물이 남았는지 부어오르기 시작한 눈두덩에서 찔끔 마지막 짜내듯 눈물방울이 떨어진다.

"내 말을 듣고 웃다니 다행이긴 한데. 자, 말해 보시오. 이번에는 무슨 꿈을 꾼 것이오? 공주가 나오기라도 했소?"

생각해 보니 민망한 일이었다. 다시 제자리를 찾는다는 보장도 없는데 연서는 자신이 무슨 생각으로 그에게 작별 인사까지 했는지 의문이었다. 아마도 돌아가야 한다는 마음이 강해서였을 거다. 그렇게라도 스스로를 안심시키고 싶었음이라.

"아니요. 보이지 않아요. 마치 꺼져 버린 텔레비전처럼."

울다 웃다 지친 몸뚱이를 아직도 그의 품에 맡긴 채 연서가 서글프게 고개를 저었다.

텔레비전이라는 말이 무엇을 뜻하는지 알 수 없었지만 그가 위로라도 하듯 그녀의 어깨를 토닥였다.

"하연은 오고 싶지 않은 걸까요? 당신이 있는데, 여긴 그녀가 사랑하는 모든 것이 있는데 왜 감감무소식인 걸까요?"

"이 말이 위로가 될지는 몰라도 난 그대가 조금은 더 머물렀으면 했었소."

그의 말이 대답이 되었음인지 갑자기 쳐든 연의 고개 때문에 하마터면 세현의 턱이 날아갈 뻔했다.

"당신이 원인이었어요. 그래서 하연이 보이지 않는 거야. 당신이 원하지 않으니까."

입술을 깨물며 그를 째려보는 눈빛이 매서웠지만 그는 얼굴빛 하나 변하지 않았다.

"내가 공주에 대해 특별하게 생각해 본 적은 없었소. 부마로 택해진 때도 원한 적이 없었소. 내가 원하지 않은 사람에게 무엇을 바란단 말이오?"

"당신 부인이잖아요. 적어도 챙겨는 줘야죠. 그게 인지상정이 잖아요."

"사람 마음이 그토록 가볍게 생각만으로 된다면 어려운 일은 없을 거요. 다가가지 않는다고 기다리기만 하는 사람은 상대도 지치게 하오."

변명이지만 그게 사실이었다. 공주가 자신의 부인이지만 어쩔 수 없이 맺어진 인연이었고 부인과 남편으로 살아가면 되는 일이라 여겼다.

굳이 사모니 은애니 그런 감정이 있어야 사는 건 아니라 여겼다. 과연 귀족가문에서 그런 마음으로 부부의 연을 맺는 사람이 얼마나 될지도 의문이었다.

얼굴을 마주 대해도 눈에 들어오지 않는 사람을 마음에 담기란

쉬운 일이 아니었다. 다가가지 않는 자신도 문제였지만 먼저 다가오지 않는 공주도 같은 마음이라 여겼다. 공주의 마음이 어떤지 그로서는 알 길이 없었다.

"관뒀요. 내가 남의 부부 문제를 왈가왈부할 수는 없으니까. 그래도 이렇게 살 수는 없잖아요. 내 세계가 아닌 곳에서 내 모습도 아닌 다른 사람의 모습으로 산다는 건 있을 수 없어요. 죽는 순간까지 내가 누구인지 혼란스러울 거라고요."

손사래까지 치며 그와 공주의 일을 치워 버린 연서가 그의 품에서 벗어나며 곧 자신의 문제로 되돌아갔다.

그녀가 품에서 벗어나자 괜히 허전한 마음에 세현이 몰래 한숨을 쉬었다.

"방법은 천천히 찾으면 그뿐이오. 설마 영원히 그렇게 살 수는 없는 일일 거요."

"그게 문제예요. 나도 나지만 하연은 어쩌죠. 나야 지식이라도 있지만 하연은 과거의 사람이에요. 살벌하고 황량한 미래에 떨어져 헤맬 그 애는 걱정이 안 돼요?"

더구나 그녀는 기댈 사람 하나 없는 천애고아였다. 고아원의 식구들이 있지만 그것도 찾아가지 않으면 만나기 힘든 사람들이었다.

이곳의 공주로 살며 자기 스스로 아무것도 안 하고 살았던 그녀가 과연 그곳에서 얼마나 버틸 수 있을까? 모든 게 낯설고 익숙해지지 않으리라. 그곳은 이미 하연에게 지옥일 수도 있었다.

귀족과 평민이 없는 곳. 있다면, 있고 없고의 차이로 사람을 나누는 곳. 그런 곳에서 이곳의 공주가 무엇을 할 수 있을까?

"어디든 사람 살기는 마찬가지요. 당신도 버티는데 공주도 잘 지낼 거요."

모르니 편한 말을 하는 그에게 한심한 눈길을 보내며 포옥 한숨을 쉰 연서의 눈에 문득 경대의 거울이 보였다. 그런데 뭔가 이상하다. 왜 이리 불길한 느낌인지.

무작정 세현을 밀치고 일어선 연서가 무엇에 이끌리듯 경대로 다가가 거울을 살폈다.

처음 이 거울을 봤을 때 분명 멀쩡했다. 깨끗하게 닦여져 흠 하나 없던 거울의 표면에 미세하게 금이 가 있었다.

이건 떨어트리거나 부딪쳐 생긴 금이 아니었다. 아주 날카로운 펜으로 선을 그은 듯 금이 가 있는 거울을 보며 연서가 두려움에 사로잡혔다.

거울이 매개체였다. 그녀와 하연을 잇는. 그런데 거울에 이상이 있다면 혹시 하연도?

"왜 그러오?"

"거울이……."

하얗게 질려 경대의 거울만 응시하는 연을 따라 거울을 살피던 세현이 그제야 금이 가 있는 것을 발견했다.

"어쩌다. 내 새로운 것으로 바꾸라 하리다."

경대의 거울 하나 금이 간 것이 뭐 대수라고 얼굴까지 하얗게 질리나 싶어 세현이 위로차 말했지만 연은 그저 고개만 저을 뿐이었다.

"난 하연과 거울을 통해 만났어요. 그런데 아무 이유 없이 거울에 금이 간 건 하연에게 무슨 일이 일어났다는 뜻일까요? 뭘까요? 도대체 그곳에서 무슨 일이 벌어지고 있는 걸까요?"

그제야 세현의 얼굴도 심각해졌다. 연의 말을 어디까지 믿어야 하는지 모르지만 분명 그게 맞는다면, 공주에게 무슨 일이 일어난다면 연결되어 있는 연에게도 변고가 생길 수도 있다는 말이었다.

그 순간에도 하연보다 연을 더 챙기고 있는 스스로를 느끼지도 못한 채 세현이 자못 심각한 표정으로 거울의 금을 살폈다. 실낱같은 선은 마치 일부러 만든 듯 일직선으로 가운데를 가르고 있었다.

손으로 지우면 지워질 것처럼 얇은 선이 앞으로 일어날 일의 전조처럼 보여 불안해지기는 연의 심정과 다르지 않았다.

"정말 이 거울로 연결되어 있다고 믿는 거요?"

"그래요. 나와 하연의 공통점은 이 거울이었어요. 시대를 초월해 우리가 함께 공유한 건 바로 이 거울뿐이라고요. 그리고 내가 경대의 거울을 보며 하소연을 시작한 그 시점부터 하연이 내 꿈에 나타났어요. 그러니 이 거울이 맞아요. 우린 거울을 통해 서로에게 서로를 보여 주고 있었던 거예요."

불안함에 떠는 연을 보며 세현이 침중한 얼굴로 거울의 얇은 선을 만져 보았다. 느낌은 없었지만 분명 금이 가 있었다.

"만약에 공주에게 일이 생긴다면 그대는 어찌 되는 거요?"

얇은 금의 끝에 멈춘 손가락을 보며 그가 고개도 돌리지 않고 음울한 음성으로 가장 궁금한 것부터 물어보았다. 그에게 공주보다 당장은 옆에 있는 연의 안부가 더 신경이 쓰였다.

"몰라요. 어떤 식으로 일이 일어날지 나도, 하연도 몰라요. 그래서 더 무서운 거고요."

떨리는 손을 억지로 멈추기라도 할 듯 부여잡은 채 연서가 고개를 저었다. 이런 일이 벌어진 것도 기함할 일이었다. 가능한 일이라고 생각해 본 적도 없었다. 그런데 이 순간 또 무슨 일이 벌어지고 있는 걸까?

같은 듯 다른 세상. 그리고 같은 속도로 흘러가는 시간. 어쩌면 이 세상은 등을 맞대고 흘러가는 세상인지도 몰랐다.

하연이 보이지 않는 한은 돌아가는 길도 이제는 기약이 없었다. 분명한 것은 시간은 그곳과 마찬가지로 흐르고 있다는 것이었다. 몸의 생리 주기를 보면 분명 멈춘 것도 아니었다.

이곳에서 얼마나 살아야 하는 것인지 분명치 않은 데다가 혹여 나이를 더 먹어 돌아간다면 그때는 또 어찌해야 한단 말인가.

두려움이 꼬리를 물고 연서를 찾아왔다.

어디부터 단서를 찾아야 하는지도 몰랐다. 거울이 매개라는 것은 알았다지만 단지 매개물만 알았을 뿐 어떤 식으로 두 사람의 영혼이 바뀌었는지는 알 길이 없었다.

침묵이 그 무게만큼이나 세현과 연서를 감싸며 더하고 있었다.

서로 다른 생각과 같은 걱정, 그리고 알 수 없는 미래 때문에 마주 보고 있는 두 사람의 눈이 흔들리며 가라앉고 있었다.

"난 돌아가야 해요. 그곳에서 하연은 하루도 견디기 힘들 거예요. 이곳과는 다른 곳이에요. 더구나 나 같은 고아로 살기에는 하연은 너무 약해요. 그 애가 살기에는 너무 버거운 세상이라고요."

입술을 깨물며 연서가 속삭이는 말에 세현도 묵묵히 공주를 떠올렸다. 매사 자신 없는 행동과 움츠린 어깨, 목소리조차 제대로 내어 본 적이 없는 여인. 불쌍하다 하나 받들어 모셔 주는 사람이 있어 이곳에서의 삶은, 그 마음은 어떤지 몰라도 불편하지는 않았다.

"그곳에서의 당신의 삶은 도대체 어떤 삶이었던 거요?"

그의 물음에 잠시 생각에 잠겨 있던 연서가 입을 열었다.

"부모가 없다는 말은 돌봐 줄 사람이 없다는 말과 같아요. 외롭다는 생각보다 스스로를 돌보느라 허기졌다는 말이 맞아요. 많은 사람들에게 무시당하고, 그렇게 당하지 않으려고 기를 쓰고 살아요. 누구 하나 기댈 사람 없으니 울 수도 없어요. 울어도 안아 줄 사람도 없으니까. 편들어 줄 사람도 없으니 죽어라 싸워야 하고 그래 봐야 이길 수도 없어요. 그건 아마 여기도 마찬가지겠죠."

천천히 의자에 앉으며 연서가 지난날을 떠올리고 있었다.

"아무리 수녀님들이 애쓰셔도 한계가 있어요. 세상에 나왔을 때는 더해요. 아프면 손해예요. 내가 혼자 아프다 죽어도 아무도 모를 테니까요. 밥 한 끼 먹으려면 열심히 일해야 하고 하나부터 열까지 모두 나 혼자 해야 해요."

묵묵히 그녀의 말을 들으면서도 세현은 딱히 가슴에 와 닿지는 않았다. 그는 모든 것을 가지고 태어난 사람이었다. 굶어 본 적도 없으며, 누구에게 무시당해 본 적은 더더구나 없었다. 그럼에도 앞에 있는 여인이 얼마나 질곡 많은 삶을 살았는지는 알겠다. 그래서 더 안쓰럽고 가슴 한쪽이 아려 왔다.

"그러니 하연은 돌아와야 해요. 그런 곳에서 살 수 있는 아이가 아니에요. 굶어 죽지 않으면 다행인 곳이라고요."

공주인 하연이 그곳에서 구걸을 할 리 없었다. 먹고 씻고 잠자는 곳도 낯선 곳. 수많은 사람이 스치듯 지나치지만 남의 일에는 절대 눈 돌리지 않는 곳이 아니던가.

또 너무 발전되어 있는 기계들로 넘치는 곳이기도 했다. 이해도 할 수 없는 곳에 떨어진 하연이 과연 얼마나 버틸 수 있을까?

"그대는? 그대는 정녕 그대 걱정은 안 하시오? 공주의 안위만 생각하고 그대에 관해서는 아예 생각을 안 하는 거요?"

연은 도무지 자신에 대한 걱정은 없어 보였다. 돌아가려는 마음도 공주가 걱정되어 안달함이지 자신 때문이 아니었다. 지금도 모든 초점을 공주에게 맞추고 자신은 아예 뒷전으로 밀어 버리고 있었다.

그래서 세현이 답답함에 그 점을 지적하자 연은 씁쓸히 웃고 있었다.

"나는 여기서 잠시지만 공주로 살았잖아요. 생각지도 못한 보살핌도 받았고 귀함도 받았잖아요. 그거면 된걸요. 더 욕심을 부리면 안 되는 거잖아요. 지금도 사실 하연의 모든 것이 욕심이 나요. 그래도 그러면 안 되는 거잖아요. 이건 내 거가 아니니까요. 그래서 난 돌아가야 해요. 하연의 모든 것을 정말 욕심내기 전에요."

그를 향하는 눈동자에는 담긴 쓸쓸함에 세현이 시선을 돌렸다.

'아시오? 그대가 공주의 모든 것을 욕심내기 전에 가야 한다고 하지만 이미 나는 당신이 욕심이 나오. 그래서 나는 당신이 가는 것이 싫소. 영원히 내 곁에 묶어 두고 싶어졌소. 이런 나는 어찌해야 하는 거요?'

이를 악물고 천장을 향하는 세현의 눈에는 연과는 다른 절박함이 어리고 있었다.

9.

팔자 한번 좋구나

이건 또 무슨 일이래.

흔들리는 마차 안에서 마치 리듬에 맞춰 춤을 추는 것처럼 온
몸을 가누며 연서가 깊은 한숨을 내쉬고 있었다.

어쩌다 백두산을 가고 있는 걸까?

그것도 마주치기도 껄끄러운 시아주버님 부부를 마주 보며.

파리한 안색으로 연서는 쳐다도 안 보고 제 남편만 챙기는 듯
보이는 그녀의 손이 미세하게 떨리고 있는 건 아는 건지.

"아직 많이 불편하시오?"

뭐 연만 느낀 건 아닌 모양이다. 일현이 안쓰러운 눈으로 아내
를 보며 걱정을 하자 가증스럽게도 영효당은 살포시 웃으며 고개
만 젓는다.

저러니 여러 남자 홀리지. 하긴 타고나기를 저렇게 타고난 여

자들이 있었다. 그 속은 어떤지 몰라도 가녀리고 선한 인상과 애수 띤 눈으로 남자를 홀리는.

그것도 재주라면 재주니까. 잘 풀리면 평생 사랑받고 살지만 잘 안 풀리면 그 인생이 고달픈 여자들.

그러고 보면 저 여자도 짠하다 해야 하나? 관둬라, 한연서. 내가 지금 다른 사람 걱정할 때냐?

스스로를 꾸짖으며 마차에 붙은 작은 창으로 난 밖을 보니, 세현이 늠름한 모습으로 커다란 검은 말을 타고 마차 옆을 지키고 있었다.

마차 앞뒤로 수행원이 딱 붙어 마치 보디가드라도 되는 양 앞을 살피는 모습을 보니, 꽤 멋지다는 건 인정해야 할 것 같았다.

그러고 보니 일현은 단정히 상투처럼 틀어 올린 머리에 금으로 보이는 팔찌 모양의 관으로 멋을 냈고, 그에 반해 세현은 반올림 머리에 그냥 평범한 머리끈을 해서인지 두 사람은 선비와 무사 같은 모습으로 대비되는 모양새였다.

여자들이 옷차림과 장신구로 차별을 두어 서로 개성을 보이듯 남자들 역시 딱히 정해진 틀은 없는 모양이었다.

마차를 모는 마부부터 짐꾼까지 여러 명의 호송인들 역시 제각각 허름하지만 같은 머리 모양은 없는 걸 보면 이 시대는 그런 쪽으로 꽤 자유로운 모양이었다.

물론 신분의 차이는 있었다. 귀족과 중인, 그리고 평민과 천민.

천민들은 모르지만 중인과 평민은 귀족 계급까지 올라가는 수가 꽤 된다고 들었다. 나라에 큰 공을 세운다거나 머리가 좋아 인정을 받으면 된다나.

귀족 계급도 아주 커다란 공이 아니라면 대사헌처럼 개국공신 정도랄까. 경중에 차이를 두고 심각한 잘못을 하는 경우에는, 주로 이유 없이 사람을 죽이거나 나라에 반하는 짓을 한 경우에는 그 벌로 귀족이라는 직위를 박탈해 평민으로 강등시키며 수를 맞추고 있다는 걸 보면 나름 체계적이고 영리한 법이었다. 자신이 알고 있는 조선시대와는 참 다르다.

그렇다면 여기가 어딘지 더 감이 잡히질 않았다. 앞으로 미래는 어떻게 변할지 그것도 감을 잡을 수 없었다.

"불편하십니까?"

너무 골똘히 생각에 잠겨 있었던가? 마주 앉아 걱정스럽게 자신을 보는 일현 때문에 제정신이 돌아왔다.

"아닙니다. 그저 생각 좀 하느라고요."

"여행은 처음이실 텐데, 아프고 난 후라 걱정을 많이 했습니다."

지금 누가 누구를 걱정하는가?

불편하기로 치면 그가 더하지 않던가? 불편한 다리를 작은 모포로 덮고 있는 모습은 평안해 보이나 그 모습이 다는 아닐 것이다.

누군가에게 도움을 받아야만 생활이 가능한 그의 형편에 얼마나 힘겨울까 싶어 안쓰러웠지만, 표정에는 숨기고 생긋 웃으며 고개를 저었다.

"조금 불편한 건 사실입니다. 자꾸만 벽이 제가 마음에 드는지 부딪쳐 오네요."

연서의 표현이 마음에 들었는지 일현이 빙그레 미소를 짓는다. 그 미소로 한층 그의 얼굴이 부드럽고 아름다워 보였다.

아까운 사내였다. 성격 좋고 인내심 많고 듣다 보니 학식도 높았다. 그런 사내가 다리가 불편하다는 이유로 묶여 있다는 건 이 나라의 손해이기도 했다.

연서의 세상도 장애인이 사는 것이 힘들긴 하지만 능력에 따라 뜻을 펼칠 수 있는 기회라도 있었다. 그런데 이곳은 그 기회마저도 박탈하는 곳이니 더욱 아깝게 느껴졌다.

"깨어나시고 훨씬 강건해진 모습이 너무 좋습니다. 마마께서 어찌 되실까 많이 걱정하였습니다. 정말 고맙습니다."

진심이 묻어나는 말투. 부부가 하연을 생각하는 맘이 이토록 다르기도 힘들지 싶어진다.

"마마라니요. 사석이니 그냥 편하게 제수씨라 불러 주시지요."

"그럴 수는 없습니다. 법도가 있거늘."

고개를 저으며 당치도 않다는 그를 보며 연서는 시아버지를 떠올렸다. 부드러운 인품에 녹아 있는 타협 없는 성격. 누구보다 일현이 시아버지를 닮았다.

"그럼 마차가 서면 유모도 같이 타면 안 될까요? 나이가 있는데 먼 길 걷기에는 무리일 듯싶어서요."

내내 걸리던 일이었다. 위치상 같이 탈 수 없어 걸어오고 있을 유모를 생각하자 마음이 무거웠다.

처음부터 같이 타자 주장했지만 극구 안 된다며 걸어오고 있는 중이었다.

"그러지요. 진즉 그리할 것을. 지씨의 나이를 생각해 먼저 챙겼어야 하는데 죄송합니다."

시원스레 허락을 하는 일현에게 연서가 생긋 웃으며 고마움을 표했다. 형제가 융통성이 꽤 많았다. 남들과 다르게 자신의 위치에서 사람을 부리지도 않는다.

일현과 연서의 대화를 듣기만 하고 아예 외면하는 영효당은 여전히 파리하고 불안한 얼굴이었다.

아마 셋 중 가장 불편한 이가 있다면 그녀이리라.

그 몇 마디 대화를 끝으로 마차에는 또 침묵이 흘렀다.

많은 짐을 꾸린 것도 아니었는데 단출한 일현만의 움직임이 아니니 그만큼 짐도 늘었다. 우마차 두 대가 열심히 말의 속도를 따르느라 애를 쓰고 있었다. 속도도 느려 풍경을 구경하기에도 좋았다. 더불어 말을 타고 앞에 나서 있는 세현을 보기에도 좋았다.

마치 자주 보지도 못했던 무협영화의 한 장면 같았다. 파란색 비단으로 만든 장옷은 그 길이가 조금 길다 하나 반 머리로 묶은 상투와 잘 어울렸다. 말고삐를 잡은 손은 잔뜩 힘이 들어가 굵은 핏줄이 드러나 있었다.

옆모습만 보이는데도 얼마나 잘난 얼굴인지 알려 주고 있었다. 살며시 부는 바람이 그의 머리카락을 날리자 더도 덜도 없이 딱 영화의 한 컷이 되고 있었다.

그녀가 보고 있음을 느낀 것인지 갑자기 그가 그녀를 향해 살짝 웃어 주었다.

순간 가슴이 덜컥하며 얼굴이 붉어 와 창문에서 떨어져 제 자리에 앉으니, 자신을 향하는 원망의 시선이 기다리고 있었다. 그토록 알려 주었는데 미련이라는 건 쉬이 지워지지 않는 모양이었다.

몸으로는 버릇처럼 제 남편을 챙기며 시선은 다른 곳을 향하는 여인을 보며 연서가 속으로 긴 한숨을 내쉬었다.

어떡해야 저 여인의 미련을 끊을 수 있는지 감이 잡히질 않았다. 그의 말은 맞았다. 가려는 마음을 무슨 수로 막으랴. 그것도 자신이 끊을 마음이 없음인데.

거기서 생각을 접어 버린 연서가 다시 자신의 형편에 신경을 썼다. 생각할수록 웃기는 상황이었다.

하~ 백두산이라니. 팔자에 없는 백두산 관광을 하게 될 줄이야.

이곳에서는 백두산이 아닌 개마산이라 불리고 있었다.

돌아가지도 못하고 하연의 걱정에 풀이 죽은 연서를 보러 온 그가 뜬금없이 개마산에 간다는 말을 던지며 보름은 넘게 걸릴 것이니 준비하라 했다. 그 말에 두서없이 따라나선 길이었다.

그리고 점점 개마산에 가까워지고 있었다. 어쩌다 일이 이 지경이 된 것인지 알 수가 없었지만 고민해야 답도 없었다. 결국 이번 기회에 백두산이나 실컷 눈에 담아 두자 생각하며 눈을 감아 버렸다.

세현은 또 세현대로 앞을 보고 있는 척하지만 내내 마차 밖으로 고개를 내밀고 연신 주변을 구경하는 연을 살피느라 정신이 없었다.

편안한 길은 아니었다. 여기저기 돌부리에 바퀴가 걸려 덜컥이는 마차를 보며 평생 처음으로 일현이 아닌 다른 이를 걱정하고 있는 스스로에게 비웃음이 나지만 어쩔 수 없었다.

밝고 명랑하게 행동하지만 이미 연의 표정에는 피로가 짙게 드리워 있었다.

공주는 한 번도 밖을 출입한 적이 없었다. 원래의 공주의 상태는 모른다. 그러나 연으로 바뀐 뒤, 그녀가 얼마나 약한 사람인지 알게 된 뒤로는 항상 그녀의 안부가 걱정이 되었다.

돌아갈 수 있을 것 같다며 웃던 그녀를 기억한다. 그날 밤 그는 연의 처소를 보며 꼬박 밤 새웠었다. 분명 공주를 기다린 것은 아니었다.

그에게 공주란 그저 한 사람의 낯선 타인일 뿐이었다. 그러나 연은 달랐다. 그녀의 감정이 어떤 것이든 아직은 그녀를 보낼 마음이 없었다. 알아들을 수 없는 말과 행동, 그리고 신기한 이야기들. 이번 여행에서 세현은 그런 연의 과거를 들을 참이었다.

단지 자신이 연을 잡는 마음이 그런 궁금증일 뿐이라며 변명을 하면서도 내내 그는 연을 걱정스레 챙기고 있었다.

　바람이 있다면 개마산에서 변방으로 불려 가는 일은 없었으면 하는 마음이었다.

　항상 집이 아닌 변방을 떠도는 것이 편했었다. 부마가 된 뒤로 그런 것과도 인연이 멀어져 할 일 없이 세월을 보내느라 진이 빠지려던 찰나 명이 떨어질 거라는 언질에 살 것 같았다. 그러나 그때는 연을 만나기 전이었다. 지금은 오히려 명이 떨어지면 어쩌나 마음을 졸이고 있는 상황이었다.

　그가 없을 때 연이 사라진다면? 그건 생각하기도 싫었다. 공주가 다시 돌아오는 것이 맞는 일이나 그는 연이라는 여인을 붙잡아 두고 싶었다.

　옆에 두고 있어도 불안한데 저 멀리 변방이라면 과연 어쩌나 싶어 조급한 마음에 부모님을 움직인 사람도 그였다.

　원래 빈궁공주 하연의 짝으로 거론되었던 사람은 형, 일현이라는 것을 알고 있었기에 더욱 멀리했었다. 그를 살리고자 스스로 다리를 내어 준 형, 그런 형의 것을 하나씩 뺏고 있는 사람이 자신이라는 것을 견딜 수 없었다. 그러나 공주의 탈을 쓰고 있는 연이라는 여인은 오직 자신을 믿고 의지하며 이곳에 있었다.

　그녀는 형과는 상관없는 오직 자신의 여인이었다. 그래서 더 욕심이 났다.

　그래서 서둘러 개마산행을 택한 것은 세현이었다. 그녀와 공주가 바뀐 곳에서 멀어지면 혹여 그녀를 붙잡을 수도 있지 않을까 하는 약은 생각.

조금 더 그녀의 반짝이는 눈을 보고 싶었다. 가까이 있으나 너무 멀리 있는 여인을 보며 세현은 처음으로 두려움이라는 감정을 느끼고 있었다.

소중한 무언가를 잃을 것 같은 마음.

지금도 연은 조금이라도 몸을 내밀면 작은 창밖으로 떨어질 듯 불안한 모습으로 밖을 구경하는 데 여념이 없었다.

마치 모든 것이 새롭다는 시선. 그가 살피는 것을 확인하고는 얼른 창문에서 떨어져 이제는 보이지 않아 서운해지는 그였다.

연의 얼굴을 볼 수 없자 심각해진 표정을 한 그가 해의 위치를 확인한 후 마차를 세웠다. 가까이 마을이 없으니 이 주변에서 잠깐 휴식을 취해 일행의 힘을 돋우어야 할 것 같았다.

마차가 서자 제일 반긴 사람은 연서였다. 온몸이 얻어맞은 듯 얼얼한 느낌에 절로 신음 소리가 나는 것을 간신히 참으며 열린 문을 내리려는데, 어느새 와 있었는지 세현이 손을 내밀고 있었다.

간신히 그의 손을 잡고 땅에 발을 붙이자 현기증이 밀려오며 사방이 흔들렸다. 만약 그가 제대로 잡아 주지 않았다면 땅바닥과 안부 인사를 나누고 있어야 할 판이었다.

"고마워요."

"조심하시오. 몸이 다 나은 것도 아니니. 만약 힘이 들면 언제든 말만 하시오. 바로 멈추겠소."

어쩌면 말도 그리 예쁘게 하시는지. 그러나 주체가 틀렸다. 그런 말은 진즉 하연에게 했어야 했다. 그래도 나쁘지 않았다. 어느 하나 소홀함 없이 챙겨 주는 그가 있어 기분이 좋았다는 것이 진심이었다.

"좀 걸을래요."

"걸을 수 있겠소?"

"약 때문이 아닌 것 같아요. 아무래도 운동 부족 같아요. 가는 내내 걷는 운동이라도 하면 좀 좋아지지 않을까요?"

사는 동안 현기증을 느껴 본 적이 몇 번이나 되는지 기억에도 없었다. 그러나 하연으로 살면서는 아예 달고 다녀야 했다.

학교를 다니고 사회생활을 하면서 툭 하면 쓰러지는 여자들을 본 적이 있지만 남의 일이려니 하며 비웃었다. 저것들이 살기 편하니 저 지랄이라고 비웃던 자신을 조용히 반성하는 중이었다.

이 현기증이라는 놈은 참 사람을 힘들게 하는 거란 걸 깨닫고 있었다. 그렇게 쓰러지는 사람들은 오죽할까 싶어질 정도로 징그러워지고 있었다.

청승가련형과는 어울리지 않는 사람이 연서였다. 그런데 하연이 딱 그 꼴이니 이제는 그런 사람들을 욕할 수도 없는 처지였다.

처음 한 걸음을 그의 손에 의지해 천천히 움직이다 보니, 떨리는 발걸음도 안정이 되며 점차 주변이 보였다.

세현이 지씨가 건네준 망토를 둘러 주며 꼼꼼히 여며 주자 한

결 따뜻해졌다. 망토라는 말이 있을 리 없는 세계였다. 그저 창옷
이라고 부르고 있었다. 소매가 있어 입으면 바로 겉옷으로 변신할
수 있는 두루마기 같았다. 그러나 소매가 너무 좁아 지금 입은 옷
을 입으면 불편하니 어깨에 두르고 끈으로 묶어 결국 망토와 같
은 용도로 쓰였다.

"볼일 보시지요. 전 조금만 걷겠습니다."

"달리 할 일도 없으니 같이 걸읍시다. 나도 오랜 시간 말을 탔
더니 움직이는 것이 좋을 것 같소."

"말이라……."

그가 타고 온 말은 까만 윤기가 잘잘 흐르는 멋진 모습을 하고
있었다. 얼마나 관리가 잘 되어 있는지 꼬리까지도 가지런해 여염
집 여자의 머리채처럼 보였다.

"꿈도 꾸지 마시오."

엄하게 단속하는 그의 말에 연서가 뚱한 표정을 지었다.

"뭘요?"

"그 몸으로는 말은커녕 마차 타는 것도 무리였소. 그러니 저
말을 탈 생각은 하지도 말란 말이오."

이 인간, 혹시 독심술을 하나?

"생각도 못 하나요? 건강해지면 한 번은 타 보고 싶다고 생각
했을 뿐이에요. 내 세계에서는 말 타는 것도 돈을 줘야 한다고
요."

"그대 말대로 몸이 좋아진다면 더 순한 말을 골라 주겠소. 그

213

러나 저 말은 안 되오. 사나운 말이기도 하지만 주인이 아니면 다가갈 수도 없소."

주인의 말만 따르는 말이라. 어디서 많이 듣던 말 같았다. 그러고 보니 무협지에 나오는 명마라는 것들이 그런 종류였다.

뭐, 사납다는데 굳이 탈 필요가 있을까 싶어졌다. 혹여 다치기라도 한다면 몸 주인에게 미안한 일이기도 하니 깨끗이 생각을 지우고 연서가 다시 주변에 시선을 주었다.

생각해 보니 이곳에 오기 전 자신의 세상은 2월이었다. 구정을 막 지난 시기이니까. 그런데 이곳은 4월쯤 되어 보인다. 새순이 돋는 나무들이 이제 겨울 때를 벗고 열심히 새 옷을 갈아입고 있었다.

봄이 되면 가장 먼저 올라오는 잡초들이 갈색의 말라 버린 풀들 사이로 제 모습을 뽐내고 있었다. 진달래의 순이 막 올라오는 것을 보면 확실히 북으로 올라온 길이라 봄이 늦게 오는 것을 알겠다.

산기슭을 따라 올라오는 것 같더니 산 중턱이었다. 그래서 바람은 더욱 차가운 듯했다. 이 산을 넘으면 너른 평야가 있다는 설명을 들으며 연서가 고개를 갸웃했다.

북한에도 평야가 있었던가?

철원을 뺏기고 땅을 치고 울었다는 김일성의 이야기를 들은 적이 있었는데, 그럼 그건 또 무슨 소리인지. 험한 산으로만 되어 있다고 생각했던 곳이었는데 산세가 험하긴 해도 있을 것은 다 있었다.

국경이 궁금해지기도 했다. 이 시대의 국경은 어디까지인지 마음 같아서는 구경하고 싶지만 여자가, 그것도 일국의 공주가 움직인다는 건 쉬운 일이 아니었다. 더구나 결혼한 몸이니 제약은 더욱 심하게 걸렸다.

이곳의 사람들은 태어난 곳을 벗어나지 못하고 그곳에서 죽는 것이 당연시되는 곳이었다. 군역으로 변방을 가지 않는 한은 딱히 걸어서 먼 거리를 움직이는 것도 무리라는 말이 옳았다.

"이런 곳이면 산적은 없어요?"

문득 드라마에서 자주 보았던 산적 무리가 생각이 났다. 분명 이렇게 화려한 마차라면 산적이 건들거리며 나타나 주인공을 위협하고 남자 주인공이 짠하고 나타나 도와주는 시나리오일 텐데, 특별히 일행 중 누구도 주변을 경계하는 모습은 없었다.

"이 산만 넘으면 곡창 지대요. 작년은 풍년이라 굶어 죽는 이도 드문데 그런 무리들이 얼마나 있겠소? 그대의 세상에는 그런 무리가 많소?"

황당하다는 얼굴로 묻는 말에 딱히 대답할 말이 없었다. 그래서 고개만 도리도리 저었다.

"작금의 황제가 좋은 분이라고는 말할 수 없지만 그렇다고 백성을 쥐어짜는 분은 아니오. 호전적이고 성급한 성격이신 건 맞지만 백성에게는 좋지도, 그렇다고 나쁘신 분은 아니니 분란이 일어날 일은 없는 것이 당연지사."

왕이라 불리는 것이 아니라 황제라 불리는 모양이었다. 하긴, 어디에도 뒤처지지 않는 국력을 자랑하고 있으니 황제라 불림이 맞을지도 모르겠다.

"그런데 그런 말 하면 역모나 뭐 그런 죄로 잡혀가는 건 아닌가요?"

혹여 누가 들나 목소리까지 낮추는 연을 보고 그가 픽 하고 웃고 말았다.

"여기 누가 있어 밀고를 하겠소? 누가 한다고 한들 내가 아니라고 하면 그만인 것을."

하긴 그의 말이 틀린 것은 없었다. 듣는 이가 없는데 나라님 욕한다고 뭐라 할까. 그 부분은 지금이나 먼 훗날이나 마찬가지리라.

"마마, 차가 준비되었습니다. 그리고 약도 드실 시간이십니다."

걷다 보니 무리들과 꽤 차이가 나는 곳까지 왔는지 부지런히 따라온 지씨의 숨결이 거칠어져 있었다.

"알았네, 내 공주를 모시고 갈 터이니 먼저 가게나."

그의 말에 머리를 조아리고 부지런히 왔던 길을 되돌아가는 지씨를 보며 연서가 포옥 한숨을 내쉬었다.

"왜 그러오?"

"그놈의 약은 언제까지 먹어야 한다는 거죠? 하루 세 번씩 빠지지도 않고 먹이네."

"몸에 좋은 것이니 쓰더라도 참고 마시시오. 덕분에 이리 걸어

216

도 무방할 정도로 기운이 난 것이 아니오?"

그래서만은 아니었다. 먹히지 않는 밥을 죽어라 먹고, 움직이려고 했던 연서의 노력이었다. 그렇다고 약이 도움이 안 된다는 것은 아니었다. 보약이라니 도움은 되었겠지 하면서도 그 쓴맛에 벌써 진저리가 나고 있었다.

그나마 이 세계는 하루 두 번만 밥을 먹는데 어째 약은 세 번을 먹이는지 모르겠다. 밥 먹고 30분 후라는 말은 이 세계에 없는 말이니 뭐라 할 수도 없고 먹으라니 눈물을 머금고 먹을 수밖에 없었다.

지씨가 따끈하게 데워 놓은 약을 먹으며 연서가 저쪽에 앉아 영효당이 내미는 약을 먹는 일현을 보았다.

자신이야 이곳에 와 먹는 약이라지만 그는 사고 이후로 계속 먹고 있으렷다. 허해지는 몸은 움직임이 적은 하연보다 더 적으니 점점 약해지는 것 같았다.

정말 그의 다리는 움직이지 않는 걸까? 혹시라도, 정말 혹시라도 가능성은 없을까? 연서가 있는 동안 확인해 아주 적은 가능성이라도 있다면 그녀가 돌아간 다음이라도 무슨 수든 방법을 찾을 세현이니 어쩌면, 정말 어쩌면 희망이 있을 수도 있었다.

이번 백두산에서 꼭 확인해 보리라 마음먹은 연서가 가만히 머릿속을 뒤지며 하반신 마비 환자의 재활 운동을 떠올렸다.

고아원의 재희를 진료하던 의사가 어떤 행동을 했는지 기억하려 애쓰고 있었다. 소아마비였던 재희. 일주일에 세 번은 재활 훈

련을 받았다. 그리고 고아원에도 그녀를 위해 간단한 재활 훈련을
위한 도구를 만들어 수녀님들이 수시로 아이를 도왔었다.

오래전 기억이라 희미하지만 항상 그녀가 재희와 병원에 갔었
다. 의사의 설명을 받은 이도 연서였고, 힘겨운 재활 운동을 도왔
던 이도 연서였다.

중학생이 되면서 아이들 보호자로, 크고 작은 상처로 병원을
찾는 고아원 동생들을 따라 다닌 사람이 연서였기에 응급처치에
도 능했다.

그 기억들이 이곳에서 일현을 위해 쓰일 수도 있었다. 세현을
위해서 연서가 일현에게 희망이 있기를 기도하고 있었다.

그러나 그전에 여전히 사람들 모르게 그녀와 그를 훔쳐보는 인
해부터 해결을 보아야 했다. 저대로 두었다가는 일현이 움직인다
해도 형제에게 상처가 될 터였다.

그러나 방법을 모르겠다. 자신의 마음이 아닌 타인의 마음을
돌릴 방법 따위가 있을 리가 없으니 답답할 수밖에 없었다.

너무 오랜 시간 곪은 상처는 언젠가는 터지기 마련이었다. 그
시기가 언제이냐가 문제일 뿐 모른 척한다고 해결될 일도 아니었
다. 다만 일현이 모르게 터지길 바랄 뿐이었다. 그러나 과연 그게
가능할까?

조금 빠른 길로 오느라 솔직히 구경한 것이라고는 산자락이 전
부였다. 멀리 인가가 보였지만 들르지 않고 짐은 작은 암자에 풀

었다. 조용한 암자라 딱히 할 일도 없었고 구경할 것도 없었다.

아름다운 풍경도 하루 이틀이지, 점점 개마산에 가까울수록 추워지는 날씨 때문에 움츠리는 게 다였다. 그동안 연서가 한 일이라고는 부족한 운동을 보충하고 그가 물어오는 그녀의 세상에 대해 말해 주는 것이 고작이었다.

그나마 그것도 마차에 지쳐 몇 마디 하기도 전에 곯아떨어지는 일이 다반사였다. 그래도 움직임이 늘어 얼굴에 핏기가 보이며 한결 몸도 가벼워졌다. 식사량도 늘어 지씨의 안색도 좋아졌다.

아무리 설명해야 그가 알아들을 리 없는 말을 되풀이하는 것도 지쳐 갔고, 말도 없이 힐끔거리는 영효당의 얼굴도 불편하기는 매한가지였지만 딱히 그 뒤로 시비를 걸지는 않았다. 현숙한 부인 역할을 하느라 정신이 없는지도 모르겠다.

그리고 개마산에 거의 다다랐을 즈음 처음으로 객잔이라는 곳에 머물게 되었다. 인가가 많은 것은 아니지만 사람을 보니 반갑다고 느껴질 정도였다.

객잔은 작았다. 처음 보는 생경한 풍경에 연서의 눈이 동그래졌다. 마치 몇 번 보지도 못했던 역사드라마를 보는 것 같았다.

옹기종기 모여 있는 초가집은 그나마 사진으로 본 적이 있어 낯설지 않았다. 싸리문으로 둘러싼 울타리와 사람들이 디디며 다져진 단단한 도로가 이색적이었다. 그리고 마을 외곽에 자리한 객잔은 초가집이 아닌 기와가 얹힌 제법 구색을 맞춘 집처럼 보였다. 단지 다른 게 있다면 대문 없이 덜렁 집만 있고 넓은 마당 가운데 우물이 있다는 것이었다.

마차는 그 마당에 서며 겨우 문이 열렸다.

"내리시오. 오늘은 여기서 묵고 내일 출발하려고 하오."

아직은 해가 제법 높이 있었다. 대충 그림자를 보니 4시 정도 되었으려나? 그러나 연서는 군소리 없이 내리고 있었다.

딱딱한 의자 때문에 엉덩이가 배기고 벌써 온몸이 쑤셔 오고 있었다. 지씨도 오랜 마차 여행이 낯선지 피곤한 기색이 역력했다.

"이것 좀 받아 주시겠습니까?"

마차 안에서 내내 소중히 지니고 있던 보따리를 내밀자 세현의 미간이 굳어졌다. 보지 않아도 대충 알 수 있었다. 그 매개체라는 경대이리라.

아예 들고 다니기로 마음먹은 모양이었다. 그러나 군소리 없이 받아 들고 다른 한 손을 내밀어 연이 마차에서 내릴 때까지 잡아 주었다.

파리한 안색이 얼마나 지쳤는지 보여 주고 있었다.

"감사합니다."

휴식을 취하며 연서와 일현의 약을 위해 잠시 풀밭에 앉았던 것을 제외하면 땅을 밟는 것이 꽤 오래된 것 같았다. 마차에서 내리자 벌써 어지럼증이 몰려와 세현의 손이 아니라면 땅에 주저앉지 싶었다.

마차가 서면 기다리기라도 하듯 그가 먼저 그녀가 내리기를 기다리고 있었다. 매번 그의 도움을 받으며 내리니 이제는 당연한 듯 그의 팔을 잡고 있었다.

연서가 내리는 순간 어디서 나타났는지 사람 좋아 보이는 객잔 주인이 하인 여럿을 대동하고 인사를 한다.

아마도 일현이 개마산을 갈 때마다 들르는 곳 같았다. 반갑게 인사를 주고받는 객잔 주인은 벌써 일현을 위해 작은 가마를 대령하고 있었다.

"휠체어가 있으면 좋을 텐데."

"휠?"

작은 목소리임에도 그가 들었나 보다.

"네. 의자에 바퀴가 달려 스스로 움직이기 좋거든요. 먼 거리는 아니지만 적어도 스스로 움직이는 데 불편함은 없을 테니까요."

내내 그 생각을 했지만 과연 만들 수나 있을까 싶어 입을 다물고 있었다. 그러나 생각 없이 먼저 말이 튀어나와 설명을 해 주지만 아마도 만들기에는 힘들 것 같았다.

"그런 게 있소?"

일현이 움직이기 좋게 세현의 옆으로 물러서며 연서가 그에게 작은 목소리로 설명하자 그의 눈이 반짝였다.

표현은 안 하지만 형이 누군가의 도움이 없으면 움직일 수 없다는 현실에 얼마나 절망하는지 알고 있는 그였다. 그런데 누군가의 도움 없이도 움직일 수 있는 물건이 있다는 말에 그의 얼굴에 궁금증이 가득했다.

"참아요. 들어가서 둘이 있을 때 설명해 줄게요. 어쩌면 만들 수 있을 거예요."

그래도 혹시 모르는 일이었다. 워낙에 손재주가 많은 민족이 아니던가. 가능성이 없는 것은 아니니까 설명이나 해 주자는 마음이었다.

"참이요? 정말 그런 물건이 있소? 만들 수 있단 말이오?"

"형님 들으시겠어요. 조용히 하라고요. 그리고 그 경대 잘 가지고 있어요. 떨어뜨리기라도 하면 큰일이니까."

벌써 가마에 올라탄 일현이 가까이 오자 연서가 그의 팔을 꼬집으며 입단속을 했다. 아직 확실하지도 않은데 희망을 줄 수는 없었다. 하지만 정말 만들 수 있었으면 하는 욕심이 생기고 있었다. 벌써 반짝이는 그의 눈을 보니 괜한 말은 한 건 아닌지 걱정스럽지만 원리만 제대로 이해한다면 비슷하게라도 만들어 낼 수도 있지 않을까?

재희가 타고 다니던 휠체어를 떠올리며 연서가 어떻게 설명해야 하는지 고민하다 한 손으로는 연서를 지탱하고 다른 한 손에 덜렁 경대를 들고 있는 그를 보니 걱정스러워 핀잔을 주었다. 혹여 떨어뜨리어 깨지기라도 한다면 상상만으로도 끔찍해진다.

"마마, 쓰시지요."

"네?"

지씨가 내미는 모자를 보며 연서가 눈살을 찌푸렸다. 그러고 보니 여기서는 귀족가의 여자가 밖을 출입할 때 장옷 대신 모자를 쓰는 모양이었다.

생긴 것이 예전 조선시대 기생이 쓰던 모자와 비슷했다.

자루 없는 우산 모양으로, 테두리에 14~16개의 살을 대고 한지를 바른 뒤 기름에 절여 만든 것 같았다.

가장자리에는 자잘한 꽃 위를 날아다니는 나비가 운치 있게 그려져 있었다. 안쪽에는 쓰기에 편하도록 머리에 맞춘 테가 있으며, 머리 테 양쪽에 길게 끈을 달아 턱 밑에서 매어 늘어뜨리도록 했다.

우산 모양 테두리에는 얇은 망사가 드리워져 얼굴을 가리도록 만들어져 있었다. 하지만 그 망사를 통해 밖을 보는 것도 여의치 않기는 마찬가지로 보인다.

마치 작은 우산을 머리에 쓰고 있는 느낌이랄까.

영효당은 이미 마차에서부터 쓰고 나온 모양이었다. 얌전히 서서 제 남편을 보고 있는 것처럼 보이지만 그 망사 안에서 이미 이쪽을 보고 있음을 연서는 알아차렸다.

자, 그럼 여기서 한 번 더 염장을 질러 볼까?

"이거 어떻게 써요?"

세현의 팔에 더욱 기대며 연서가 고개를 갸웃거리며 작은 목소리로 속삭이자 일순 그의 얼굴에 당황한 표정이 어렸다.

모른다는데 어쩔 거야, 네가 해 줘야지라는 뜻을 분명히 담아

서 눈빛을 빛내자 그가 작은 한숨을 내쉬었다.

"이것 좀 들고 있게나."

한 손에 들고 있던 경대를 싼 보자기를 지씨에게 내밀며 그가 연서 대신 모자를 받아 들었다. 그리고 연서가 제대로 서 있음을 확인하고는 천천히 그녀의 머리에 모자를 씌워 주고 차분히 끈까지 매어 주었다.

그런데 오히려 당황한 것은 연서였다. 턱 끝을 스치는 그의 손길에 저도 모르게 호흡이 가빠져 재빨리 말을 돌렸다.

"그런데 이 모자 이름이 뭐예요?"

"모자?"

모자라는 말을 모르는 모양이었다. 그러자 연서가 영효당을 의식해 생긋 웃으며 손끝으로 그가 머리에 올려 준 모자를 가리켰다.

"전모라고 하오."

"아하, 전모."

"그런데 뭐가 웃기오?"

마지막으로 망사를 내리기 전에 영효당의 전모에 달려 있는 망사가 파르르 떨리는 것을 확인한 연서가 어깨를 으쓱했다. 다행이었다. 붉어진 얼굴이 망사에 가려져 보이지 않으니 앞이 불편하지만 나름 쓸모 있는 물건임에는 확실해졌다.

"그것도 나중에. 가죠."

세현과 연서가 움직이지 않으니 모두 그들만 바라보고 있었다.

이곳에서 가장 어른은 공주인 하연인 모양이었다.

옷기는 모양새지만 어쩌랴. 이곳은 연서가 살던 세상이 아니니 따를 수밖에.

드라마에서 보면 큰 상에 식사를 차려 놓고 모두 둘러앉아 먹었는데 이곳에서는 식탁과 의자가 생활화되어 있었다. 하긴 방마다 딱딱한 나무이긴 하지만 침대도 있는 걸 보면 좌식 생활 하는 문화는 아닌 모양이었다.

온돌이 있긴 하지만 듣기로는 웬만한 집이 아니면 온돌을 놓은 집은 드물다 들었다.

식사 시간 내내 주로 담화는 형제가 나누고, 연서와 영효당은 조용히 앉아 제대로 먹히지도 않는 밥을 깨작거리고 있었다.

화려하지 않지만 정갈한 음식들이 대부분이었다. 특별한 손님임을 알려 주는 건 이것저것 몸에 좋다는 것들을 넣어 끓여 놓은 백숙 정도가 다였다.

원래 고기라면 사족을 못 쓰던 연서가 몇 점 뜯어 먹으려다 수저를 놓았다. 아무 맛도 못 느끼니 맛이 있을 리 없었다.

그런 연서를 위해 세현이 말간 물김치를 앞에 놓아주자 영효당의 낯빛이 굳어진다.

그렇게 혼자 김치 국물을 먹고 있으니 저 혼자 속이 쓰리지.

그런 영효당을 보며 연서가 혀를 차면서도 제법 자신의 역할을 잘 하고 있는 세현을 보며 생긋 웃음으로 감사를 대신했다.

그래도 먹어야 몸이 좋아질 것은 분명했다. 더구나 남의 살은 더욱 도움이 되리라는 생각에 그가 밀어 준 물김치로 입을 헹구고, 고기 조각을 조금 더 먹고 국물도 열심히 떠먹었다.

"아까 말한 그 휠? 그게 어떤 물건이요?"

방에 들어서자마자 세현이 의자를 당겨 앉으며 연서에게 가장 먼저 한 질문이었다. 방이 많지 않아 부부끼리 한 방씩 차지하게 되어 처음으로 부부가 한 방을 쓰게 되었는데 그게 하연이 아닌 연서라는 건 참 아이러니였다.

"휠체어요. 여기 말로 하면 바퀴 달린 의자라고 해야 하나?"

다급한 세현과 달리 연서는 무심히 대답하며 보자기를 풀어 경대를 여기저기 살피며 혹 다른 이상은 없는지 확인하기 바빴다.

"좀 앉읍시다. 경대를 아무리 들여다본다고 지금 당장 해결책이 나오는 것도 아니지 않소. 하던 이야기나 해 보시오. 바퀴 달린 의자라면 마차 같은 것을 말하는 것이오? 그럼 의자에 바퀴를 달고 앞에 말을 묶어야 한단 말이오?"

"어떻게 의자에 그 커다란 말을 달아요? 말도 안 되는 소리. 우선 종이와 펜, 아니지. 붓이나 줘 봐요. 그림으로 그려 보여 줄 테니까."

말로 설명해야 입만 아플 뿐이었다. 차라리 그림으로 보여 주는 것이 이해하기 편하리란 생각에 주문을 하자 세현이 빠르게 한지와 붓을 내밀며, 대나무로 만든 작은 통을 내민다. 아마도 먹물을 담아 다니는 먹물통인 모양이었다.

"무슨 잉크병 같네."

"그건 또 뭐요?"

"있어요, 그런 게. 암튼 잠깐 기다려 봐요."

작은 붓에 먹물을 묻힌 뒤 거추장스런 소매까지 올리고 연서가 천천히 휠체어의 모양을 생각하며 한지에 그 모양을 그려 가기 시작했다.

오호, 하연의 그림 솜씨는 제법인 모양이었다. 사실 연서의 그림 솜씨는 사과를 그리면 호박이 되는 수준인데 하연의 손길을 따라 그려진 휠체어의 모양은 제법 제대로였다.

다른 종이에도 부분부분 생각나는 대로 정성껏 그려 주었다.

"이렇게 생긴 물건이에요."

얼마의 시간이 흘렀을까. 연서가 내미는 그림을 보는 세현의 미간이 집중하느라 좁혀져 있었다.

"이게 움직인단 말이오? 그저 의자에 동그란 바퀴를 달아……."

그러다 깨닫게 되었다. 분명 움직일 수 있게 되어 있었다. 의자에 마차나 우차에 다는 바퀴를 다니, 누군가 한 사람이 밀어만 주면 움직이기 수월해 보인다. 왜 그런 생각을 못 했을까? 간단한 원리였다.

"그런데 이걸 어떻게 혼자 움직인단 말이오?"

그림을 앞에 두고 하나씩 짚어 주며 연서가 세세히 설명을 시작했다.

"여기 바퀴를 직접 손으로 미는 거예요. 등 뒤 의자 부분에는 손잡이를 달아 누군가 밀어 줄 수 있도록 만들고. 바퀴 앞쪽으로 브레이크, 아니, 지지대를 만들어 비탈진 곳이나 세워 놓을 때 그걸로 고정하는 거고요."

그녀 말이 맞았다. 이런 생김새라면 충분히 일현 혼자도 가까운 거리는 움직일 수 있었다. 그가 움직이지 않으려는 이유 중 하나는 누군가의 도움이 없으면 어디 한 군데도 갈 수가 없어서였다.

"만들 수 있을까요? 내 시대에는 고무 타이어라는 것이 있어 훨씬 편하게 되어 있지만 아직 그런 건 없을 거고, 원래 의자도 가벼운 쇠로 만들어져 있지만 이곳에는 없을 거고. 그럼 나무로 만들어야 한다는 말인데 그러면 또 너무 무거울 거고, 아무래도 힘들까?"

우선 재료가 달랐다. 그러니 이곳에서는 모양은 비슷하게 만든다 해도 무겁다면 그 역시 문제가 되리라는 걱정이 앞섰다.

"만들 수 있을 거요. 아니, 만들어 보일 거요."

세현의 눈빛이 달라졌다. 벌써 머릿속이 바쁘게 움직이는 것이 보이는 것 같았다.

"그럼 만들어 보세요. 한 가지, 무거우면 쓸모없어요. 될 수 있으면 가볍게 만들어야 해요. 뭐, 대나무나 그런 종류면 좋지 않을까요? 그런데 이 부근에 대나무가 자라려나? 전 좀 피곤해 씻고 누워야겠어요. 그러니 일 보세요."

"씻을 물 준비하라 일러두겠소. 난 좀 다녀올 곳이 있으니 당신은 쉬시구려."

바쁘게 나서는 그를 보며 연서가 미소를 베어 물었다. 무언가 그에게 도움이 된 것 같아 마음이 뿌듯했다.

천천히 여태 보자기 위에 있던 경대를 꺼내 거울을 펼쳐 보니 여전히 실금처럼 금이 간 채 변함이 없다.

순간 마음이 무거워졌다. 자신이야 하연의 몸으로 떨어져 배고픔도 없이 백두산까지 유람하는 좋은 팔자지만 하연은 어쩌고 있는지.

연서에게 하연은 이미 남이 아니었다. 또 다른 자신과 같은 느낌. 그곳에서의 삶은 녹록지 않았다. 공주로 편하게 살아온 하연이 견딜 곳이 아니었다. 그래서 더욱 걱정이 앞섰다. 편하게 지내는 자신이 불편하고, 미안하고, 그리고 걱정이 앞섰다.

"어떻게 지내니? 무슨 일이 있는 건 아니지? 이젠 돌아와. 그도 널 다르게 생각하고 보아줄 거야. 내가 네 맘을 전해 줄 테니까 네 자리로 돌아와. 거긴 네가 있을 곳이 아니잖아. 그러니 돌아와."

여전히 거울에 비친 얼굴은 연서가 아닌 하연이었다. 미치겠는 건 어느새 이 얼굴에 익숙해지고 있었다. 이제 거울을 보아도 놀라지 않고 자연스럽게 느껴졌다.

매일 거울을 살피며 얼굴을 마주하다 보니 자신의 얼굴보다 더 익숙해진 모양새였다. 이러다 현실로 돌아간다면 또 한동안 거울을 보고 놀라지나 않을까 싶어진다. 그러기 전에 제자리를 찾아야 했다.

순박한 사람들이었다. 자신을 챙기느라 하루 종일 종종거리는 지씨를 보면 마음이 아파 왔다. 어미처럼 챙기는 마음이 고맙고 안쓰러워 가끔은 눈을 맞추기도 어려웠다.

그리고 세현은 공주가 아님을 알면서 더욱 가까워져 버렸다. 그녀의 정체를 알고 있는 사람이 그뿐이라서 기대고 있는 거라 스스로를 다독이지만 매 순간 연서의 눈은 그를 찾아 헤매고, 보이지 않으면 불안해하며 하루를 보내고 있었다.

다가오지 말라 선을 긋고 있지만 멀어질까 두려운 것도 진심이었다.

정이란 물건은 요물이어서 붙는 것은 금방이지만 떼어 내기는 지랄인 물건이 아니던가.

이곳의 사람들과 너무 많은 정이 들기 전에 가야 했다. 정말 하연의 자리를 탐내기 전에.

"들어가도 되겠습니까?"

반갑지 않은 음성에 연서가 거울을 닫으며 눈살을 찌푸렸다. 저 여자가 또 왜 온 걸까?

"들어오시지요."

그렇다고 들어오겠다는 사람을 내칠 수도 없었다.

조용히 문이 열리며 연분홍 비단저고리에 초록 비단치마를 입은 영효당이 들어섰다. 그리 높지 않게 틀어 올린 가체에는 진주 알 세 개를 붙여 만든 머리꽂이가 더욱 그녀를 조신하게 보이게 했다.

방 안에 들어온 인해가 마차에서부터 공주가 소중히 들고 다니던 보자기가 펼쳐진 모습을 눈여겨보더니 그 안에 경대가 있음을 확인하고 살짝 고개를 갸웃했다.

영효당의 뒤를 따라 지씨가 걱정스런 시선으로 들어오자 연서가 고개를 끄덕이며 차를 준비해 달라는 말로 내보냈다.

"앉으시지요. 먼 길 고생이 많으셨습니다."

"마마께서 더 힘든 길이었을 겁니다. 한 번도 이리 먼 길을 다니신 적이 없으셨으니 그 고단함이야 이루 말로 표현할 수 없을 겁니다."

어쭈, 말은 잘 한단 말이야.

"뭐, 처음 나온 길이라 힘들긴 하였어도 서방님과 같이 하는 길이니 그저 기쁠 따름이지요. 아주버님이 형님을 생각하시는 마음이 각별하시니 좋으시겠습니다. 저야 서방님이 이제 마음을 열어 주시는지라 기쁘지만 한편 불안하기도 하지요."

"두 분 다정하신 모습을 뵈니 제가 다 기쁜걸요."

여기까지.

지씨가 찻잔을 놓고 나가자 연서가 이제 낯간지러운 말은 그만두기로 했다.

"반가운 얼굴은 아닐 텐데 무슨 일이십니까?"

갑자기 바뀌는 공주의 말투에 영효당의 낯빛이 변했다.

"드리고 싶은 말이 있어서요."

"하시지요. 귓구멍은 뚫려 있으니 들어나 보지요."

차가운 얼굴, 눈빛, 그리고 어울리지 않는 말투. 인해에게 앞에 있는 여인은 참 낯설었다. 그동안 보아 왔던 공주인데 다른 사람과 얼굴을 마주한 것 같아 그녀를 당황하게 만들었다.

"많이 변하셨습니다."

"죽다 살았으니까요."

간단한 답변에 인해가 이를 사리물었다.

"마마가 변한다 해도 변하는 것은 없습니다. 그분이 마마를 생각하는 마음은 그저 동정임을 모르십니까? 원래 마음이 약한 분이셨습니다. 그래서 마마가 또 어리석은 행동을 하실까 저어하심입니다."

얘가 아직 정신을 못 차렸네.

"뭐, 그렇다고 치죠. 그럼 형님에 대한 마음은 다를 거라는 이유는 뭔가요? 마음이 약해 정작 동정을 받고 있는 사람이 저일까요? 아니면 형님일까요? 그래, 그런 동정을 받으시니 좋으십니까? 그럼 아주버님은 어떻게 되시는 겁니까? 다른 이에게 마음을 주고 동정하는 안해를 가지신 분이 아주버님이신 걸 알면 서방님이 퍽이나 형님을 따로 생각하시겠습니다."

이제는 미움보다 안쓰러울 뿐이었다. 세현을 겪고 보니, 아무리 이 여인을 마음에 담았다 하나 형의 아내를 품을 위인이 아니었다. 차라리 그 마음에 목말라 죽어 가는 한이 있어도.

이곳은 예전 조선과 다르게 과부의 재혼이 허락되고 있었다. 그러나 그건 어디까지나 남과 남의 문제지 형제간의, 자매간의 일은 아니었다. 법으로도 형수와 시동생, 형부와 처제 등 형제나 자매끼리 얽히는 재혼은 엄격히 금하고 있었다.

"그만하시죠. 보기 안쓰럽습니다. 그 마음이 어떤지 전 모르겠습니다. 첫정이 얼마나 무서운지 알지만 그런 마음 때문에 형제를 죽이시렵니까? 무엇을 바라십니까? 어디까지 하시렵니까?"

하연이나 연서나 독한 사람은 아니었다. 인해를 보는 마음이 다를 뿐. 현실을 자각하고 있는 연서였다. 그러니 인해나 그녀의 남편보다 우선 세현이 걱정스러웠다.

이 여인의 마음을 만약 일현이 알기라도 하는 날에는 세현 역시 무사하지 않으리라는 걱정. 그러니 막아야 했다. 그가 이 여인 때문에 망가지는 것을 볼 수는 없었다. 짧은 시간 동안 정이라도 든 모양이었다. 연서의 머릿속에는 그를 위해서라도 이 여인의 마음을 돌려놓아야 한다는 강박증이 생기는 것 같았다.

"다 가지신 분은 모르십니다. 모두에게 귀함을 받는 분이 무엇을 알까요? 그러나 제게는 아무것도 없었습니다. 오직 그분만 있었을 뿐입니다. 다 가지신 분이 뭐가 그리 욕심이 많아 그분을 택하셨습니까? 다른 이도 많았습니다. 그러니 시초는 마마십니다. 그래 놓고 저를 욕하십니까?"

왜 이 여자의 말이 이해가 되는 걸까? 아마 연서도 고아로 모든 사람의 무시를 받아 봐서이리라. 그때는 가진 것이 많은 사람은 다 행복하다 여겼다. 자신이 가장 불행하다 여긴 적도 있었다. 그러나 그게 다가 아님을 이곳에 떨어져 알았다.

가진다고 다 행복할까? 과연 하연은 무엇을 가지고 있었는지 이 여인이 알기나 할까?

"제가 다 가졌다 여기십니까? 허울 좋은 공주라는 이름 하나 가진 것이 그리 부러우셨다면 지금이라도 드리고 싶습니다. 줄 수만 있다면. 세상에 자신만 불행하다 여기십니까? 그러니 삶이 불쌍해지시는 겁니다. 돌아가 아주버님을 보세요. 찬찬히 보세요. 그래도 답이 안 보이신다면 저는 더는 드릴 말이 없습니다. 돌아가 주시지요. 곧 서방님이 오실 겁니다. 이런 모습 보여야 형님께도 득 될 것이 없지 않습니까?"

무언가 더 말을 하려는 듯 입을 열었던 인해가 세현이 온다는 말에 입술을 깨물었다. 공주가 깨어난 후로 아예 눈도 주지 않는 그였다. 아무리 그를 훔쳐봐도 그는 건조한 시선으로 지나갈 뿐 그녀에게 단 한 순간도 머물지 않았다.

분하고 억울하고, 앞에 있는 여자 때문인 것 같아 당장이라도 목을 조르고 싶은 마음이었지만 두 주먹을 꼭 쥔 채 인해가 물러갔다.

그 모습을 보며 연서가 혀를 찼다. 무슨 사고라도 치지 싶어 불안해진다. 그러나 앞일을 걱정해야 무슨 수가 있는 것도 아니고 세현을 단속하는 수밖에.

바보같이 약을 먹을 것이 아니라 싸웠어야 했는데, 하연도 잘 한 것은 없었다. 멍하니 앉아 그리움으로 스스로를 죽이는 것밖에는 할 수 있는 일이 없었던 하연도 가엽고 여전히 미련에서 못 벗어나는 저 여인도 가여웠다.

이곳은 자기 뜻대로 상대를 선택할 수 있는 곳이 아니었다. 신분이 높을수록 혼인은 더욱 자기 뜻과는 다르게 이루어지는 곳. 어쩌면 그래서 여기 있는 모든 사람이 아프고 힘든지도 모르겠다. 그럼에도 연서는 저도 모르게 다른 사람보다 세현을 걱정하고 있었다.

그 가운데 있으면서 아무것도 할 수 없었던 사내가 아니던가. 세상을 잘못 타고난 건 그의 잘못이 아니었다.

자존심 강하고 도도한 사내가 자신도 어쩔 수 없는 상황에 밀려 손을 놓고 있는 모습이 안쓰러웠다.

모든 이가 그를 보며 내놓으라 하고 정작 손을 내미는 사람은 없었다.

형을 대신해야 하는 의무를 진 채 죄책감에 몸부림치면서도 꿋꿋한 모습을 보여야 하는 것이 얼마나 사람을 지치게 했을까?

힘들다는 말조차 할 수 없었던 사내가 안타까워 연서는 무엇이라도 도움을 주고 싶어졌다. 과연 자신이 무엇을 할 수 있는지 알 수 없지만 조금이라도 그의 짐을 덜어 주고 싶은 마음이 무엇을 뜻하는지도 모르고 한참을 고심하던 연서가 긴 한숨을 내쉬며 머리를 짚었다.

오랜 시간 움직인 탓에 이미 하연의 몸이 지쳐 쓰러질 지경이었다. 거기다 세현에게 설명하느라 진이 빠진 상태에서 원치 않는 인해와의 만남으로 더 지쳤다.

복잡한 마음에 연서의 표정이 어두워지자 때마침 들어온 지씨가 동동거리며 연서를 챙겼다. 그녀의 도움으로 간신히 씻고 연서는 잠자리에 들었다. 물론 그 전에 거울을 보며 제발 오늘 밤 꿈속에 하연이 보이기를 빌었다.

적어도 하연의 상태나 알아야 맘이라도 편할 텐데, 방법이 없으니 그것도 연서에게는 스트레스로 작용하고 있었다.

10.

무엇을 놓친 걸까?

한국병원 중환자실에서는 또 한바탕 난리가 났다. 교통사고로 들어온 환자는 여전히 의식이 없었다. 너무 심하게 다쳐 머리에 혈종이 생기고 척추는 부러졌으며 내장도 제대로인 곳이 없었다. 사실 살아난 것도 기적이었다.

의사들은 아마 살아나더라도 정상적인 삶은 힘들 것이라는 진단을 내놓았다.

금방이라도 숨을 거둘 것 같았던 여자는 사람들의 생각을 비웃기라도 하듯 인공호흡기를 떼더니 잠자는 사람처럼 의식을 찾지 못하고 있었다.

처음 응급차에 실려 왔을 때는 도대체 사람처럼 보이지도 않더니, 이제는 제법 모습을 찾아 밝고 명랑한 젊은 여자라는 것을 보여 준다.

단발머리가 잘 어울리는 당돌하게 생긴 얼굴이 지금이라도 눈을 뜨고 여기가 어디냐고 물을 것 같았다.

처음 그녀를 수술하고 지켜보면서 곧 죽으리라는 생각에 장기기증을 생각했었다. 그녀는 이미 장기기증자였고, 혈혈단신이라 무리도 없었다.

그러나 일주일 후 의사는 뇌사가 아닌 식물인간이라는 진단을 내렸다.

젊은 사람이야 며칠만 있으면 나가는 곳이 중환자실이었다. 젊은 환자를 보기 힘든 이곳에서 연서라는 이름을 가진 여자는 간호사들의 동생이 되었다.

그녀가 자랐다는 고아원의 수녀님이 그녀가 가장 아끼는 물건이라며 옛날 물건인 경대 하나를 가져다 놓았다. 원래 중환자실에 일반 물건을 들이는 것은 금지였지만 거울이 깨져 있어 불길해 거울만 바꿔 가져온 것이라며 부탁하는 수녀님의 청을 거절 못하고 깨끗하게 소독해서 옆 탁자 위에 올려놓았다.

근무가 바뀔 때마다 간호사들은 혹시나 하는 마음으로 그녀에게 인사를 했고 얼른 일어나라고 빌어 주었다.

그러나 여전히 그녀는 깊은 잠에 빠진 공주처럼 대답 없이 시들어 가며 보는 사람들을 가슴 아프게 한다.

새로 온 신규 간호사가 경대가 신기해 열어 보며 이곳저곳 살피던 그때, 거울에 연서의 얼굴이 비쳐졌다.

그런데 갑자기 연서의 상태가 급박해져 놀란 간호사가 재빨리 경대를 닫고 의료진을 불러 올렸다. 순간 숨이 멈추는 듯 경련을 일으킨 연서는 의료진의 노력 끝에 간신히 안정되었다.

그러나 그게 다였다. 또다시 연서는 언제 그랬냐는 듯 변함이 없었다. 간호사들의 기도가 통했음인지 제대로 호흡하는 연서를 보며 다들 가슴을 쓸어내렸다. 급하게 달려온 수녀님과 원생들이 중환자실 밖에서 동동거리며 일심으로 기도한 덕인지도 몰랐다.

◈

당장 솜씨 좋은 목수를 수소문해 찾아가 그림을 보여 주었다. 고개를 연신 갸우뚱하던 목수에게 한번 만들어 보겠다는 대답을 듣고, 그와 함께 머리를 쓰며 그림을 따라 만들다 돌아온 시간은 제법 늦어 자시에 가까웠다.

살며시 문을 열고 들어오니 이미 연은 세상모르게 잠이 들어 있었다.

참 신기한 여인이었다. 이 여인이 하는 말을 듣고 있다 보면 꾸며 낸 말이 아닌가 싶어졌다. 정말 황당하고 놀라운 세상.

과연 그런 세상이 있을 수 있을까? 왕이 없는 세상이라고 했다. 백성들이 일정한 시간이 지나면 투표로 새로운 왕을 뽑고, 일을 못하면 대놓고 욕을 해도 역모로 몰리지 않는 세상이라고 했다. 혹여 제대로 일을 못하면 백성의 손으로 끌어내릴 수도 있다나? 그게 가능한 일인지 의심스러웠다.

신분의 차별도 없다고 했다. 능력으로 올라가고 귀족의 개념이 있다면 있는 것들이 지들 맘대로 정한 거라나. 감히 돈으로 귀족을 사칭하다니 있을 수 없는 일이었다.

여자들도 이곳과는 다르다 했다. 자기 능력을 제대로 발휘하고 남자들을 발아래 두는 여자들도 많다는 말은 정말 믿기지 않았다.

결혼도 제 마음대로 좋아하는 사람하고 할 수 있다고 했다. 물론 이것저것 따지고 어쩌고 해서 반대하는 사람들도 있다지만, 많은 사람들이 자신이 원하는 사람과 결혼하고 살다가 아니다 싶으면 이혼도 한다고 들었다.

들을수록 황당한 세상이었다. 그러나 정말 그런 세상이 있다면 자신도 가 보고 싶어질 정도로 흥미로운 건 사실이었다. 그 많은 말들을 꾸며 냈다고 하기에는 무리가 있었다.

상상도 가지 않는 세상이지만 연은 세월이 흐르면 그리 변할 거라고 말했다. 자신이 그런 곳에서 살다 왔다면서. 그러나 그가 기다려도 그는 절대 볼 수 없는 세상일 거라는 말에 마음 한편이 씁쓸해졌다.

새를 타고 나는 것도 아닌데 하늘을 날고 말과 소 없이도 마차가 달리는 세상. 누구나 능력만 있으면 원하는 것을 얻을 수 있는 세상이 정말 오기나 할까? 그의 머리로는 상상도 할 수 없는 곳이기에 더욱 궁금하고 보고 싶어졌다.

그래서 그녀는 돌아가고 싶어 하는 걸까? 불편한 이곳과는 다른 곳이라서?

가만히 쌔근거리며 잠든 모습은 영락없는 공주였다. 그러나 그의 눈에는 이미 공주로 보이지 않았다. 분명 지금 눈앞에 잠이 든 여인은 연이었다. 그를 어느 순간 홀리고 눈을 못 떼게 만든 여인이었다.

순리를 역행하는 존재라는 여인. 과연 이 여인을 옆에 두는 방법은 없는 것인지 애가 달았다. 가야 한다는 여인을 잡고 싶은 마음을 이제는 어쩌지도 못하겠다.

천천히 겉옷을 벗고 그녀의 옆에 눕자 연이 자연스럽게 그의 품으로 파고들었다.

아담한 육체가 향긋한 향과 함께 그의 품에 안겨 오자 저도 모르게 연을 포옥 가슴에 품으며 고운 머릿결에 얼굴을 묻었다. 이렇게라도 그녀를 품어야겠다.

마치 그의 품이 제자리인 양 제대로 자리를 잡은 그녀를 품 안에 가두자 여태 허전하던 그의 마음이 연을 안음으로써 꽉 채워진 듯 편안해졌다. 그렇게 세현은 연의 향기와 체온을 느끼며 간만에 깊은 잠속으로 빠져들었다.

얼마나 시간이 흘렀을까? 연의 목소리에 세현이 반응하며 눈을 떴다. 어느새 창호지가 여명에 반응해 제 색을 보이고 있었다.

"하연아? 하연아!"

품에 안은 연이 그의 옷깃을 부여잡고 공주의 이름을 애타게 부르고 있었다. 그녀의 말이 사실이라면 분명 꿈속에서 공주를 만나고 있다는 말이었다.

깨워야 하나 망설이던 그가 숨넘어가게 공주의 이름을 부르며 몸부림치는 연을 안아 주다 결국 그녀의 이름을 불렀다.

"연, 일어나시오. 눈을 떠요."

몇 번을 흔들자 연이 몸부림을 멈추고 명한 눈을 들어 그를 바라보고 있었다.

"정신이 드오? 공주를 보았소?"

세현의 다급한 질문에 연서가 명한 눈으로 고개를 끄덕이다 곧 가로저었다.

"무슨 뜻이오?"

간신히 정신을 차린 연서가 잠긴 음성으로 입을 열었다.

"하연을 보았어요. 아니…… 나를 보았어요. 나지만 내가 아닌……. 이게 또 무슨 소리야. 미치겠네."

여전히 세현의 가슴 옷깃을 붙잡고 연서가 숨을 헐떡였다.

분명 자신이었다. 자신의 시대에, 그것도 병원 침대에 누워 있는 것은 연서였다. 그건 마치 자기 영혼이 떠서 누워 있는 자신을 보는 것 같은 느낌. 아무리 소리를 질러도 반응 없는 스스로에게 소리 지르는 것 같았다.

"앉을 수 있겠소?"

아직도 생생한 꿈에 힘겨워하는 연서를 앉히려 애쓰며 세현이 묻자 대답 대신 고개를 끄덕인다.

"무엇을 본 것이오?"

"저를 보았다니까요. 내 모습의 하연이요. 그런데 눈도 뜨지 않아요. 병원인 것 같았어요. ……그래요. 난 사고를 당했어요. 그래서 이곳에서 깨면서 당연히 병원일 거라 생각했으니까. 내 몸속에 들어간 하연은 병원에 있어요. 그런데…… 얼마나 심한 건지 모르겠어요. ……그 많은 기계들. 그건 중환자실이라는 소린데."

뭔가 설명을 듣는 것 같은데 알아들을 수 있는 말이 많지 않았다. 병원? 중환자실?

"거긴 뭐 하는데요?"

"의원이요. 거기선 의원을 병원이라고 해요. 그게 중요한 게 아니에요. 거기는 의학이 발달해 사람 고치는 기술이 대단해요. ……병원에 있다는 말은 살아 있다는 말이에요. ……적어도 나는 살아 있어요."

무슨 소리인지 도무지 알아들을 수가 없었다. 분명 이곳에서도 연은 살아 있었다.

"그래서 결론은 뭐요?"

그의 질문에 연서가 다시 고개를 가로저었다.

"몰라요. 무엇을 뜻하는지. 아마도 내 상태가 심해 하연이 그 속에서 잠이 든 것 같아요. 그래서 내 꿈에도 안 나온 거고. 그런데 어떻게 제가 하연을 보게 된 건지 모르겠어요. 뭔가 중요한 걸 놓친 것 같거든요."

무엇을 놓친 걸까? 골똘히 생각하던 연서가 세현의 음성이 머리 위에서 들리는 걸 깨닫고 고개를 번쩍 들었다.

왜 이 남자 품에 있는 거지?

"그러니까 그곳에서 당신의 몸은…… 앗, 무슨 짓이오."

연의 몸 상태가 안 좋다는 말에 심각하게 생각하던 세현의 갑자기 자신을 밀치는 힘에 그대로 침대 밑으로 떨어지며 소리를 질렀다.

"왜 당신이 이곳에 있나요?"

그를 밀어내고 이불을 둘러 보호막을 치듯 자신을 감싼 채 그를 노려보는 연의 눈이 제법 매서웠다.

"그럼 어디서 자란 말이오? 여긴 내 방이기도 하오. 그리고 잊었나 본데 우린 부부요."

"하~ 그건 하연하고 부부인 거지 난 아니라고요."

"그럼 어디 나가서 그런 소리 해 보구려. 누가 믿을 사람이 있는지. 그리고 목소리 낮추시오. 모두에게 이 상황을 알리고 싶은 거요?"

그의 말이 맞았다. 이런 말을 믿어 줄 사람은 바닥에서 일어나며 화를 내는 세현밖에 없었다. 다른 사람에게 말해 봐야 약 먹고 미쳤구나 하고 다들 걱정만 하리라는 생각에 연서가 한숨을 쉬고는 고개를 끄덕였다.

"알았어요. 쓸데없는 짓을 한 건 아니죠?"

이불 속을 보며 자신의 옷차림을 확인하며 연서가 놀란 마음을 가다듬었다.

"무슨 짓을 말하는 것이오?"

갑자기 침대에서 떨어진 세현이 불쾌한 눈으로 그녀를 노려보며 대꾸한다.

잠자던 그 모양 그대로의 차림을 확인한 연서가 어깨를 으쓱하더니 이불 속에서 나왔다.

"밀어낸 건 미안해요. 하지만 남자 품에서 깨면 당연한 반응 아닌가요? 난 또 집에서처럼 따로 자는 줄 알았죠. 오면서도 여태 따로 잤잖아요."

새침하게 대꾸하는 그녀를 보며 세현은 그저 헛웃음을 지을 뿐이었다. 오는 내내 암자에서 묵은 거라 부부가 같은 방을 쓰기 뭐해 따로 방을 잡았을 뿐이었다.

"하던 이야기나 마저 하시오. 그쪽에서 지금 당신의 몸이 안 좋다는 말이오?"

"마지막 기억에 나는 교통사고를 당했어요. 붕 날아간 기억은 있어요. 그리고 여기였죠. 얼마나 심각하게 다친 건지 알 수 없어요. 그래서 아마 내 몸에 있는 하연은 병원에 있는 거겠죠. 중요한 건 아직 난 살아 있다는 거예요."

멀쩡히 살아서 그와 이야기를 나누며 마치 자신을 남 이야기하듯 하는 현실이 웃긴다. 그럼에도 걱정스러웠다.

꿈에서 본 하연이 누워 있는 곳은 중환자실이 분명해 보였다. 한 번도 그런 곳에 가 본 적은 없지만 그 많은 기계며 잠자듯 누워 있는 모습에 산소마스크까지.

심각한 상태라면? 그래서 잘못되기라도 한다면? 연서의 몸에 간혀 있는 하연은 어떻게 되는 건지. 그리고 자신은 또 어떻게 되는 건지.

"그쪽 세상에서 당신의 몸이 잘못된다면 당신은 어찌 되는 거요?"

덩달아 세현의 음성도 무거워졌다. 그녀의 말을 다 알아들은 것은 아니지만 분명 심각한 일이라는 것은 알아들었다. 아무렇지도 않게 말하지만 연의 표정은 심각했다. 분명 다른 무언가를 보고 말하지 않음이었다.

"몰라요. 아는 게 없으니 더 답답하고요. 내 몸이 죽는다면 하연이 죽는 건지, 여기 있는 내가 죽는 건지 아무것도 알 수가 없어요. ……하지만 그곳은 쉽게 사람이 죽지 않아요. 그러니까 분명 고쳐 놓을 거예요. 멀쩡하게."

대답하며 그를 바라보는 연서의 눈이 심하게 흔들리고 있었다. 믿는 것이 아니라 바람이었다. 그곳에서도 사람은 죽어 나갔다. 더구나 중환자실이라면 그것이 이상한 곳이 아니었다. 그렇다고 그에게까지 불안을 끼칠 필요는 없었다. 얼마나 불안해하고 있는지 여실히 보여 주는 눈에 세현이 천천히 다가가 그녀를 품에 안았다.

그의 행동에 놀라 경직되는 그녀를 더욱 품에 가두며 세현이 작지만 분명한 음성으로 속삭였다.

"걱정 마시오. 내가 지켜 줄 테니. 절대 당신은 죽지 않을 것이오. 내가 그리 두지 않을 것이니까."

왜 그의 말에 안심이 되는 걸까?

이번에는 밀어내는 대신 연서가 그의 품으로 파고들며 아예 얼굴을 그의 가슴에 묻었다. 그의 체취가 한껏 밀려오며 알 수 없는 안도감에 진정이 되는 것 같았다.

살면서 누군가 지켜 준다는 말을 들어 본 적이 없었다. 이토록 편안하게 안겨 본 적도 없었다. 괜스레 눈물이 나 그의 품에서 연서는 감사와 고마움을 담은 눈물을 흘리고 있었다.

그래도 하연이 어떤 상황인지는 알았다. 아마도 연서의 몸에서 잠이 들었지 싶어졌다. 그러니 그리 불러도 대답이 없었던 것이리라.

이곳과 다르게 발달한 의학이 장점인 그 세계 아니던가. 그러니 곧 깨어나 자신의 부름에 답해 주기를 기도하며 연서가 그의 옷깃을 꼭 잡고 매달려 있었다. 달래듯 등을 쓰다듬는 부드러운 그의 손길에 멈추려던 눈물이 계속 흐르고 있었다.

그렇게 서로를 달래는 그들의 머리 위로 이제 막 세상을 밝히는 여명이 두 사람을 비추고 있었다.

아침 역시 단출했다. 특별한 대우를 받는 경우는 없는 모양이었다. 그래도 알아주는 명문가인데 주인도, 하인들도 마치 오래된 가족처럼 편안하게 그들을 맞아 주고 있었다.

새벽부터 뭐가 바쁜지 세현은 연서가 진정되는 기미가 보이자 사라져 일언반구도 없이 아침 식사 시간에 얼굴을 보이지도 않았다. 덕분에 연서는 심란한 마음으로 시아주버님 부부와 내키지도 않는 겸상을 하고 있었다.

"여전히 입맛은 없으신 모양입니다. 부인, 마마 앞으로 물김치 좀 놓아 드리세요."

깨작거리는 연서가 마음이 쓰였는지 일현이 인해를 보며 부드럽게 말하자 일순 그녀의 얼굴이 굳었지만 행동은 조용하고 얌전했다.

그런 영효당을 신경 쓸 여력도 없었다. 여전히 연서는 하연을 생각하고 있었다.

한눈으로 보기에도 하연의 아니, 자신의 몸 상태는 심각해 보였다. 머리에 쓰인 붕대도 그렇고 석고로 감싸인 오른 다리며 입에 쓰인 마스크며, 만약 연서의 몸이 잘못되면 죽는 것은 연서인가 아니면 하연인가.

죽고 싶은 마음은 없었다. 할 일도 많고 죽기에는 너무 아까운 나이였다. 그렇다고 자신 대신 하연보고 죽으라고 할 수도 없는 일이었다. 과연 자신과 하연은 어떻게 되는 걸까?

그렇다고 하연이 정말 연서의 몸에 갇힌 건지 그것도 잘 모르겠다. 아무리 불러도 대답 없는 하연을 보면 그녀의 몸에 없을 수도 있다는 말이었다.

과연 자신은 돌아갈 수 있을까? 만약 돌아가는 것이 하연의 뜻이라면 이곳에서 연서가 할 수 있는 일도 없었다. 끝없이 하연을 애타게 부르는 것밖에는 할 수 있는 일이 없었다.

분명 연서의 뜻으로 이곳으로 온 것은 아니었다. 이런 세상이 있는지도 몰랐다.

애매한 분위기의 식사는 다들 입맛이 없는지 아니면 연서의 눈치를 보는지 조용히 끝이 나 가고 그사이 밖의 일행은 출발할 준비를 하고 있었다. 세현이 돌아온 것은 그때였다.

"어디 다녀오십니까?"

의외로 세현을 먼저 맞아 준 것은 인해였다. 그녀의 인사를 받으며 세현의 눈썹 끝이 살짝 올라갔지만 연서는 신경 쓰지 않고 초췌한 그의 얼굴만 보고 있었다. 도대체 무슨 짓을 했기에 얼굴이 반쪽이 되어 있는 건지 마음이 쓰였다.

"오늘은 조금이라도 드셔야 할 터인데 좀 드셨소?"

형수의 말은 깨끗이 무시하고 세현이 일현도 아닌 연서를 향해 걱정스런 시선을 먼저 보냈다.

"서방님이 안 계시니 입맛이 영 돌지를 않습니다."

이젠 아주 몸에 익은 모양이었다. 그러나 그가 진심으로 걱정하고 있음을 마음 한구석은 알고 있었다. 맞춰 주는 것이 제 역할이니 연서도 생긋 웃으며 입을 놀렸다. 그런데 왜 쓸데없이 얼굴은 붉어지는지.

그가 작은 신호를 보내자 늙은 남자와 그 뒤로 두 사내가 무명천으로 덮인 물건 하나를 가지고 들어왔다.

앞에 서 있는 남자의 얼굴에 피곤한 기색이 역력한 걸 보면 밤을 새우며 그걸 만든 목수인 모양이었다.

"그건 무엇입니까?"

알면서도 모르는 척 연서가 먼저 운을 떼었다. 그 맘을 아는 세
현이 씩 웃으며 형을 보았다.

"형님 선물입니다. 아직은 완성된 것은 아닙니다. 우선은 형님
이 보시고 제대로 만든 것인지 확인해야 할 것 같아 들고 오라 했
습니다. 보시겠습니까?"

"내 선물? 무엇인데?"

자기 선물이라는 말에 일현의 얼굴에 궁금증이 가득했다. 그리
고 물건을 씌웠던 천을 벗기자 그의 눈에 어리둥절함이 어린다.

"의자 아니냐? 그런데 웬 바퀴냐?"

제법 잘 만들어져 있었다. 나름 그림을 흉내 내어 만든 것은 분
명했다. 아직 바퀴 부분은 나뭇결이 거칠어 잘못하면 손이 망가질
수도 있어 다듬어야 하지만, 일현의 몸에 맞추는 것은 좋은 생각
같았다.

원래의 휠체어는 의자 부분이 천으로 되어 있지만 세현이 만들
고 온 휠체어는 그 대신 바구니처럼 왕골로 짜서 의자 모양을 만
들었다. 제법이었다. 덕분에 무게가 확 줄었다.

언뜻 보면 연서가 사는 시대의 값비싼 왕골 소파처럼 보이기도
했다. 역시 우리 민족의 손재주는 따라올 사람이 없는 모양이었
다.

바퀴 부분만 나무틀을 만들어 그 위에 의자를 얹어 놓으니 모

양새도 그럴듯하게 나온다.

두 남자가 들고 있는 모양새를 보니 그리 무겁지도 않은 모양이었다. 다만 브레이크가 없어 위험해 보이지만 우선은 누군가 한 사람만 밀어 주면 충분히 움직일 수 있어 보였다.

실내에서는 스스로 움직일 수 있도록 바퀴 주변으로 얇은 나무로 원을 덧대어 손잡이용으로 쓸 수 있도록 만든 폼이, 그림 그대로 따르느라 애를 쓴 모양이었다. 더구나 그 얇은 나무는 가죽으로 단단히 감싸 손을 보호하도록 만들어 놓았다.

의자가 앉은 틀 부분에 손잡이를 대어 다른 사람이 들어 움직일 수 있도록 가마 역할도 할 수 있게 만든 건 세현의 아이디어 같았다.

"앉아 보시지요."

세현이 직접 의자를 밀어 일현의 곁으로 다가가 그를 안아 의자에 앉힌 후 의자 뒤에 붙어 있는 손잡이를 밀어 움직임을 보여 주었다.

순간 일현의 얼굴에 환한 빛이 어리는 듯 보인 건 착각만은 아니었다.

세현은 계속 의자의 쓰임새를 설명하며 혼자 움직일 수도 있다며 직접 사용법을 보여 주었다.

"그 의자를 스스로 움직이시려면 아주버님께서 팔운동을 하셔야 할 듯합니다. 지금은 좀 무리로 보입니다."

가만히 그 모습을 보며 식탁을 손가락으로 톡톡 치던 연서가 가장 중요한 문제를 지적했다. 지금 현재 일현의 상태로는 스스로 휠체어를 움직이는 것은 무리였다. 그동안 아예 운동 쪽으로는 손을 놓은 것 같았다.

"네, 마마 말씀이 맞습니다. 팔에 힘을 길러야 할 듯합니다. 이번에는 정말 무언가 할 수 있을 것 같습니다."

뜻밖의 직설적인 연서의 지적에 세현의 얼굴이 굳어진 반면 일현의 표정은 더욱 밝아졌다. 혼자 움직일 수 있다는 것만으로도 일현의 얼굴이 환해졌다. 그동안 누군가의 도움을 받아야 한다는 현실이 꽤나 버거웠다는 것을 단적으로 보여 주는 얼굴이었다.

"서방님도 식사하시지요. 또 먼 길 가셔야 하는데 식사를 하셔야 움직이시기 수월하실 겁니다. 형님께서는 아주버님 태우신 의자를 밀고 바깥공기나 쐬고 오시면 좋을 듯합니다. 실험 삼아 움직여 보는 것도 좋을 듯해서요. 거기 계신 노인장께서 알려 주시지요. 어떻게 움직이면 되는지. 얼른 배워야 아주버님과 손발이 맞을 것 같은데요. 그리고 노인장도 같이 가서 보완할 것을 생각해 보세요. 조금 더 다듬어야 할 듯합니다."

조용하지만 대꾸할 수 없는 축객령에 영효당의 표정이 파리하게 질렸다. 그러나 어쩔 것인가. 결국 노인장이 일현이 앉은 의자를 밀며 나가자 영효당도 연서를 노려보곤 곧 따라 나간다.

"쉬이 만들 수 없을 거라 생각했는데 빠르십니다."

어느새 연서의 말투도 이곳에 익숙해져 버렸다. 그와 있을 때도 이제는 자연스럽게 이곳의 말투가 튀어나왔다. 서서히 연서는 이곳에 물들고 있었지만 정작 스스로는 느끼지 못하고 있었다.

"닦달을 했지요. 그나마 재료가 있어 시간에 맞춰 대충이지만 모양만 잡았다오. 저것을 만든 이도 같이 갈 겁니다. 저이도 그림을 보여 주니 놀라더군. 그래서 욕심내어 손대고 싶어 하니 다행이지 않소. 가면서 하나씩 고쳐 가며 또 필요한 건 만들어 주며 가도록 했습니다."

그의 대답에 끄덕이며 연서는 또 자신의 문제를 생각했다.

"안색이 안 좋소. 아직도 꿈 생각이오?"

"어찌 잊을 수 있을 까요? 하연에게 무슨 일이 생긴 것은 아닌지 심히 염려되니 이대로 앉아 있는 것조차 불안할 지경입니다."

"그런다고 딱히 방법이 있는 것은 아니잖소. 내 말하지 않았소. 날 믿으시오. 내가 당신을 지켜 줄 것이니."

그의 말 한마디로 가슴이 울리며 얼굴이 붉어지는 자신이 우습다. 딱히 그가 해 줄 수 있는 일이 없다는 건 마찬가지였다. 그럼에도 지켜 준다는 말이 가슴에 사무쳐 왔다. 따뜻한 가슴을 가진 사내였다. 그래서 자꾸만 눈이 가고 절로 그를 생각하는 시간이 길어지고 있었다.

그래서일까? 자꾸 눈물이 흐르려는 걸 참으며 다시 생긋 미소로 답을 해 주었다.

먼 훗날 제 자리를 찾아도 이 사내의 따뜻한 품은 기억할 것 같았다. 그리고 더불어 그리워하게 될 것 같아 겁이 났다.

"그 말은 제가 아니라 하연을 위해 하셔야지요. 정말 위험한 것은 그 애입니다. 그러나 말씀만으로도 감사합니다. 먼 길 가셔야 하니 식사나 하시지요."

이래도 되는 걸까? 분명 앞에 있는 이는 자신이 아닌 하연의 남자였다. 그런데 자꾸만 기대게 된다. 누군가에게 기대를 거는 것을 일찍이 포기한 연서가 아니던가. 그런데 가끔은 하연이 부러워졌다. 이런 사내를 남편으로 둔 그녀가 참으로 부러워진다.

그러니 하연은 하루라도 빨리 돌아와야 했다. 정말 연서가 그녀의 모든 것을 탐내기 전에.

그녀가 가장 사랑하는 이를 가슴에 담기 전에 하연은 꼭 돌아와야 했다.

11.

한 번만 용서해 주겠소?

보름달이 환하게 밝혀 주는 밤이었다. 개마산은 아직도 쌀쌀한 이월의 날씨 같았다. 그럼에도 온천물에서 솟아오르는 수증기가 주변을 아우르며 신비한 광경을 만든다.

개마산에 있는 가문의 별장은 생각보다 작았다. 부부가 쓸 방 각각 하나씩에 따라온 하인이 쓰는 집 서너 개가 옹기종기 모여 산골짝의 몇 채 안 되는 작은 마을을 연상시켰다.

도착하자마자 쓰러지듯 잠이 들어 간신히 몸을 챙긴 지 이제 사나흘 되었다. 그동안 세현은 내내 연서 곁을 지키며 어쩔 줄 몰라 했다 들었다.

그동안 나름 먹을 것을 챙기고 운동을 한다고 했지만 긴 여정이 하연의 몸으로는 분명 무리였다. 덕분에 몸살처럼 한바탕 앓아누워 사람들을 걱정시켰다.

고열에 시달리다 눈을 뜨면 항상 그의 얼굴이 보였다. 걱정 가득한 눈을 보며 안심하고 다시 잠이 들었던 자신을 기억한다.

끊임없이 이마를 어루만지던 차가운 손도 아마 그였으리라. 뜨거운 열에 차가움이 반가워 몇 번이나 그 손에 얼굴을 문지르며 숨을 골랐었다.

가끔은 더할 수 없는 추위에 덜덜 떨다 따뜻한 사람의 온기를 느끼고 파고들었던 기억을 떠올리며 그것 역시 세현이라는 것을 깨달았다.

다행히 땀으로 목욕을 하다시피 한 그녀를 닦아 준 것은 지씨였다. 생각해 보면 남편이 아내의 몸을 보는 것이 뭐 대단한 일이냐고 하겠지만 그건 보통의 부부 이야기였다. 그러니 매사 조심스러운 것도 사실이었다.

지씨가 부마의 정성이 보통이 아니었다며 입에 침이 마르도록 칭찬을 하며 틈만 나면 일일이 그가 어떻게 그녀를 보살폈는지 알려 주느라 정신이 없었다.

이 남자를 어떻게 해야 하는지 모르겠다. 다가오지 말라고 했는데 틈만 나면 그는 그녀의 마음속을 파고들었다. 그것도 가장 약한 부분을 건드리며.

외로움에 지친 연서에게 세현은 마치 그 모든 것을 보상이라도 하려는 듯 살피고 정성을 다하고 있었다.

상대가 틀렸다고 그토록 일러 주고 있지만 귓등으로 흘리는 그를 막을 방법이 없었다. 더불어 자신의 마음도 아니라고 더는 부인하기도 어려웠다.

그가 좋았다. 하연의 마음만큼은 아니더라도 분명 연서도 그가 좋았다. 그래서 항상 눈으로 그를 찾았고, 스치는 그의 향기에 심장이 뛰며 따스한 그의 손길에 얼굴이 붉어지고 있었다.

여전히 하연은 소식이 없었다. 걱정한다고 무슨 수가 있는 것도 아니니 우선은 접어두자 마음먹지만 그래도 여전히 마음 한구석을 무겁게 만들고 있었다.

자신에게도 아무런 탈이 없으니 아직은 안심해도 될 것 같았다. 그런데 언제까지 무탈할지 모르니 그것도 나름 연서를 진이 빠지게 하는 원인이 되고 있었다.

오늘에서야 움직여 온천이라는 곳에 몸을 담그고, 그동안 앓느라 제대로 씻지 못한 몸을 닦을 생각으로 나온 길이었다.

이런저런 생각에 심란한 연서가 작은 움직임에 가만히 귀를 기울였다. 오늘 밤 온천을 쓸 사람은 없다 분명히 확인하고 나선 길이었다. 저 멀리 세현이 그녀를 위해 망을 보아주고 있는 것도 알고 있었다. 그런데 누군가 왔다면 그를 통과했음이었다.

그 생각이 들자 누군지 감이 잡혔다.

"어서 오시지요."

"저인지 어찌 아셨습니까?"

"서방님이 아무나 이곳에 들이지 않을 것이니까요."

역시 인해였다. 왜 안 나타나나 했더니 어김없이 얼굴을 보여주신다.

"저도 오늘은 온천물에 잠깐 몸을 담가 볼까 하여 나왔더니서…… 아니, 부마께서 계시더군요."

버릇처럼 서방님이라고 부르려고 한 건지 아니면 일부러 그런 건지 감을 잡을 수도 없지만 딱히 신경 쓰지 않기로 마음먹은 연서가 마음 좋은 공주 역을 맡았다.

"그러게요. 누가 잡아갈 것도 없는데 저리 지키고 계십니다. 날도 쌀쌀한데 걱정스러워 일찍 나가야 할 것 같습니다."

그렇다고 그냥 넘어갈 수는 없는 일. 염장을 질러 줘야 속이라도 편할 것 같았다.

"그러지 마시고 저와 조금만 더 계시지요. 혼자 있기에는 좀 무섭기도 하고."

얼씨구. 또 뭔 말을 하려고. 뭐, 들어나 볼까?

"그러시죠. 저도 적적하던 참이었습니다."

그 말을 듣자 인해가 두르고 있던 옷을 벗고 얇은 속옷 차림으로 연서의 앞에 앉는다. 제법 뜨거운 온도지만 신경 쓰지 않는 것 같았다. 작은 노천 온천이 두 사람이 앉아 꽉 차는 것 같았다.

온천의 크기야 연서가 늘 다니던 오래된 목욕탕의 욕조 정도되었으니 그리 넓은 편은 아니었다. 흘러가는 물길 중간에 웅덩이가 생겨 온천욕을 하기 딱 좋은 크기가 되었다.

"두 분의 사이가 좋아지셔서 정말 다행이십니다."

"진심이십니까?"

이 여자가 웬일로 서두를 이리 예쁘게 꺼내는 걸까?

"하지만 여긴 집에서도 먼 곳이니 굳이 그리 흉내를 내실 필요는 없을 터인데 부마께서 힘들까 저어되어 드리는 말씀입니다."

그러면 그렇지. 아직도 이 여자는 공주 부부 사이를 의심하고 있었다. 뭐, 말이야 바른말이지 연기는 맞으니까. 그렇다고 티를 낼 연서도 아니었다.

"형님도 의심이 되시는군요. 저도 늘 의심한답니다. 혹여 서방님의 진심이 다른 곳에 있는 건 아닌지. 그런데도 한결같으신 걸 보면 제 정성과 마음을 이제는 받아 주시나 봅니다."

이 무슨 오글거리는 대화던가. 그러나 연서는 천연덕스럽게 화사한 웃음까지 지으며 인해를 보았다. 마치 이제 막 사랑에 눈뜬 여자처럼. 그렇게 보이길 바라는 마음이 더했지만.

"마음이 쉬이 변하시는 분이 아닙니다. 그런 분께 무엇을 기대하십니까?"

연서의 반응에 차가운 대답이 돌아왔다. 표정까지 서늘하게 변한 인해의 얼굴은 평상시 가녀리고 아름답던 모습까지 사라지며 독이 오른 모습 그대로 내보였다.

"그렇죠? 쉽게 변하시는 분은 아니시죠. 그럼 아시겠군요. 서방님이 아주버님을 어떻게 생각하시는지. 과연 아주버님을 아프게 하는 사람을 대할 때 어떤 모습일지 기대가 되지 않습니까? 저는 아주 기대가 되는데."

연서의 표정도 심각해졌다. 이 여자 뭔가 일을 칠 것 같았다. 자신과 세현은 상관없다지만 일현은 달랐다.

"여기까지 하시죠. 어떻게 이런 상황까지 왔는지 저는 모릅니다. 하지만 그 선택도 형님이셨습니다. 그러니 그 선택의 책임도 형님이십니다. 형님이 택하신 분은 서방님이 아니었습니다."

더 이상의 염장은 이 여자를 돌게 할 수도 있음을 깨달은 연서가 달래려 애를 쓸수록 인해의 눈은 차가워졌다.

"무슨 선택이요? 제 선택이라는 것이 있을 거라 생각하십니까? 죽지 못해 살길을 찾아온 것일 뿐입니다. 차라리 그럴 바에는 그분의 곁에나 있자는 생각이었고요. 그게 욕심입니까? 곱게 자라신 공주마마께서 어찌 알까요? 살기 위해 할 수밖에 없는 일을."

이를 악물고 대꾸하는 인해는 차라리 무서워 보였다. 그러나 여기서 멈출 수는 없었다. 이미 시작한 대화이니 끝은 맺어야 했다.

"그 선택도 형님이십니다. 사람이 몰리면 딱 두 가지가 남습니다. 그대로 죽느냐, 아니면 살기 위해 하느냐. 거기서 형님은 살기 위해 선택을 하셨습니다. 그리고 무엇을 하셨습니까? 부군을 무시하며 다른 사내를 보는 것이 정당하다 여기십니까? 그것도 부군의 동생을? 차라리 진정 그분을 사랑하신다면 행복하라 빌어주셨어야죠. 그게 사랑이라고 알고 있습니다. 과연 형님의 마음이 진정 사랑인지 아니면 집착인지 생각해 보시지요."

흥분하는 자신과 달리 평온한 어투로 말하는 공주의 행동에 인해가 파르르 떨며 그대로 일어섰다.

"그럼 공주님의 사랑은 진정이라고 말하시는 겁니까? 집착은 아니고요?"

"그래서 죽어 드리려고 했지요. 저 없이 편하게 사랑하라고. 그런데 모진 목숨 살았으니 그걸 제 탓이라 할 수는 없지요."

약을 먹고 깨어난 공주는 이전의 공주가 아니었다. 이토록 말을 잘하던가 싶을 정도로 청산유수로 뽑아낸다. 더구나 자신이 대꾸할 말도 없었다.

어떤 말로도 공주를 이길 수 없음을 깨달은 인해가 잠시 고요히 앉아 눈을 감고 온천의 온기를 느끼는 공주를 노려보았다.

참으로 아름다운 여자였다. 긴 머리가 수초처럼 휘감으며 환한 달빛 아래 하얀 얼굴이 눈부시게 빛난다. 그래서 불안했다. 공주의 아름다움에 혹여 그가 그녀를 잊을까 싶어서. 그리고 정말 그런 일이 벌어지고 있었다.

죽을 만큼 참으며 여기까지 왔다. 그를 향해 달려가는 마음을 잡고 또 잡으며 보냈던 시간들.

아니라는 것도 알고 있었다. 아무리 바란다 하나 이루어질 수 없다는 것도 알고 있었다. 그럼에도 앞에 있는 공주가 미웠다. 정말 죽여 버리고 싶을 정도로.

물소리가 나는 것을 보니 아마도 가는 모양이었다. 눈을 뜨니 잔물결만 남아 있고 인해의 모습은 보이지 않았다. 그제야 긴 한숨이 나온다.

저 여인을 어쩌면 좋을까? 하연아, 저 여인을 어떻게 해 줄까? 아예 치워 줄까? 그러면 돌아올래? 나마저도 저 여인과 같은 마음이 되면 어쩌려고 그러니? 네 신랑 정말 괜찮은 남자야. 그래서 저토록 매달리는 여인이 있는 거고. 이제 나도 깨닫고 있으니 돌아와 주렴. 나는 나의 삶을, 너는 너의 삶을 살아야 하잖아. 내가 이곳에 마음을 주고 가기 전에 제발 돌아와 주렴.

"그러다 아주 익을 것 같소. 이제 그만 나오시오."

이 인간은 어째 발소리도 없이 움직인다. 머리 위에서 들리는 세현의 목소리에 하연을 떠올리던 연서가 그제야 현실로 돌아왔다.

"뒤돌아 계세요."

피부가 화끈거리는 느낌이 드는 걸 보면 꽤 오랜 시간 있었나 보다.

"일어서면 차가운 날씨에 고뿔에 걸릴 수도 있소. 겨우 나아서 움직이시는 것이 아니오. 몸을 생각하셔야지요. 어서 일어서요. 모포를 들고 왔으니."

입은 것이라곤 얇은 속옷이 전부였다. 입었던 옷은 지씨가 챙겨 갔고 끝나면 당연히 그녀가 오리라 여겼다. 그런데 유모는 어디로 사라지고 그가 대신 모포를 들고 서 있는지 모르겠다.

"유모는 어디 있어요?"

"나이 든 사람을 밤늦게까지 부리면 안 된다고 했던 사람이 누구요? 기다리며 졸기에 들어가 쉬라고 했소. 계속 그러고 있을 거요?"

그의 재촉에 연서가 할 수 없이 일어서 밖으로 나왔다. 오늘따라 휘황하게 밝은 달이 얇은 속적삼 사이로 무르익은 여체를 가감 없이 보여 주었다.

생각했던 것보다도 더 아름다운 연의 모습에 저절로 세현의 목젖이 꿈틀했다. 여인을 보며 욕정을 느껴 본 적이 언제인지 기억에도 없었다.

일현이 사고를 당하고 세현도 그와 마찬가지로 남자로서의 욕망을 버리고 살았다. 형에게서 자손이 생기지 않은 한, 그도 자손을 볼 생각을 하지 않았다. 그건 형에 대한 세현만의 작은 보답이었다.

사내로 사는 것을 포기한 형을 보며 자신이 자손을 보아 웃는 모습까지 보여 줄 수는 없었다.

그런데 사내의 본능이 자신의 안해를 보며 꿈틀거리고 있었다. 분명 그 몸의 내용은 연이라 하나 그 모습은 공주 그대로였다.

여태 공주를 보며 아무런 느낌도 갖지 않았던 자신이 아니던가.

달빛 아래 환상적인 아름다움을 보이는 여체에 매료되어 모포를 둘러 주는 것조차 잊고 멍하니 바라보는 세현 때문에 연서의 얼굴도 덩달아 붉어졌다.

살면서 다른 이에게 속살을 보인 적이라면 목욕탕에 가서가 전부였다. 아무리 속옷을 입었다 하나 거의 벌거벗은 모습을 사내에게 보인다는 것은 뻔뻔한 그녀라도 쑥스럽고 창피한 일이었다. 거기다 차가운 바람에 진즉에 온천의 따스함은 사라지고 이빨이 부딪힐 정도로 추워지고 있었다.

"새로운 고문입니까? 얼어 죽이시려고요?"

추위를 핑계 삼아 두 팔로 몸을 가린 채 연서가 그를 노려보자 그제야 정신이 든 듯 세현이 재빠른 행동으로 그녀를 모포로 감쌌다.

꼼꼼히 여미어 준 후 놓아줄 줄 알았는데 그는 연서를 품에 안고는 젖어 있는 머리카락을 매만지다 가만히 그녀의 얼굴을 감쌌다. 커다란 그의 손에 연서의 얼굴이 모두 가려졌다. 따스한 손의 온기가 차가운 바람에 싸늘해진 볼을 따뜻하게 적셔 준다.

살며시 연서의 얼굴을 들어 올려 눈을 맞춘 세현의 눈빛이 달빛 때문인지 묘하게 반짝거려 마주 보는 연서의 볼이 달아올랐다.

갑자기 어색한 상황에 당황한 연서가 얼굴을 빼려고 한 발 물러서려 했지만 그는 놓아주지 않았다.

"저, 그만 놓아주시지요."

말없이 그녀를 보는 세현의 표정은 변함이 없었다. 그렇다고 그녀를 놓아주는 것도 아니었다.

"이상하지 않소? 분명 이 얼굴은 공주인데 왜 나에게는 다른 여인으로 보이는 건지?"

"당연한 일이잖아요. 얼굴은 하연이지만 난 한연서니까요."

어깨를 으쓱이며 대답하는 연서를 보며 세현이 엄지손가락으로 천천히 그녀의 볼을 쓰다듬었다.

특별한 행동이 아님에도 연서의 등 뒤로 작은 소름 같은 것이 올라오며 숨이 가빠 왔다. 그의 손가락이 움직일 때마다 연서의 심박동도 덩달아 같이 올라갔다.

"나에게 그대는 공주도, 그렇다고 당신이 주장하는 한연서라는 여인도 아니오. 나에게 그대는 그저 연일 뿐이오. 아시오? 내가 아는 여인은 오직 연이라는 여인 한 명뿐이라는 걸?"

볼을 쓰다듬던 손가락이 볼을 떠나 눈썹을 매만지고 천천히 콧등을 따라 내려가더니, 마지막에 작고 가냘픈 입술에 머물렀다.

그의 손가락의 움직임을 따라 몸에 힘이 들어가고, 점점 숨이 막혀 왔다.

그의 행동은 맹인이 사람의 얼굴을 쓰다듬어 확인하는 모습처럼 보였지만 손끝을 따라 전해지는 열기는 다른 말을 하고 있었다.

그러나 연서는 그가 전하려는 말을 알아들을 수 없었다. 아니, 못 알아들어야 한다고 스스로에게 되뇌고 있었다.

외롭게 살아온 여자, 하연의 남자였다. 그녀가 목숨보다 더 사랑했던 남자를 자신이 가질 수는 없었다. 아무리 그가 탐이 난다 해도 그건 하면 안 되는 짓이었다.

"공주를 생각하오? 여전히 그대의 머리에는 공주만 있을 뿐 나는 없는 것이오?"

"네. 당신은 하연의 남자니까요. 아무리 남자가 궁해도 남의 남자를 넘보지 않아요."

대답을 하는 연서의 목소리가 묘하게 떨리고 있었다. 그와 마주하고 있는 눈동자도 마찬가지로 흔들리고 있었지만 일부러 더욱 하연의 존재를 각인시키고 있었다.

"그럼 한 번만 용서해 주겠소?"

"무얼……?"

고개를 갸웃하려던 연서가 그의 손길에 움직이지 못하고 고개를 들어 그를 향하는 순간, 순식간에 그의 얼굴이 가까워졌다.

곧이어 입술에 닿은 이질감에 그녀가 호흡을 멈췄다.

오랜 시간 온천물에 부풀어 오른 입술이 세현의 거칠지만 따스한 입술과 마주하고 있었다. 찬바람에 차가워진 입술이 갑자기 불이 오른 듯 뜨거워지며 그의 체취가 그녀를 감쌌다.

너무 놀라 움직이지도 못하는 연서를 품에 가두며 세현은 그동안 몇 번이나 눈에 밟히던 그녀의 입술을 맛보고 있었다.

살짝 혀를 대자 그녀 특유의 달콤함이 전해진다. 손으로 슬며시 턱을 누르자 그 힘에 벌어진 연서의 입에서 향긋한 냄새와 온천 특유의 유황 맛이 느껴졌다.

아주 조금만 자신의 욕심을 채울 생각이었다. 언제나 유혹하듯 오물거리는 입술을 보며 눈을 떼지 못했었다.

그러나 눈으로 보았던 때보다 실제로 연의 입술은 달콤한 감로주를 연상시키며 더욱 진한 허기를 느끼게 한다.

그의 입맞춤이 깊어질수록 모포를 잡고 있던 연서의 손이 덜덜 떨리며 힘이 빠졌다. 어느새 모포가 흘러내리자 기다렸다는 듯 그가 연서를 그의 품으로 더욱 깊이 끌어들여 안았다. 갈 곳을 잃은 연서의 손이 그의 옷깃을 움켜잡자 격렬하게 뛰는 그의 심장 울림이 전해져 왔다.

젖은 옷 그대로 그의 품에 안겨 있던 연서는 자신이 떨고 있는 것이 추위 때문인지 아니면 그의 뜻밖의 행동 때문인지 알 수가 없었다.

남자 특유의 향취가 그녀에게 가득 밀려들며 숨쉬기도 어려울 정도로 가슴이 뛰고 있었다.

그들의 모습이 마음에 안 들었는지 갑자기 불어온 찬바람에 연서가 현실로 돌아와 얼른 그의 가슴을 밀어냈다.

그녀의 거부를 느꼈는지 세현도 천천히 그녀의 얼굴에서 멀어져 갔다. 그리고 그녀가 느끼는 추위를 막아 주려는 양 가슴에 포옥 끌어안는다.

"놓아주세요."

억지로라도 그의 품에서 벗어나려 하지만 그의 힘을 이길 수가 없었다. 여전히 연서는 그의 품에 안겨 있었다. 후유증 때문에 목이 쉬어 속삭이는 말투지만 그 속에 역력히 후회가 담겨 있음을 그도 알아차렸다.

"잠시만 그대로 있어요."

벗어나려는 미약한 움직임을 차단한 세현이 깊은 한숨으로 스스로를 진정시키고 그녀의 발밑에 떨어져 있는 모포를 집어 꼼꼼히 연서를 감쌌다.

그가 여며 주는 대로 가만히 서 있는 연서의 몸이 추위 때문인지 흥분 때문인지 한없이 떨리고 있었지만, 그도 그녀도 모르는 척하며 서로의 눈을 피하고 있었다.

억지로 이를 악물고 간신히 떨리는 몸을 주체한 연서가 그제야 세현을 똑바로 바라보았다.

달빛에 비치는 연서의 눈에 파랗게 날이 서 있었다.

"이런 행동은 옳지 않아요. 내 얼굴을 보세요. 누구로 보이나요? 지금 당신이 안은 여인은 누구인가요?"

"내 분명 말했소. 내가 안은 여인은 연이라고."

"연은 없는 사람이에요. 모르겠어요? 당신의 부인은 하연이죠. 연은 세상에 없는 여자예요. 이런 행동은 하연이 오면 그때나 하세요. 나에게는 안 돼요."

그의 품에 녹아내렸던 스스로에 대한 자괴감과 하연에 대한 미안함이 그대로 그에게 화로 쏟아졌다.

"그러나 내 곁에 있는 여인은 연이오. 내 마음이 가는 여인 역시 연이오. 그걸 막을 수 있소? 사람 마음이 마음먹은 대로 움직이오? 그대는 그렇소?"

"내 마음은 내가 단속해요. 그러니 당신은 당신 스스로 단속하세요. 앞으로 계속 이런 식이라면 내가 당신을 멀리하는 수밖에 없어요. 난 여기 하연 대신 있는 거예요. 하연의 모든 것을 빼앗으려 있는 것이 아니라고요. 먼저 들어갈게요. 당신은 찬바람에 정신 차리고 들어오세요."

자신의 감정을 추스르기에도 벅찬 연서가 몸을 돌려 처소로 향하는 순간, 세현의 긴 한숨 소리가 들려왔다.

"뭐하는 거예요?"

갑자기 그의 품에 안겨 옮겨지자 놀란 연서가 본능으로 그의 목에 매달렸다.

"당신 지금 맨발이오. 그대로 걸어갔다가는 내일 아침에 걷기도 힘들 거요. 그리고 미안하지만 그대가 향하는 그곳이 곧 내 처소이기도 하오."

그녀를 안고도 거침없이 성큼성큼 걸어가는 세현의 목에 팔을 두른 채 연서가 살며시 그의 어깨에 머리를 기댔다.

차가운 바람이 불어 추워서 그런 거라는 변명을 스스로에게 하면서.

"안색이 안 좋으십니다. 혹여 몸이 불편하십니까?"

그날 밤 세현은 묵묵히 침대 아래 요를 펴고 잠이 들었다. 움직임도 없이 잠이 든 그를 느끼며 도리어 연서가 잠을 설쳤다. 팔딱팔딱 뛰는 심장이 멈추지를 않았다. 여전히 입 안 가득 그의 체취가 남아 있었고 숨을 쉴 때마다 그의 향이 스며드는 것 같았다.

밤새 몸을 웅크리고 그의 향기를 지워 보려 몸부림을 쳤다는 말이 맞았다. 눈을 감으니 더욱 생생해지는 기억에 미칠 지경이었다. 심장은 왜 이리 뛰는지. 이러다 심장마비로 죽지나 않을까 걱정스러울 정도였다.

첫 키스의 기억이 이런 모습이라니. 기가 막히기도 했다. 그러고 보면 하연도 첫 키스였다. 이 시대의 여자가, 그것도 시집온 공주가 누구에게 입술을 내어 줄 것인가. 그런데 그것도 자신이 아닌 자신의 몸뚱어리를 뒤집어쓴 다른 이에게 내어 주었다.

이 모든 일이 어디서 잘못된 거지 묻지도 따지지도 못하고 속앓이를 하는 연서를 아는지 모르는지 너무나 잘 자는 그에게 베개라도 던지고 싶었다. 아무것도 모르는 꽃다운 처녀 가슴을 흔들고 저 혼자 잘 자고 있는 인간을 밟아 주고 싶은 마음도 생겼다.

밤마다 하연이 나오길 바라며 일찍 잠이 들던 연서가 간만에 잠을 설쳤다. 그 모양이 얼굴에도 티가 나는 모양이었다.

"아닙니다. 잘 잤습니다. 아주버님께서는 기분이 좋아 보이니 다행입니다."

"네, 아우가 만들어 준 이 의자가 정말 마음에 듭니다."

그래서 다른 날에 비해 활기가 도는 모양이었다. 그러나 아직은 그리 쓸모가 많아 보이지는 않았다. 실내에는 거의 대부분 문턱이 있으니 여전히 그의 곁에는 그를 따라다니는 사내가 두 명은 있어야 한다.

이마에 송송 달려 있는 땀은 식탁까지 혼자 밀고 오느라 생긴 것임을 묻지 않아도 알 수 있었다.

아무튼 하나씩 편하게 만들어 가면 그뿐이었다. 머리 좋은 민족이니 조금만 팁을 주면 알아서 만들어 내리라.

여전히 인해는 부군의 옆에서 슬픈 눈으로 그를 바라보고 있었다. 안쓰러워 그러는 것은 아닐 건데 너무 티를 내면 상대방이 더 힘들 거라는 건 생각에 없는 여자일 테니 바라는 것이 무리지 싶어 아예 포기해 버렸다.

"다행입니다. 형님이 좋아하시니 저도 정말 기쁩니다."

어느새 나타난 인간은 물기가 가시지도 않은 채 연의 옆에 앉았다. 훅 하고 밀려드는 그의 체향에 저절로 간밤의 일이 떠오르며 얼굴이 붉어졌다.

하연의 몸이니까 당연한 거라고 스스로를 속이며 수저에 담백한 물김치를 올려 여전히 깔깔한 입에 넣었다.

"이것도 좀 드시오. 어째 먹는 것이 점점 부실하니 걱정이 되오."

그가 그녀 앞에 밀어 놓은 건 영계 한 마리가 수영하고 있는 삼계탕이었다. 물론 연서였다면 잘근잘근 뼈까지 씹어먹고 국물을 한 번에 마셔 버렸을 테지만, 이놈의 몸은 어째 보기만 해도 이마가 찌푸려진다. 그러게 사람은 잘 먹고 잘 살아야 하나 보다. 누구는 없어 못 먹는 걸 누구는 냄새도 싫어하니 별일이었다.

그러나 먹어야 한다. 고기만큼 체력을 길러 주는 것이 없었다. 고기 씹는 것이 싫으면 국물이라도 모두 먹어야 힘이 날 테니까.

그리고 오늘은 운동이라는 것을 할 생각이었다. 그동안 앓아누워 간신히 만들었던 체력이 바닥나 있었다. 이제 마차 탈 일도 없으니 시간을 정해 운동으로 몸을 다져 볼 생각이었다. 픽픽 쓰러지는 몸은 정말 연서의 성질과 맞지를 않았다. 여기저기 구경할 곳도 많고 궁금한 것도 많은데 그것도 몸이 따라야 할 수 있는 일이었다.

도대체 하연이라는 인물은 무슨 생각으로 몸을 이따위로 방치했는지 앞에 있으면 욕이라도 한 바가지로 해 주고 싶은 심정이었다.

"네, 감사히 먹겠습니다."

살짝 웃으며 그의 말대로 국물부터 떠서 입에 가져가는 모습을 인해가 고개를 숙이고 노려보고 있었다.

얘, 그러다 너 뱁새 눈 되겠다.

"변방이 시끄러운 건 그 일 때문이냐?"

"그렇습니다. 아무래도 심상치가 않아요. 그 많은 유목민이 하나가 된다는 것을 누가 상상이나 했겠습니까?"

"테⋯⋯무친이라 했던가?"

"이제는 칭기즈칸이라고 부르더군요."

두 남자의 말속에 박히는 이름 테무친, 칭기즈칸. 묵묵히 그들의 말을 들으며 연서가 지금이 조선시대는 아니라는 것을 짐작했다.

아직 원이 생성되지 않았다. 아니, 생성되는 중이었다. 원 때라면 중국은 송나라였고, 그럼 그곳의 시기로 따지면 고려 초기에 가까울 것 같았다.

그들의 말을 새기면 13세기 정도 되었다는 말인데 송나라가 아니라 한나라? 금이 아니라 진나라?

복잡해졌다. 분명 느낌으로는 조선 초기 느낌인데 말하는 걸 보면 고려시대였다. 아니, 조선과 고려를 버무려 놓은 시대라는 말이 맞았다. 한자 대신 한글이 상용화되어 있었다. 신라 때 쓰이던 이두가 있어 한자의 흔적은 여기저기 남아 있지만 언문이라고 천대받지 않고 당당히 가야의 대표 문자로 쓰이고 있었다.

도리어 그 한글을 읽는 데 어려워 한참을 헤매다 간신히 익숙해졌다. 눈을 감고 생각나는 대로 쓰면 몸이 알아서 쓰지만 인지하는 순간 모르는 글자가 되어 있었다.

지도라도 보면 감이 잡힐 텐데 그건 극히 기밀이었다. 함부로 볼 수 있는 물건이 아니었다.

그러니 주워들으며 자신이 살던 세계와 맞춰 보는데 이건 더 답이 안 나왔다.

어떤 건 배운 것과 같고 어떤 건 배운 것과 전혀 달랐다. 그러니 미래에서 왔다 한들 그녀도 앞으로 무슨 일이 일어날지 알 수가 없었다. 당장 지금이 어느 시대인지 몇 년도인지도 모르겠다.

"원나라가 생기는 거군요."

생각 없이 내뱉은 말에 세현이 얼굴을 찌푸렸다.

"아니오, 그들은 에케 몽골 울루스라고 하더군."

"큰 몽골나라."

"오랑캐 말을 아시오?"

세현의 놀란 표정에 다들 같은 마음으로 연서를 보고 있었다.

이런 너무 생각이 깊었다.

"그냥, 조금. 그래서요? 그들은 얼마나 커진 건가요?"

단지 학교에서 배운 말이었다. 잠깐 배웠던 칭기즈칸의 일대기에서 나왔던 말. 송까지 잡아먹고 원을 세우기 전의 이름. 그러나 이제 막 그 이름을 쓴다는 말은 연서의 세계에서는 고려 초라는 말이었으나 이곳은 모르겠다.

연서가 떨어진 이곳은 분명 대한민국이지만 그렇다고 대한민국도 아닌 나라였다. 먼 훗날 대한민국이 생긴다는 보장도 없는 곳이었다.

그저 가야라고 불리는, 먼 역사에 그렇게 기록에 남을 나라에 살고 있음이었다.

"이번 목표는 요라고 하더군. 아마 나중에는 한까지 진격할 요량이겠지. 그리고 마지막은 우리겠지."

"감히 그깟 오랑캐가 어찌 대가야를 넘본단 말이냐? 말도 안 되는 소리!"

일현의 일축에 세현도 고개를 끄덕였다. 아직 걱정할 단계는 아니었다.

세현이 말하는 나라들을 알고 있었다. 단지 연서가 알고 있는 나라가 아니라는 것이 문제였다.

요라면 거란을 일컬음인가? 한이라면 중국의 한족인가? 그러나 연서가 아는 역사 속에서 그들이 한 시대에 있지는 않았다.

여전히 중국은 많은 사람들만큼이나 많은 나라로 나뉘어져 전쟁 중이었다. 먹고 먹히는 먹이사슬에서 예전 소국의 안타까움으로 대국 사이에 끼어 이리 치이고 저리 치이던 작은 나라는 이곳에 없었다.

도리어 너무 큰 땅덩어리를 건사하느라 분란이 생기는 것이 걱정인 나라가 이 나라였다.

"하지만 무서운 족속입니다. 그들에게는 사람에 대한 도리가 없습니다. 이기면 그것으로 다 해결 보았다고 믿는 족속이지요. 그들은 딱히 가야만으로 끝나지는 않을 겁니다."

가만히 그들의 말을 듣고 있던 연서가 한마디 보탰다. 몽골이 어떤 나라던가. 겨우 초원을 유랑하던 유목민에서 이슬람은 물론 유럽까지 휩쓸고 종내 러시아를 압박하며 세계에 자신들의 존재감을 드러낸 나라였다. 뜻밖의 평가에 세현이 놀란 눈으로 그녀를 보았다.

그러나 무엇을 생각하는지 앞에 있는 국은 먹을 생각도 없이 손가락으로 탁자를 두드리고 있을 뿐이었다.

순간 이 여자가 다른 곳에 살다 왔음을 다시 한 번 깨닫는다. 공주는 다른 사람들의 대화에 끼어들어 본 적이 없었다. 더구나 자신의 생각을 밝힌 적도 없었다. 세상 돌아가는 이치에도 밝지 못했다.

그러나 이 여인은 달랐다. 혹시 그녀라면 앞으로의 일을 알고 있을까?

"혹여 아시는 것이 있으시오?"

그제야 정신이 들었다. 자신이 있는 시간대가 언제쯤인지 따지느라 자꾸만 다른 생각을 하고 있었던 연이 얼른 표정을 바꿔 생긋 웃었다.

"그럴 리가요? 잠시 딴생각을 하였습니다. 드시지요. 서방님도 요 며칠 고생하셨으니 많이 드셔야 합니다."

그가 밀어 준 국을 다시 그의 앞으로 돌려주며 연서가 말을 돌렸다.

"여기 따뜻한 국으로 다시 공주께 올리어라."

잠시 자신 앞에 있는 국을 바라보다 세현이 사람을 불러 지시를 내리고 똑바로 그녀의 눈을 응시했다.

아는 것은 다 말하라는 무언의 닦달이지만 모르는 척 연서가 딴짓을 한다.

"두 분의 정이 점점 좋아지니 보는 제가 다 흐뭇합니다. 이곳의 정기가 정말 좋은가 봅니다. 오기를 잘 하였습니다. 그렇지 아니하오?"

"네, 저도 그리 생각합니다."

안해를 향해 묻는 말에 인해도 억지로 미소를 보이며 대답을 하지만 그 눈은 여전히 연서를 노려보고 있었다.

저 여자를 어쩐다.

점점 그녀의 행동이 불안해져 왔다. 무슨 짓이든 할 것 같은데 너무 고요해 의심이 생겼다.

가장 큰 문제는 옆에 앉은 사내였다. 하연의 남편 운세현. 처음 그를 만났을 때처럼 차갑고 이기적이고 정 떨어지는 인간이면 얼마나 좋을까. 그런데 점점 이 사내가 남자로 다가오고 있었다.

하나부터 열까지 보여 주기 식의 행동이 아니라 진심이라는 걸 이제는 알겠다. 이 사내는 공주의 껍데기를 쓰고 있는 연이라는 여인을 마음에 담았음을 감추지도 않고 내보이고 있었다.

이 사내의 일방적인 마음이라면 문제가 다르겠지만 연이라 불리는 연서의 마음도 이제는 장담할 수가 없었다. 그가 웃을 수 있고 또 편안할 수 있는 일이라면 무엇이든 해주고 싶어지는 마음. 이걸 단순히 감사함으로 치부할 수는 없었다. 그렇게 스스로를 속이는 것에도 점점 한계가 다가오고 있었다.

그래서 더 마음이 급해졌다. 하연이 돌아와야 이 상황이 끝이 나고 자신은 그저 한여름 밤의 꿈을 꾼 거라 여기며 살아갈 수 있었다.

더 마음에 담았다가는 자신의 시대로 돌아가 가슴을 칠 사람은 이번에 연서였다. 만날 수도 없는 이를 생각하며 스러져 갈 사람은 자신이 될 것이 자명해지고 있었다.

지금도 그녀의 국을 챙기며 그녀가 잘 먹는 물김치를 앞에 놓는 그를 보며 기쁘면서도 한숨이 나왔다.

이를 사리무는 연을 보며 세현의 얼굴도 어두워졌다. 거리를 두고 다가오지 말라고 하는 여인. 분명 자신의 안해이면서 아니라고 우기는 여인. 곧 돌아갈 거라고 장담하는 여인을 보면서 어느새 속이 타고 있었다.

이미 이 여인은 너무 깊숙이 자신의 가슴에 자리 잡고 있었다. 이렇게 사람을 품을 수도 있는지 몰랐던 자신에게 뜻밖의 마음을 알려 주고 돌아보지 말라고 하는 여인을 잡고 싶었다.

가려고 하는 여자와 막으려고 하는 남자의 마음이 엇갈리는 식탁에는 그저 의좋은 형제 부부가 식사를 하는 모습으로 보이고 있었다.

◇

식사가 끝나고 세현은 형과 대화를 나눈다며 사람을 물리고 자신이 직접 그의 휠체어를 끌고 나갔다.

편하게 웃으며 나가는 그들을 보니 저절로 마음이 즐거워진 연서가 슬슬 자신도 이곳의 풍경을 가슴에 담고 싶어졌다. 아쉽지만 돌아가면 이 모습을 볼 수도 없을뿐더러 운이 좋아 본다고 해도 이 모습은 아닐 거라는 것에 생각이 미쳤다. 운동 삼아 걸으며 눈에 담아 두는 것도 나쁘지 않으리라.

그랬다. 역사는 다른 모습으로 흐른다 해도 땅은 그대로였다. 사람들이 선을 긋고 땅따먹기를 하든 말든 땅은 그 자리에서 꿋꿋하게 지키고 있었다.

"저는 개마산을 즐겨 보려 하는데 형님은 어쩌시려는지요?"

앞에 앉은 사람을 무시할 수 없어 지나는 말로 묻는 것에 뭐 그리 생각을 많이 하시는지 대답이 없다.

"저도 같이 가지요. 저도 이곳은 처음이라 보고 싶은 마음이 듭니다."

기다리다 그냥 일어서는 연서의 귀에 이를 악물고 대답하는 목소리가 들렸다. 마음속 어디선가 조심하라는 경고음이 반짝이고 있었지만 청한 사람은 자신이니 무를 수도 없었다.

그렇게 두 여인은 전모도 벗고 가벼운 창옷만 두른 채 산책을 나섰다.

그들이 머물고 있는 곳은 허항령이라고 했다. 눈앞에 펼쳐진 너른 들판에 연서의 눈이 커졌다. 백두산 하면 그저 높고 험한 산을 생각했다. 이런 너른 들판이 있을 거라고는 생각을 못 했다.

아랫녘은 벌써 봄이 한창인데 여기는 간신히 봄의 끝자락이 닿았다. 이제 막 파릇해지는 벌판은 산에 올라왔다기보다 언덕에 넓게 퍼진 초원을 보는 것 같았다.

이 길을 쭉 따라 올라가면 아마도 천지에 닿으리라. 다른 건 몰라도 세현을 졸라 천지는 꼭 보리라 마음먹은 연서였다.

그 아름다움에 취해 옆에 있는 사람을 신경 쓰지 않았다. 그래서 순식간에 등을 미는 손을 피할 겨를이 없었다.

강한 힘으로 밀쳐진 약한 몸이 가랑잎처럼 허공으로 고꾸라졌다. 너무 순식간이라 비명도 채 지르지 못한 연서의 눈에 오들오들 떨며 그 자리에 주저앉는 인해가 보였다.

아득히 굴러가며 연서가 나오지도 않는 목소리로 부른 사람은 세현이었다. 정신을 놓는 그 순간에도 그를 보아야 한다는 일념뿐이었다. 그를 두고는 절대 죽을 수 없다는 마음뿐이었다.

개마산 허항령이 소란에 휩싸였다. 그 소음은 처음에 지씨의 비명으로 시작되었다. 날씨가 찬데 가벼운 옷차림의 주인이 마음에 걸려 부랴부랴 담비로 만든 창옷을 챙겨 뒤따르던 지씨였다.

막상 도착한 곳에서 그녀는 데굴데굴 언덕을 구르는 공주를 보고 놀라 주저앉으며 산이 떠나가라 소리를 지르고 있었다.

"아이고, 공주마마, 마마."

천천히 일현의 의자를 살피며 한담을 나누던 세현의 등 뒤로 갑자기 한기가 흘렀다.

'세현……'

속삭이듯 애타는 목소리가 들린 것 같았다. 분명 연의 음성이었다. 막 일어서는 그의 귀에 이번에는 지씨의 비명이 천둥처럼 들렸다.

"연?"

생각보다 몸이 먼저 움직였다. 그토록 생각하던 일현조차도 내버려 두고 그는 무작정 지씨의 비명이 들리는 곳을 향해 뛰기 시작했다.

점점 지씨의 비명은 통곡으로 변하고 있었고 그럴수록 세현의 안색은 파랗게 질려 가고 있었다.

헐떡이며 도착한 그곳의 광경에 그는 숨이 멎는 것 같은 충격을 받았다.

그의 연이 저 멀리 쓰러져 미동도 않고 누워 있었다.

벌써 지씨는 엉금엉금 기다시피 그곳을 향하고 있었다.

"연!"

상처 입은 호랑이의 울음처럼 그의 목소리가 넓은 들판에 울렸다. 산천초목조차 숨을 죽이고 바람조차 숨어 버렸다. 그 목소리에 인해가 더욱 움츠리며 온몸을 동그랗게 말고 덜덜 떨고 있었다.

거침없이 연을 향해 달리는 세현의 가슴은 벌써 두려움으로 떨고 있었다.

'아직은 아니야. 절대 그대를 보내지 않아.'

나는 듯이 내려와 그녀 옆에 서니 손을 대기도 무서웠다. 혹여 잘못되기라도 했다면?

천천히 조심스럽게 손을 내미는 세현의 손이 미친 듯이 떨리고 있었다.

"연? 제발. 연!"

조심스럽게 품에 안으며 기도처럼 그가 연의 이름을 불렀다. 차라리 애원이었다.

"연, 제발, 제발 눈을 떠요. 이대로는 아니 되오. 절대 보내지 않을 것이야. 그러니 눈을 뜨오. 제발 연, 눈을 뜨오."

그러나 핏기 가신 하얀 얼굴에 짙게 드리운 속눈썹은 움직일 줄을 몰랐다.

"나리? 나리! 마마는? 마마께서는?"

벌써 눈물 바람인 지씨의 물음에 정신이 든 세현이 무서운 얼굴로 소리를 질렀다.

"뉘가 죽었더냐? 웬 눈물이야? 가서 사람을 불러라. 어서. 의원도 불러라. 누구든 다 불러라. 연을 살릴 사람이라면 누구라도 부르란 말이다. 어서!"

그의 말에 엉금엉금 기듯이 언덕을 오르던 지씨가 어느 순간 나이가 무색하게 정신없이 뜀박질을 하며 목청껏 사람 살리라는 소리를 지르고 있었다.

"연? 제발 눈을 뜨오. 이대로는 아니 되오. 제발 이대로 날 버리고 가지 마시오. 이렇게 가 버리면 남은 나는 어쩌란 말이오. 그러니 살아야 하오. 그대가 잘못되면 나도 그대를 따라갈 것이오. 명심하시오. 그대는 내 허락 없이는 못 가오. 그러니 눈을 뜨오. 한 번만 날 보아주오."

미동도 없는 연을 품에 안고 그녀의 머리에 얼굴을 묻고는 작게 속삭이는 세현의 눈에서 천천히 눈물이 흐르고 있었다. 그리고 애원하던 말머리는 갈수록 눈물에 가린 속울음에 가까워지고 있었다.

12.

내가 누구이기를 바라나요?

"무슨 짓을 한 것이오?"

일현의 노한 음성이 문 밖으로 들릴 정도로 크게 울렸다. 한 번도 큰 소리를 내 본 적이 없던 사람이어서 그를 아는 사람들이 놀라 어쩔 줄을 몰라 했다.

작은 방이었다. 일현이 움직이기 편하도록 모든 거추장스러운 것은 치워 버려 작아도 작지 않게 보였다.

방 안에 있는 물건이라고는 침상 하나와 책장 하나였다. 평상시 붓글씨를 즐기는 그를 위해 항상 가운데 놓여 있던 탁자도 구석으로 밀려 있었다.

그 가운데 세현이 만들어 준 의자에 앉은 일현이 태어나 처음으로 화를 내고 있었다. 그것도 늘 불쌍히 여기던 자신의 안해를 향하여.

하얗게 질린 인해가 벌벌 떨면서 그 앞에 부복해 있었다.

"소첩, 아무……것도 모르나이다. 그저…… 돌아보니 공주마마
께서 이미……."

목소리마저 덜덜 떨면서도 인해는 죽어도 아니라고 읍소하고
있었다.

"아니라? 그럼 지씨의 말을 어찌 해석해야 하는 거요?"

"소첩도 모르게……겠나이다. 어찌 그…… 무서운 말을……
하는지는."

"닥치시오! 내가 다리가 불구라고 보는 눈이 없을 것 같았소?
듣는 귀가 없을 것 같았소?"

자신의 잘못이었다. 모른 척하고 싶었다. 늘상 보는 안해의 눈
이 누구를 향하는지 알고 있었다. 그러나 해 줄 것이 없어 눈감고
보지 않으려 했었다. 그래서 오늘 같은 일이 일어났다. 부족한 자
신이기에 미안해하던 마음이 결국 이런 일을 만들었다.

지아비로 아무것도 해 줄 수 없음에도 마음에 담아 이 여인을
벼랑으로 밀어 버린 이도 자신이었다. 그러니 이 여인을 탓할 수
도 없었다. 처음부터 잘못은 자신에게 있었다.

옆에 있는 것만으로도 감사했다. 꽃다운 나이의 여인을 스러지
고 목말라 하게 만든 이도 자신이었다. 일찍 내쳤어야 하는 것을
욕심으로 잡고 있어 이 지경을 만든 이도 자신이었다.

사내 노릇조차 못 하는 자신의 곁이 아니라 멀쩡한 사내의 여
인으로 살도록 길을 열어 주어야 했었다. 쓸데없는 연심으로 이제

는 이 여인을 죽일 수도 있었다.

살아 있다는 것이 참으로 참담해지는 날이었다. 불쌍한 이 여인을 어찌해야 하는 것일까?

공주가 무사하기를 바라는 마음은, 절절하게 공주를 붙잡고 애원하고 있는 동생뿐 아니라 이 여인을 위해서도 바라는 마음이었다. 그래야 이 여인을 살릴 수 있었다. 그리고 이제는 명분도 얻었으니 제대로 살 길을 찾아 줄 수도 있었다.

그때 자신은 죽었어야 했다. 그랬으면 오늘같이 참담한 일은 없었을 것을.

"나으리……?"

흔들리는 눈에 놀라움이 그대로 떠올라 있었다. 설마 남편이 알고 있는지 몰랐다. 그동안 철저하게 자신을 단속하고 있었다고 믿었다.

그래서 지금도 이 사람이 자신의 편을 들어줄 거라 믿었다. 당장 믿을 사람은 남편밖에 없었다.

아무리 부족하다 하나 대사헌의 큰아들이며 문중의 장자였다. 그가 그녀를 보호한다면 누구도 그녀의 탓을 할 수 없으리라 믿었다. 그런데 지금 그의 말을 제대로 들었는지 의심스러울 정도로 냉담한 남편 앞에 인해는 눈앞이 캄캄해지고 있었다.

"그 입 다무시오. 마마가 깨시지 않으신다면 당신 역시 같은 일을 당할 것이오. 명심하시오. 그곳에서 마마가 무사하시기를 비시오. 진심으로 빌어야 할 것이오. 내 동생의 눈물을 걸고 맹세하는 일이니 마마가 혹여 잘못되시면 그때는 당신 역시 무사하지 못할 것이오. 당장 가서 근신하시오. 그 얼굴도 보이지 마시오."

호령하는 그는 평상시 부드럽고 온유한 일현이 아니었다. 그 집안의 내력을 보여 주듯 범보다 더 험악한 기운을 내뿜고 있었다.

놀라 움직이지도 못하고 하얗게 질린 안해를 차가운 눈으로 내려 보던 일현이 문밖의 누군가에게 소리를 질렀다.

"게 없느냐? 들어와 이 여인을 치워라. 내 명령 없이는 이 여인의 방에 물도 들이지 말 것이다."

마치 기다렸다는 듯이 두 사내가 들어와 인해의 양팔을 잡고 끌어냈다.

"나으리, 나으리. 소첩은 억울하옵니다. 나으리 제 말을 들어주소서."

끌려 나가면서도 인해는 죽어도 아니라고 울부짖고 있었지만 한 손으로 가려진 일현의 얼굴은 더욱 일그러질 뿐이었다.

"죽었어야 했다. 내가 그때 죽었어야 했어."

마침내 두 손으로 얼굴을 가렸지만 그 사이로 흐르는 눈물은 감출 수가 없었다. 눈물과 함께 스스로를 원망하는 탄식이 흘러나오고 있었다.

◇

하얀 안갯속을 얼마나 헤맸는지 알 수도 없었다. 아무리 걷고 또 걸어도 같은 자리 같았다. 그냥 그녀는 한 치 앞도 안 보이는 안갯속을 무작정 걷고 있었다.

자신이 무엇을 찾는지도 모르겠고, 또 어디를 가는지도 모른 채 혹여 멈추면 이 안개가 자신을 삼킬 것 같아 쉼 없이 걷고 있었다.

'연!'

머릿속에서 울리는 목소리가 계속 그녀를 애타게 부르고 있었다. 그래서 들리지도 않은 목소리를 향해 무작정 나가고 있는 중이었다. 그런데 하얀 안갯속에 누군가의 잔영이 흐릿하게 보인다. 정신없이 그것을 따라 뛰다시피 해서야 겨우 다가갈 수 있었다.

"누구?"

환영처럼 나타난 사람의 그림자에 연서가 그 사람을 따라가려고 기를 썼다.

"잠깐만요. 저 좀 보세요. 저기요."

닿을 듯 닿지 않는 사람은 아무리 불러도 그녀를 돌아보지 않았다.

"살았다. 저기요?"

간신히 그 사람의 옷깃을 잡고 확인한 연서가 놀라 입을 벌렸다.

"하……연?"

하얀 한복을 곱게 차려입고 삼단 같은 긴 머리를 등에 내리운 여인은 분명 하연이었다.

"왔구나? 그런데 어떻게?"

고개를 갸웃하는 하연을 보며 연서는 묻고 싶었다. 왜 그녀가 이곳에 있는지를.

"넌 어떻게?"

"길을 몰라 헤매는 중이었어. 아무리 가도 길이 안 보이네."

당황한 음성도 아니었다. 그저 걷다 보면 길이 보일 거라고 믿는 사람처럼 편안하게 말하는 하연을 보며 도리어 연서가 당황했다.

"돌아가지 않을 거야?"

"어디로?"

되묻는 그녀의 말에 대꾸할 말이 없었다. 그녀의 몸속으로 돌아가라고 하려는데 왜 말문이 막히는지 모르겠다.

"넌 내가 돌아가기를 원하니?"

그녀의 말에 연서의 눈에서 뜻 모를 눈물이 흘렀다.

"그래도 돼? 이제 내가 돌아가도 돼?"

말간 눈으로 물어보는 하연에게 연서는 대답도 못 하고 눈물만 흘리고 있었다. 어떻게 그녀가 사랑하는 이를 마음에 담아 갈 수 없다 말을 할 수 있을까. 무슨 말로 그녀에게 죄를 빌어야 하는지도 몰랐다. 그러나 그녀의 말대로 바뀌기를 바라지 않았다. 아직은 조금 더 그를 보고 싶었다. 그의 곁에 있고 싶었다.

'연!'

이제야 그 목소리가 세현임을 알겠다. 애절한 목소리가 더욱 연서의 발목을 잡고 대답을 막고 있었다.

"거봐, 아직은 아닌가 보네. 돌아가. 저렇게 너를 찾는 사람이 있잖아. 그러니 아직은 아니야."

하연도 들었나 보다. 슬픈 음성에 담긴 것은 미움도, 원망도 아닌 체념이었다.

그 말을 끝으로 하연이 연서의 이마를 손가락으로 힘없이 밀었다. 그 순간 온통 하얗던 세계의 바닥이 갈라지며 연서는 끝없이 추락하고 있었다.

의원보다 주술사의 행동이 훨씬 빨랐다. 공주라는 신분 때문에 어쩔 줄 몰라 당황하는 의원을 제치고 먼저 연서를 확인한 이는 개마산을 신으로 모시고 사는 작은 촌락의 주술사였다.

늙고 거친 얼굴에 살아온 세월만큼의 주름이 가득 담긴 노파였다. 알록달록 천을 모아 만든 두꺼운 머리끈을 이마에 두르고 허리에도 같은 천으로 길게 허리띠를 만들어 둘렀다.

공주의 상태를 눈으로 살피던 노파는 혀를 차더니 무엇인지도 모를 약을 먼저 먹이고는 바로 긴 부목을 만들어 비틀어진 다리부터 제대로 자리를 잡아 무명천으로 둘둘 말아 고정을 시켰다.

그리고 짓이긴 고약한 냄새가 나는 고약으로 쓸려 파랗게 올라오는 상처마다 발랐다. 그녀의 손은 거침이 없었다.

옆에서 지켜보고 있는 세현은 그녀가 연을 이곳저곳 살피느라 찌르고 돌려 대는 모습을 볼 때마다 움찔하고 있었다.

그도 수많은 상처를 입었던 사람이었다. 그러니 지금 노파의 행동으로 얼마나 아파할지 알고 있었다.

만지기만 해도 신음이 나올 상처를 노파는 나무통 만지듯이 굴리고 있었다.

"살살하여라. 그러다 잘못되기라도 하면 어쩌려고."

명령조의 말이라지만 사실 애원이고 부탁이었다. 정작 치료를 받는 연은 아무 움직임이 없는데 세현이 대신 아파하고 있었다.

"정신을 놓으셨을 때 해야 하는 일입니다. 정신이 드시면 더욱 힘드실 거라는 건 나리께서 더 잘 아실 겁니다."

그의 말에 잠시 손을 멈춘 노파가 대답을 주고는 다시 부지런히 제 할 일을 한다.

목소리마저도 개구리가 우는 듯 거친 음성에 세현도 더는 할 말이 없었다.

세현에게는 지옥같이 더딘 시간이었지만 그리 긴 시간은 아니었다. 이내 침상에 놓인 연의 모습은 참혹했다.

얼굴은 쑥색 고약으로 반은 가려져 본 얼굴이 보이지 않았다. 몸 여기저기도 마찬가지였다. 팔다리마다 쓸린 상처에 바른 고약을 덮은 무명천 사이로 고약 색과 같이 붉은빛이 비치고 있었다. 파리한 눈 밑을 덮는 속눈썹만이 연의 모습 중에 유일하게 남아 있는 것 같았다.

"제발, 연. 돌아오시오. 지금은 싫소. 내 옆으로 돌아오시오. 나를 욕해도 좋소. 공주의 원망은 내가 다 듣겠소. 내 남은 평생을 공주에게 미안한 마음으로 살아가겠소. 한 번만 공주가 아닌 나를 생각해 주오. 남아 있는 나를 불쌍히 여겨 돌아와 주시오. 연, 제발, 돌아와 주시오."

떨리는 손으로 혹여 더 상하기라도 할까 두려워 연의 손등만 쓰다듬으며 다시 그가 애원을 하지만, 연은 여전히 작은 움직임도 없었다.

"그릇에 담긴 내용물이 다르니 깨어나실 것입니다. 그러니 기다리시지요."

그들의 모습을 기묘한 눈으로 바라보던 주술사가 한마디 하자 세현의 고개가 절로 그녀를 향했다.

"무슨 소리냐?"

"말 그대로입니다. 같은 그릇이나 다른 이가 담겼으니 쉬이는 못 가신다는 말씀입죠."

늙어 짓이겨진 눈이라 하나 오랜 세월 담아 온 현명함에 반짝이는 눈이 모든 것을 말하고 있었다.

"사실이렷다?"

"이미 나리도 아시고 계신 모양이십니다."

이제껏 반응 없던 주술사가 반은 감겨 있던 눈을 뜨며 그를 응시했다. 나이와 어울리지 않게 맑고 깨끗한 눈에 도리어 놀란 건 세현이었다.

"그러면 조심하십시오. 그토록 아끼는 분은 언젠가는 돌아가실 분이십니다. 있으면 안 되는 곳에 계시는 분이시니까요."

"무슨 뜻이냐?"

"산신님의 뜻을 어찌 쇤네같이 미천한 몸이 헤아릴 수가 있겠습니까? 그러니 쇤네가 드릴 말씀은 이것뿐인 것을요. 한동안은 정신을 놓고 계실 것입니다. 하지만 나리의 염원대로 돌아오실 것입니다. 아직은 나리의 힘이 저분을 잡고 계시니까요."

제 할 일을 모두 끝내고 자신의 물건을 챙기는 노파의 허리가 올 때보다 더욱 굽어 보였다.

하얀 머리 위에 두른 머리띠가 선명하게 눈에 들어온다. 그리고 갖가지 색으로 짜 만들어진 치마와 저고리도 세현의 눈을 현란하게 만들고 있었다.

누가 부른 것도 아닌데 열두어 살 어린아이가 들어와 주술사의 움직임을 돕고 있었다.

"어찌하면 되느냐?"

"무슨 말씀이신지요?"

막 문을 나서려는 주술사를 잡고 세현이 다급하게 물었다.

"알고 있지 않느냐? 이미 알고 있는 일이니 막을 방도도 알고 있을 터. 내가 어찌해야 하느냐?"

뒤돌아 세현을 향하는 주술사의 눈이 매서웠다. 그가 무슨 뜻으로 그런 질문을 하는지 알고 싶다는 듯.

"먼저 나가 있으렴."

아이를 내보낸 주술사가 굽은 허리 때문에 들고 다니는 지팡이를 짚으며 천천히 그에게 다가왔다.

천천히 다가올수록 부릅뜬 그녀의 눈이 먼저 들어왔다. 연륜이 담겨 있는 맑은 눈빛은 마치 사람의 속내를 다 뚫어 볼 수 있을 것 같았다.

"쉰네의 힘으로 할 수 있는 일은 아니지요. 또한 나리의 힘으로도 안 되는 일이지요. 벌어질 수 없는 일이 생겼다는 건 이미 인간의 손을 떠난 일이란 것입죠. 그러나 다행인 건 그릇에 담긴 이는 강한 분이십니다. 어쩌면 이분의 선택이 모든 것을 바꿀 수도 있음입죠. 쉰네가 드릴 수 있는 말은 이게 전부랍니다. 앞으로는 두 분이 알아서 할 일입죠."

너무 긴말을 해서인지 마지막 말은 거의 알아듣기도 힘이 들었다. 그럼에도 세현은 하나하나 똑똑히 새기고 있었다.

연의 선택이라고 했다. 오직 그녀만이 할 수 있는 일이라는 말. 과연 그녀가 남아 줄 것인가?

"남아 주오. 아무리 어렵고 가슴 아픈 선택일지라도 내 곁에 남아 주오. 이제 그대를 보내고는 내가 살 수 없음이니, 다른 사람은 생각하지 말고 나만 생각하고 남아 주오. 이기적이라고 욕을 해도 좋소. 그러나 나는 이미 그대를 보낼 수 없음이니. 사랑하오. 사랑하오, 연."

고개를 숙이고 한 손으로 그녀의 머리를 쓰다듬는 손은 여전히 떨리고 있었다. 그리고 그녀의 귀에 속삭이는 말은 더 떨리고 있

었다. 그의 눈물이 그녀의 눈에 떨어지는 순간, 연의 눈에서도 눈
물 한 방울이 흐르며 그의 눈물과 하나가 되었다.

그러나 여전히 그녀는 아무런 반응도 보이지 않고 있었다.

연이 눈을 뜬 것은 그로부터 사흘이 지난 늦은 밤이었다. 먼저
눈에 들어온 것은 익숙하면서도 묘하게 낯선 천장이었다.

마감재 없이 통나무로 만든 뼈대가 그대로 드러나며 황토색 흙
으로 짓이겨져 그 살을 대신하고 있었다. 저도 모르게 눈을 감은
연서가 안도의 숨을 내쉬었다.

'아직 여기구나.'

눈을 뜨면 항상 자신의 방이기를 바라던 그녀가 이제는 눈을
뜨고 자신의 방일까 봐 두려워한다는 아이러니에 기가 막혔다. 그
러나 그 마음이 진실이었다.

꿈에서 하연이 묻던 말이 지금도 귓가에 생생했다. 그리고 대
답을 못 하던 자신도.

돌아감이 옳았다. 이곳은 자신과 상관없는 세계였다. 이 몸도
자신의 것이 아니었다. 온통 자신의 것은 없는 세상에서 그녀는
무엇을 위해 망설이고 있는 것인가.

"연? 연. 내가 보이오?"

다급한 목소리에 담겨 있는 안도와 표정에서 나타나는 애달
픔.

그래, 이 사내였다. 그녀가 하연의 물음에 쉬이 답을 주지 못했

던 이유가 여기 있었다. 결국 연서는 하연의 것을 뺏고자 함이었다. 그녀가 주인이어야 할 마음과 사람을 놓아줄 수 없어 다시 이곳으로 온 것이었다.

미안해, 이러려고 그랬던 건 아니었어. 하연아, 이제 난 어쩌면 좋으니?

나를, 그리고 너를 어쩌면 좋으니?

놓을 수도, 그렇다고 붙들 수도 없는 이 마음을 어떡해야 하는 거니?

네 목숨을 버리며 바라던 그 마음을 이제 나도 바라고 있으니 이 일을 어떡해야 하는 거니?

그러면 안 되는 건데, 여긴 네가 있을 곳인데. 어쩌자고 나는 내 것도 아닌 것을 바라고 있는 거니?

그냥 날 보내고 네가 오지 그랬어. 여기서 멈출 수 있도록 네가 오지 그랬어.

하연을 향한 소리 없는 외침은 눈물로 흘러내리고 있었다.

"아프오? 연? 대답을 하시오. 혹…… 공주……인 게요?"

떨리는 음성, 흔들리는 눈빛. 그리고 두려운 마음. 강철 같던 사내가 연을 보며 흔들리고 있었다. 그래서 더 마음이 아파 왔다.

그가 기다리는 여인은 연서인가? 아니면 하연? 그도 아니면 있지도 않은 연?

"제발 대답을 해 주시오. 당신은 누구……인 게요?"

"내가 누구……이기를 바라……나요?"

아니기를. 지금은 제발 아니기를 바라는 마음. 공주가 돌아옴
이 맞았다. 연을 마음에 두며 공주의 마음도 알았다. 그래서 미안
했다. 그래서 더욱 애처로웠다.

외롭고 쓸쓸한 짧은 인생을 살다 간 그녀가 안타까워도 그뿐이
었다. 지금은 단지 눈을 뜬 여인이 연이기를 바라는 마음뿐이었
다.

다시 공주가 되돌아온다 해도 이미 건너간 마음을 다잡을 수도
없었다. 그러기엔 너무 많은 마음을 가져가 버린 여인이었다.

간신히 귀를 기울여야 하는 속삭임에도 그는 알 수 있었다. 지
금 눈을 뜬 이가 자신의 연이라는 것을. 그래서 웃었다. 이제는
웃을 수 있었다.

그녀가 눈을 뜨기를 바라며 새웠던 밤들을 잊을 수 있었다. 혹
여 눈을 뜬다 해도 연이 아니라면 어쩌나 하는 두려움도 이제는
벗을 수 있었다.

떨리는 손으로 그녀의 얼굴을 쓰다듬던 세현이 천천히 고개를
숙여 그녀의 귓가에 속삭였다.

"고맙소. 무사히 내게 돌아와 고맙소, 연."

그날 허항령에는 눈이 내렸다. 5월이라고 하나 높은 고지라 눈
이 내리는 것은 신기한 일이 아니었다. 그러나 다른 날과 달리 펑
펑 내리는 눈은 허항령을 하얗게 뒤덮었지만 간신히 땅을 뚫고

나온 새싹들은 지지 않으려는 듯이 빳빳하게 고개를 들었다.

"산신님의 뜻이거늘. 사람이 어찌한다고 바꿀 수 없는 일인 것을. 그러나 또 모를 일이지. 사람의 염원은 운명을 바꾸기도 하는 것을."

개마산 아래 작은 촌락을 이루고 사는 부족의 주술사가 혀를 차며 높디높게 솟은 개마산을 향하여 뜻 모를 말을 내뱉고 있었다.

◈

작은 창문 너머로 휘영청 밝은 달이 그 모습을 내보이고 있었다. 이미 내린 눈은 모두 녹았다 하나 이곳의 바람은 여전히 몸을 움츠릴 만큼 차가웠다.

그럼에도 인해는 창문을 열고 하염없이 달을 바라보고 있었다. 귀를 막아도 남편의 고함이 울려왔다.

그녀만 보면 슬프게 웃던 사람이었다. 불편한 몸이기에 안쓰러워 어쩔 줄 몰라 그녀가 바라는 모든 것은 해 주던 사람이었다.

그런 사내의 노여움은 다른 것은 다 제치고 두렵고 또 그만큼 무서웠다. 자신도 언니처럼 조리돌림을 당하게 되는 걸까?

돌팔매를 맞으며 눈을 감고 끌려 다니던 언니를 떠올리며 인해가 스스로를 보호하듯 두 팔로 감싼 채 천천히 무너져 내렸다.

싫어, 그것만은 싫어. 차라리 목을 맬까?

공주가 살아나기를 빌라고 하였다. 온 마음으로 빌어야 그녀도 살 수 있을 거라고 하였다. 그러나 공주가 살아난다고 자신이 무사할까 싶어졌다. 누구보다 그녀를 벌주고 싶은 사람은 공주일 터였다. 그러니 이미 자신의 목숨은 없는 것이나 같았다.

살고 죽는 것이야 무에 그리 연연할까마는 그토록 가슴에 담았던 이는 그녀를 마치 더러운 것을 보듯 노려보았고, 그토록 아껴주던 서방님은 이제 그녀라면 치를 떨며 차가운 눈으로 내려 볼 뿐이었다.

무엇을 위해 아등바등 살았는지 모르겠다. 무엇을 바라며 그토록 가슴 저리게 살았는지도 모르겠다.

처음부터 그녀의 욕심이었다. 그저 밥 한 끼 먹고자 했던 욕심이 이제는 자신이 감당 안 될 정도로 커져 결국 그녀의 목숨을 가져가려 하고 있었다.

지우려 노력했던 기억이 떠오르자 인해의 몸이 더욱 움츠러들며 덜덜 떨리고 있었다. 없던 일이라고 얼마나 되뇌었던가. 자신과는 상관없는 일이라 스스로를 속여 왔다.

사람이 끝으로 몰리면 사느냐와 죽느냐가 남는다고 공주는 말했었다. 그러고 보면 자신은 언제나 사는 길을 선택했다. 언니의 죽음을 보는 순간부터 죽는 것이 두려웠다. 없이 살아 그런 죽음을 맞는 거라 믿고 살았다. 그래서 무슨 핑계를 대든 살길을 모색해 왔다.

지금도 자신은 죽는 것이 무서웠다. 살고 싶었다. 그러나 방법
도 없었고 이제는 차라리 죽는 것이 더 편하리라는 생각을 하고
있었다.

왜 몰랐을까? 살아가는 것보다 죽는 것이 훨씬 편하다는 것을.
그러나 너무 늦었다. 후회는 언제나 늦은 법이었다.

눈을 감으니 그날 일이 마치 어제처럼 생생히 떠올라 그녀를
탓하고 있었다.

그날 서방님이 다리를 잃던 날, 그녀도 그곳에 있었다.

질 좋은 말총 하나면 은자 한 냥이었다. 관모용으로 쓰이는 말
총은 그 질에 따라 가격이 황금을 능가하는 경우도 있었다. 그 돈
이면 그가 그녀를 맞이할 때 적어도 누추한 모습은 벗을 거라는
순진한 생각이었다.

그가 말을 타고 어디를 다니는지 누구보다 잘 알고 있었다. 그
래서 아무도 모르게 그가 한눈을 팔고 있을 때 말꼬리만 잘라 올
생각이었다.

살점이 잘린 말이 놀라 광란을 일으키며 그를 향해 돌진할 줄
은 몰랐다. 더구나 그가 그의 형과 같이 나왔는지도 몰랐다. 그저
하인 한 명과 같이 나왔다 생각했었다. 그를 밀치고 말에 깔린 사
람이 지금의 서방님이라는 것은 나중에 알았다.

그런 일이 일어날 줄 몰랐다는 말로 스스로의 잘못을 외면했
다. 없이 살아 그런 선택을 할 수밖에 없었다고 죄의식을 묻어 버

렸다. 그리고 시간이 지나며 당연한 일이 되어 버렸다. 그렇게 믿게 되었다.

미워해야 할 이는 자신이었다. 그런데 그 미움조차도 모두 공주에게 돌려 버렸다. 인정하는 순간 내쳐지리라는 두려움이 더 커서 모든 잘못을 공주에게 떠밀었다.

자신과는 달리 모든 것을 다 가졌고, 모든 이에게 사랑받은 존재로 인해 자신은 더욱 초라한 여자가 되고 있었다. 그래서 더욱 미워하기 좋았다. 그럴수록 자신의 행위는 정당화된다 생각했다.

너무 놀라 그대로 도망치던 날 이미 그와의 연은 끝난 것을. 그의 형을 해한 것만으로도 이미 끝난 연인 것을. 욕심을 부리는 순간 모두 잃었다는 것을 진즉 인정해야 했다.

서방님을 그리 만든 사람이 자신이니 평생 그에게 속죄하는 마음으로 살아야 하는 사람도 자신이라는 것을 왜 이제야 깨닫는가. 그 짐 역시 그 사람에게 떠밀고 무슨 염치로 그를 보고 있었던가.

참으로 덧없는 인생이었다. 참으로 쓸모없는 인생이 아니던가. 이렇게 죽는 것조차 겁내는 한심한 인간이 자신이라는 사실에 가슴을 치며 울지만 아무것도 풀리지 않았다.

죽는다 생각하니 떠오르는 이는 그가 아니라 자신을 아껴 주던 지아비였다. 그녀를 향해 웃어 주던 그 모습이 왜 이리 그리워지는 건지. 다신 한 번 그 미소를 볼 수만 있다면 무슨 짓이라도 할 수 있을 것 같은 마음은 뭐란 말인가.

　기나긴 밤 달이 스러지도록 소리 없는 울음과 더불어 한없는
눈물이 인해의 볼을 적시고 있었다.

13.

지금부터 전 연입니다

뜻밖의 사고로 개마산의 여정은 조금 더 길어졌다. 늘 일현만
머물다 가던 곳이 대사헌의 식구들로 북적일 만도 하건만 도리어
일현 혼자 왔을 때보다 더 고요하고 어둡기만 했다. 다행히 공주
는 무사했으나 사달은 큰마님이었다.

이곳의 식솔들도 큰마님을 본 적은 처음이었다. 너그럽고 온화
한 큰나리처럼 큰마님도 금세 모두의 존경을 받았다.

어쩌다 들르는 둘째 나리보다 자주 들르는 큰나리가 가까운
것은 사실이었고, 그러다 보니 모두들 그의 처지를 안타까워했었
다.

그들이 처음 본 큰마님은 그들이 모시는 큰나리만큼이나 부드
럽고 온화한 미소를 보이며 신분과 상관없이 모두에게 하대함
없이 사람을 대해 역시 큰나리의 안사람이라는 칭송을 듣고 있

302

었다.

공주마마는 신분 때문이라도 어려웠다. 더구나 오시자마자 앓아누워 모든 사람을 긴장하게 만들어 더욱 눈치를 보고 있는 상황이었다.

그런데 오신 지 겨우 서너 일이 지났을 뿐인데 간신히 일어난 공주에게 사달이 일어나 크게 다치시더니 큰마님은 방에 갇혀 나오지를 못하고 있었다. 그러니 모든 사람들이 전전 긍긍하며 어쩔 줄을 모르고 있었다.

"거울을……."

정신이 들자 연이 먼저 찾은 물건은 경대였다. 연의 상태를 돌보느라 세현도 잊고 있었다.

"조금만 참으시오. 눈이라도 뜨고 확인하면 될 것을. 다른 건 신경 쓰지 말고 몸 추스를 생각이나 하오."

"거……울……."

잠이 들면서도 연은 거울을 찾고 있었다. 의원이 진통 효과가 좋을 것이라 준 환약을 삼키지 못해 결국 세현이 직접 씹어 혀로 밀어 넣어 주었다.

메마른 입술이 그를 아프게 했다. 물기 하나 없이 버석거리는 그녀의 입안을 물 대신 타액으로 적셔 주며 그가 이를 악물었다.

연이 이런 모습으로 있는 것도 자신의 탓이었다. 그녀의 말대로 제대로 끊어 내지 못해 결국 사랑하는 여인을 이 꼴로 만들었다. 누구를 탓할 수도 없는 억울함에 기혈이 들끓고 있었다.

그리고 연의 경대. 구석 탁자에 얌전히 닫혀 있는 그 물건을 보니 다시 숨이 막혀 왔다. 혹여 달라진 것이라도 있다면 그때는 또 어찌해야 하는지도 모르겠다.

그래도 확인해야 했다. 경대로 연결된 여인들. 떨리는 손으로 경대를 열어 거울을 확인하는 세현의 파리한 안색이 그대로 거울에 비치고 있었다.

다른 점이 있다면 눈에 뜨이지 않았던 얇은 선이 조금 더 선명해져 있었다. 이제는 살피지 않아도 눈에 보일 정도로 금이 가 있었다. 누군가 날 선 칼로 갈라놓은 듯 금이 간 거울에 비친 그의 얼굴도 어긋나 보일 정도로.

두려움에 경대를 닫고 세현은 작은 방 안을 왔다 갔다 하며 떨리는 마음을 다스리고 있었다.

무슨 뜻인지 모르겠다. 저쪽의 공주에게 무슨 일이 있어 그리된 건지, 아니면 이곳의 연이 다쳐 그리된 건지 모르겠다.

차라리 저놈의 경대를 불쏘시개로 버리고 싶지만 혹여 그러다 연이 사라질까 두려워 그럴 수도 없었다.

그러나 막상 거울을 확인한 연은 아무런 반응이 없었다. 그의 애타는 마음을 아는지 모르는지 한참을 금이 간 선을 만지더니 조심스럽게 경대를 닫고는 그에게 내밀었다.

"아직은 하연이 무사하네요."

"어찌 아시오?"

"금이 굵어진 것 이외에는 변화가 없으니까요."

담담한 말에 애가 타는 사람은 세현이었다.

"거울이 깨지면 어찌 되는 거요?"

"모르겠습니다. 저도 어떻게 될지 모르겠습니다."

먼 곳을 보듯 시선을 돌린 연이 한참 후에 꺼질 것 같은 목소리로 대답을 해 주었지만 답답함을 풀어 준 것은 아니었다.

"나를 보시오."

간신히 제 얼굴을 찾아가는 중이었다. 뜨기도 힘들었던 눈의 부기도 가라앉아 맑고 투명한 눈빛이 그를 향했다.

"그대는 갈 수 없소. 명심하시오. 내 허락 없이 그대는 갈 수 없소. 약속하시오. 나 몰래 가려 한다면 그때는 나도 이곳에 없을 것이오."

절박한 얼굴의 그를 보며 연서가 기어이 울고 있었다. 그래서 간다고 답을 해주지 못했다. 가여운 하연의 마음을 알면서 이 사내가 걸려 도저히 돌아간다 말을 할 수 없었다.

돌아갈 수 없어 전전긍긍하던 자신이 아니던가. 그러나 지금은 자신도 모르게 자신의 세계로 돌아가 있을까 봐 겁이 난다면 믿어 줄까? 자신이 자신의 것도 아닌 사내를 탐내고 있다는 것을 알기나 할까?

돌아가서 어쩌면 이번에는 하연 대신 연서가 그를 그리며 시들어 갈지도 모르겠다. 그래서 겁이 났다. 앞으로 눈을 뜨면 다른 이유로 두려워하리라. 그러나 지금은 이 사내부터 안심을 시켜야 했다. 항상 당당한 그가 그녀 때문에 절절매는 모습을 보이는 것은 싫었다.

이 사내는 대쪽 같은 모습이 좋았다.

"그리할 겁니다. 다른 사람은 모르지만 서……방님께는 말씀드리고 갈 것입니다."

이곳에 온 후 처음으로 연서가 스스로 그에게 서방님이라는 말을 뱉었다. 목에 걸리는 말을 간신히 내뱉은 연서가 흘리는 눈물을 닦아 준 사람은 세현이었다. 그리고 아프게 웃는 그녀를 조심히 품에 안아 달래 준 사람도 그였다.

"무슨 일이 있었던 거죠?"

이제 제대로 정신을 차린 연서가 간신히 일어나 앉아 여전히 자신의 곁을 지키는 세현을 보며 묻고 있었다.

"내 잘못이오. 미안하오."

"잘잘못을 따지자는 것이 아니지 않습니까? 형님이 어째서 갇혀 있냐고 묻는 것입니다."

"지씨가 보았소. 형……수님이 당신을……."

형수라는 말조차 내뱉기 꺼려하는 사람처럼 세현이 어렵게 답을 해 주었다. 대답을 들은 연서가 저도 모르게 속으로 신음을 내뱉으며 긴 한숨을 내쉬고 다시 입을 열었다.

"제대로 보았답니까?"

"분명 그리 말했소."

깨어나 며칠은 정신이 없었다. 사실 온몸을 엄습하는 고통에 눈을 뜨기도 힘들었다는 말이 맞았다.

어릴 때 놀리는 동네 아이들과 붙어 뒹굴며 맞았던 그때보다도 더한 고통에 이를 깨물고 견뎌야 했다.

간신히 통증에 견딜 만해질 즈음 지나가는 하인들의 말로 영효당이 방에 갇혀 벌을 받고 있다는 것을 알았다.

"가서서 형님의 바퀴 의자나 좀 빌려 오시지요. 제가 잠시 써야겠습니다."

연서가 눈을 뜬 다음부터 세현은 아예 그녀의 곁에 붙어 떠나려 하지 않았다. 치료를 받을 때면 하도 참견을 하여 연서로부터 축객령을 받아 밖에서 기다려야 했다.

아픈 것도 아픈 것이지만 잔소리를 하는 그를 보면 더 짜증이 났다. 아픈 것은 질색인 사람이 자신이었다. 그럼에도 안 아픈 곳을 찾는 것이 더 힘들 정도라 치료를 받고 나면 온몸이 너덜거리는 것 같았다.

그 와중에 그의 잔소리 때문에 의원이 손이 자꾸만 느려지니 통증은 더 크게 느껴지곤 했다. 이런 일은 빠르게 해치워야 아픔이 덜하다는 건 이미 예전에 알고 있었다. 결국 연서의 째림을 받고야 방을 나서는 세현이었다.

주술사의 고약은 냄새에 비해 그 효능이 탁월했다. 마음 같아서는 제조 방법을 배워 자신이 살고 있던 곳에 가서 만들어 팔고 싶을 정도였다.

이 약이면 금방 부자가 되리라는 생각에 피식 웃고 말았다. 돌아갈 수나 있을지. 과연 자신이 돌아가고 싶어는 하는 것인지 이제는 자신이 없었다.

더 이상 고민해 봐야 속만 타고 죄의식에 숨도 쉬기 힘들어질 뿐이었다. 그래서 당면한 문제부터 해결 보기로 마음먹었다.

가장 급한 문제, 영효당. 보고 싶은 얼굴은 아니나 우선은 만나 볼 수밖에.

다른 사람을 떠나 일현의 문제였다. 그 말은 바꿔 세현의 문제이기도 했다. 일현을 생각하는 마음이 누구보다 남다른 사람이 그이니 그를 위해서라도 이 문제는 조용히 해결을 보아야 했다.

자신에 대한 걱정으로 몸이 달아 있으면서도 여위어 가는 얼굴이 그녀 때문은 아니라는 것을 알고 있었다.

또 자신의 탓이라 스스로를 탓하고 있으리라.

"무엇을 하려 하오?"

"가져오시겠습니까? 아니면 제가 움직일까요?"

의원의 말로는 다리뼈가 부러졌다 했다. 오른쪽 다리는 아직도 부기가 빠지지 않아 남은 다리의 두 배가 되어 있었다.

어릴 적 팔이 부러진 적이 있었다. 계집애라 못 한다고 놀리는 고아원 오빠들의 말을 이겨먹으려 철봉에 매달렸다가 떨어지며 부러진 팔의 통증을 아직도 기억하고 있었지만 응급처치가 빨라서인지 통증은 없었다. 단지 무거운 부목과 칭칭 동여맨 무명천이 부담스러울 뿐이었다.

더구나 때마다 의원이 주는 작은 환약의 효과는 놀라워서 여기저기 상처의 통증도 사라져 간다.

아마도 아편이리라. 아편이 어떻게 생겼는지 모르지만 이토록 빠른 시간에 통증을 없애는 물건은 이 시대라면 아편뿐이라고 알고 있었다.

덕분에 통증은 덜하나 여전히 현기증은 연서를 괴롭히고 있었다. 너무 오래 누워 있어 일어나 앉는 것도 고역이었다. 억지로라도 올라오는 죽과 약을 다 먹고 있지만 다친 몸이 쉬이 좋아질 생각을 하지 않았다.

환약을 먹으면서 혹여 중독되는 것은 아닌지 걱정이지만 먹으면 통증이 덜하니 먹을 수밖에 없었다. 지금도 연서는 의원이 준 환약 하나를 먹고 움직이려 하고 있었다.

"가져올 것이오. 움직이지 마시오."

득달같이 달려가는 세현을 보며 연서가 눈살을 찌푸렸다.

연서가 눈을 뜨고 세현은 사람이 변한 것처럼 보였다. 모든 일을 연서에 맞추며 마치 주인을 지키는 하인처럼 그녀의 지시면 다 따르고 있었다. 그토록 안심을 시켰는데도 눈을 떼면 그녀가 사라지기라도 할 듯 지키고 있었다.

그 마음을 알고 있어 더욱 마음이 아렸다. 연서에게 마음을 줄수록 하연이 온 후를 걱정할 수밖에 없었다.

그가 바라보는 사람은 분명 하연은 아니었다. 잠시만 그녀의 역할을 대신하고 돌아갈 생각이었는데 이제는 자신도 무엇을 바라는지 모르는 상황이 되어 버렸다.

아니, 알고 있지만 외면하고 있다는 것이 옳았다. 언제까지 부정하고 외면할 수 있는지도 모르겠다.

저 사내와 같은 마음이 아니라고 부인한다고 진심이 바뀌지는 않았지만 할 수 있는 일도 그것밖에는 없었다.

세현을 떨쳐 내는 것도 일이었다. 목수를 불러 다리를 올릴 수 있는 판을 의자에 대고 일현의 하인을 잠시 빌렸다.

"여기 계십시오. 제가 알아볼 것이 있어 그런 것이니 만약 따라오시면 뒷일은 제 탓이 아닐 것입니다."

그녀의 말이 마음에 들지 않는다는 것은 표정만으로도 알 수 있었다. 그러나 단호한 연서의 태도에 못마땅한 얼굴로 그가 고개를 끄덕였다. 그를 방에 두고 두꺼운 담비 털을 두르고 향한 곳은 인해의 처소였다.

그녀의 처소에는 하인 하나가 지키고 있었다. 큰나리의 명이라며 문을 열어 주지 않으려는 것을 공주의 위치를 이용해 열었다. 그리고 그녀의 의자를 밀어 준 하인과 문을 지키던 하인 모두 내친 연서가 구석에 쪼그리고 앉아 있는 인해를 향해 나아갔다.

"왜 그런 모습으로 계십니까?"

인해의 모습은 예전 그녀라고는 생각할 수 없을 정도로 초췌해 있었다.

반쪽이 되어 거칠어진 얼굴에 바짝 마른 입술이 예전의 그녀라고는 도저히 보기 힘들 정도였다. 추위에 파랗게 질려 있는 입술을 보고 얼마나 방 안이 추운지 알았다.

열려진 창문으로 차가운 바람이 불어와 방 안은 마치 한겨울의 벌판을 연상시킬 정도로 냉기가 흐르고 있었다.

천천히 입고 있던 담비 털옷을 벗어 그녀에게 덮어 주었다. 겨우 옷 하나 덮어 주는데 벌써 손이 덜덜 떨리고 이마에 식은땀이 날 정도로 힘에 겨웠다.

세현이 일현을 위해 만들어 준 의자는 연서에게는 무거워 조금만 움직여도 숨이 탁탁 막혔다.

"제가 이 꼴이니 우선 문이나 좀 닫아 주시지요."

그러나 인해는 오들오들 떨고 있을 뿐 어떤 움직임도 보이지 않았다.

이러다 사람 잡겠군.

"게 누구 있느냐?"

사람을 불러 문을 닫고 화로를 들이니 확실히 온기가 돌며 추위가 가셨다.

"일어나시지요."

"……그냥 죽여…… 주십시오."

갈라진 목소리로 간신히 내뱉은 말에 연서의 마음 한쪽이 짠하게 아파 왔다.

엎드려 읍소하는 여인을 보는 연서의 눈에 서글픔이 어리고 있었다. 이제는 자신 역시 이 여인을 탓할 수도 없었다. 그녀 역시 다른 사람의 남자를 탐하는 사람이었다.

그를 마음에 담는 순간부터 연서는 이 여인의 마음을 이해하고 있었다. 담지 말자 애를 써도 담겨지는 것을 어떻게 막을까.

그러나 순서가 틀렸다. 그를 담을 요량이었으면 멀리서 담았어야 했다. 그의 가까이 오겠다고 그의 형제를 이용하면 안 된다는 것을 진정 이 여인은 몰랐단 말인가.

"죽으면 끝이 나신다 여기십니까?"

그러나 여전히 인해는 묵묵부답이었다.

"왜 그러셨습니까? 제가 죽으면 그 마음을 받아 줄 거라 생각하신 겁니까?"

그제야 인해가 고개를 가로저었다.

"그 마음은 알겠습니다. 그러나 마음을 지키고 싶었으면 선택이 틀리지 않으셨습니까? 그 사람이 자신의 형의 아내를 품으리라 여기셨습니까? 그 사람을 겨우 그 정도밖에 모르면서 마음에 품으신 겁니까?"

공주의 호통에 인해는 말없이 눈물만 흘리고 있었다. 혹시나 했던 마음도 이제는 아니라는 걸 깨닫는 데 너무 많은 시간이 흘렀고 또 그마저도 이미 늦었다.

앞에 있는 여인이 아니더라도 그가 그녀를 돌아보지 않으리라는 것을 알고 있었다. 그러나 인정할 수가 없었다. 아니, 인정하고 싶지 않았다. 그저 핑계가 필요했고 그곳에 공주가 있었을 뿐이다.

"……마마께서는 모르시겠지요? 밥 한 끼 먹고자 그…… 앞에 몸을 던진 못난 여자아이를요. ……처음은 그랬습니다. 가난 때문에 팔려가 결국은 돌팔매를 당해 죽은 언니를 보며 ……나는 그렇게는 안 산다 결심했었습니다. 그때 제 앞에 나타난 사람이 그 사람이었습니다."

엎드려 읍소하던 인해가 천천히 몸을 일으켜 앉으며 입을 열었다. 시선은 다른 곳을 헤매는 듯 닫힌 창 너머를 향하고 있었다.

"……못난 마음으로 다가간 저를 받아 준 이도 그였습니다. 참으라 했지요. ……형님이 장가를 가시면 당당히 그의 안해로 살 것이라며 조금만 참아 달라 했었지요. ……그 약속이 있어 버렸습니다."

아픈 마음, 돌아보기 싫은 과거에 인해가 간신히 스스로를 추스르며 입술을 깨물다 다시 입을 열었다. 그 모습에 연서도 가슴이 아파 온다. 지금 이 자리에서 그녀의 말을 듣고 있는 사람은 하연이 아닌 그녀만큼이나 아픈 과거가 있는 연서였다.

"……아무도 믿을 사람이 없었는데…… 그 사람만은 믿고 싶었습니다. 그런데 어느 날 그 사람이 오더니 잊으라 하더이다. 나 같은 사람은 잊으라고 약속 하나 못 지키는 못난 사내는 잊으라 하더이다. ……믿게 해 놓고 온통 그 사람만 보게 해 놓고 잊으라 하더이다."

따지면 나쁜 놈은 세현이었다. 괜한 소녀의 마음 흔들고 책임도 못 지면서 잊으라 하면 잊을 거라고 믿었던 한심한 인간이 그였다.

"그래서 선택한 것이 아주버님이셨습니까? 그것도 그의 가장

313

아픈 부분을? 복수셨습니까? 그렇게라도 그에게 복수하고 싶으셨던 겁니까?"

그렇다고 그녀의 행동을 인정하는 것은 아니었다. 제 아픔 다스리자고 다른 사람을 아프게 한 것만큼은 용서할 마음이 없었다. 연서의 차가운 질책에 인해가 허한 눈으로 허공을 바라보고 있었다.

"……먼빛으로라도 그를 보고 싶었습니다. 제 주제에 어디 대사헌의 큰며느리가 되겠습니까? ……아십니까? 서방님의 사고가 아니었다면 지금의 제 자리는 마마의 자리였습니다. 제가 바로 그 자리에 있었을 것입니다. ……그러나 그것 역시 누구를 탓할 수도 없었습니다. ……모두 제 탓인걸요. 그래서 더 마마를 미워했습니다. 안 그러면 제가 살 수가 없어서. ……이것도 변명입니다. 예, 제가 모자라 이런 걸요. 감히 누구를 탓할까요. 그러니……죽여주십시오."

넋두리처럼 힘없는 목소리지만 그 내용에 연서가 놀라 눈을 감았다. 전에 들었으면서도 흘려들었다. 하연에게서도 그런 기억은 받지 않았다.

"……부마께서 행복하셨다면 억울하지만 지금 이대로도 만족할 수 있었을지도 모릅니다. ……서방님께서는 분에 넘치게 잘해주셨습니다. 그러나 시선이 머무는 곳은 한 곳인 걸 어쩌겠습니까? ……그쪽으로 돌아간 시선이 돌아오지 않는 것을요. ……허한 눈으로 하늘을 보는 그분께서…… 그리는 사람은 저라고."

허공을 향하던 인해의 눈이 천천히 연서를 향하며 빛을 찾았다.

"그래서 마마가 미웠습니다. 아무것도 없는 제게 마마께서는 하나 남은 그 사람마저도 가져가셨으니까요. 그래서 억울했습니다. ……네, 억울하다는 마음이 더 컸습니다. 마마는 모든 것을 다 가지셨으니까요. 제가 바라는 모든 것을 가지셨으면서…… 어떻게 혼자 불쌍한 척은 다 하고 계신지 용납할 수가 없었습니다."

하연도 불쌍한 척을 한 것은 아니었다. 그녀와 다르지만 같은 마음으로 외로움에 지쳐가던 여자였다. 그나마 인해에게는 그녀를 불쌍히 여기는 남편이라도 있었지만 하연은 그마저도 없었으니까.

누구를 더 불쌍하다 말할 수 있는지 모르겠다. 가질 수 없어 애타하는 이 여자와 가지고도 애타하던 하연을 비교하는 것도 우스울 정도였다.

지금 연서는 타인으로 두 사람을 보고 있었다. 그래서 더욱 두 사람의 감정이 손에 잡힐 듯 다가온다. 그래서 더 슬펐다.

해묵은 감정의 골이 서로를 살피며 불쌍히 여겨 손잡을 수 있는 사람들을 지옥으로 몰고 있었다.

"그래서 이대로 죽으실 참입니까?"

"제 죄를 모르지 않습니다. 일국의 공주를 해하려 한 죄, 그것은 역모와 다를 바가 없습니다. 그러니 죽음으로 대신할 수밖에요."

속마음을 털어놓아서인지 아까와는 다르게 편안한 모습의 인해를 보며 불안해진 것은 연서였다.

이 여자 이미 죽으려고 마음먹은 사람처럼 보였다.

"네, 공주를 해하려 한 죄. 죽음이 맞습니다. 하지만 전 제 실수로 구른걸요. 옆에 있다가 실수로 구른 저를 구해 주지 않았다 하여 그 사람을 죽일 수는 없지요."

그랬다. 이 세계는 사람의 생명이 우스운 곳이었다. 잊고 있었다. 예전 그녀가 배웠던 역사 속의 과거를. 그리고 왕족을 상하게 한 죄는 극형에 처했다.

새삼 자신이 살고 있는 곳이 어떤 곳인지 깨달은 연서가 가볍게 몸을 떨었다. 그나마 하연이 공주기에 편하게 살고 있음이었다. 혹여 그녀가 하찮은 신분이라면 연서는 벌써 죽어서 저세상으로 갈 수도 있는 곳이었다.

"무슨……."

뜻밖의 말에 놀란 인해가 연서에게 제대로 묻지도 못하고 입을 벌리고 있었다.

"살아서 갚으란 말입니다. 죽음으로 도망가게 제가 둘 것이라 여기셨습니까? 그동안 형님이 무시했던 사람들에게 그 죄를 모두 갚으시고 가십시오. 그냥 가도록 둘 제가 아닙니다. 편하게 죽어 모두 잊고 다른 사람들에게 안타까운 사람으로 남는 꼴은 더 못 봅니다. 그러니 갚으세요. 적어도 그동안 안해라 여겨 불쌍히 여기신 아주버님을 위해서라도."

인해를 보던 일현의 눈에 있는 것은 동정만은 아니었다. 안쓰러움, 그리고 안타까움. 사내로 품어 줄 수 없는 서글픔.

지금 이곳에 있는 사람들 중에 불쌍하지 않은 사람들이 없었다. 모두 사연이 구구절절하며 절로 안타깝게 만들고 있었다.

바로잡을 수 있을지 자신도 없었다. 그러니 이대로 두고 볼 수는 없었다. 그녀가 할 수 있는 최대한의 힘을 기울여 돌려 볼밖에.

그래서 연서가 이곳을 떠나는 날 적어도 다른 사람들의 웃는 모습은 기억할 수 있도록 할 수 있는 최선을 다하려는 생각뿐이었다.

"식사하시고 기다리십시오. 처분은 곧 보낼 터이니. 다 드십시오. 그것도 확인할 것입니다"

사람을 불러 방을 나서는 연서의 마음은 무거웠다. 무엇부터 시작해야 그를 기쁘게 하며 편하게 할 수 있는지 생각하고 있었다.

"마마, 정말 마마가 맞으십니까?"

뜻밖의 질문. 막 문을 나서는 연서를 향해 인해가 떨리는 목소리로 물어왔다.

뭐라 답을 한다?

"사람이 죽었다 깨면 보이지 않는 것이 보이는 법이지요. 형님도 이미 죽었다가 깨어난 것과 진배없으니 한번 돌아보시지요. 자신이 무엇을 놓치고 계셨는지."

다른 이에게는 하연이어야 했다. 연서는 지금 하연으로 이 세계를 살고 있으니까. 그러나 돌아가 과연 자신은 연서로 살아갈 수 있을지는 자신이 없었다.

어두운 밤. 호롱불이 흔들리며 간신히 어두움을 밀어내는 방에 연서가 경대를 열어 거울에 비친 얼굴을 바라보고 있었다.

내내 그녀를 지키는 세현에게 바퀴 의자의 부족한 점을 지적하고 당분간은 자신도 써야 하니 하나 만들어 달라 말했다. 그러자 그는 반가운 얼굴로 목수를 찾아 나섰다. 그리고 그를 대신하여 지씨가 구석에서 꾸벅꾸벅 졸고 있었다.

거울 속에 비친 하연의 얼굴은 반으로 갈라진 거울 덕에 얼굴도 반으로 갈라진 것처럼 보였다.

천천히 금을 따라 손으로 흩던 연서가 깊은 한숨을 내쉬었다.

이것으로 확실해졌다. 이 경대가 하연과 자신을 연결하고 있음이었다. 예전 연서가 하연의 생각을 꿈으로 보았듯이 하연도 지금 자신의 마음을 읽고 있다면 어떤 마음일지 생각하니 가슴이 아파 왔다.

'남아 주오. 아무리 어렵고 가슴 아픈 선택일지라도 내 곁에 남아 주오. 이제 그대를 보내고는 내가 살 수 없음이니 다른 사람은 생각하지 말고 나만 생각하고 남아 주오. 이기적이라고 욕을 해도 좋소. 그러나 나는 이미 그대를 보낼 수 없음이니. 사랑하오. 사랑하오, 연.'

정신없는 와중에 그의 목소리를 들었다. 절절한 음성에 그러리라고 대답하고 있는 자신을 느꼈다.

외면했던 마음이었다. 그를 향하는 눈도 하연의 몸뚱이가 버릇처럼 반응하는 것이라 속여 왔다. 진실을 들여다보는 것을 거부하고 있었던 것은 자신이었다.

이 남자를 왜 하연이 가슴에 품었는지 이해하는 그 순간 이미 그녀도 마음에 품었음이었다.

머리보다 마음이 먼저 가 있었다.

인해에 의해 언덕을 구르던 그 순간 연서가 부른 이는 세현이었다. 가장 먼저 떠오른 이도 그였으며 정신을 놓는 그 순간에도 오직 떠오르는 사람은 그였다.

죽는다고 생각했던 그때 그녀가 괴로워한 것은 죽는다는 것보다 그를 다시는 볼 수 없다는 상실감이었다.

그리고 눈을 떴을 때 그를 보고 반가워한 마음은 아직 그를 볼 수 있다는 안도였다. 거부할 수 없는 마음이었다. 인정할 수밖에 없는 마음이었다.

"하지만 하연아, 그건 내가 아니야. 그의 마음을 얻은 사람은 연일 뿐이야. 세상에 없는 존재야. 그러니까 너무 아파하지 마. 너무 슬퍼도 하지 마."

금방이라도 눈물을 떨굴 듯 슬퍼 보이는 눈을 보며 연서가 아프게 속삭이고 있었다. 여전히 손가락은 제법 느낌까지 나는 선 굵은 금을 쓰다듬고 있었다.

두 쪽으로 깨져 버린 거울을 보며 연서는 이제 시간이 별로 없다는 것을 느낄 수 있었다. 이렇게 거울이 조각이 날수록 이곳에서의 시간도 줄어드는 것 같았다.

왜 그런 생각이 드는지는 몰랐다. 짙은 안개 속에서 하연을 만나던 그때 그녀가 길을 찾으면 그 길을 따라 자신은 자신의 세계로 돌아가 서로가 태어난 곳에서 살게 될 것 같은 느낌.

아직도 왜 자신인지는 몰랐다. 이 경대는 왜 자신과 하연을 택했는지도 모르겠다. 연서 말고도 경대의 주인은 있었다. 그럼에도 왜 자신을 선택했는지는 모르겠다.

그러나 아무 이유도 없이 자신이 이곳에 왔을 리는 없었다. 무엇인가 자신이 해야 할 일이 있으니 이 세계에 왔으리라.

그래서 연서는 거울을 보며 하연을 떠올리고 자신이 해야 하는 일을 찾고 있었다. 그 일이 끝나 자신이 이곳을 떠날 때는 생각하지 않으려 노력하고 있었다.

가는 그 순간까지 그에게 자신의 마음은 숨기리라 마음먹었다. 알려 줄 수 없었다. 그의 곁에서 그를 지켜 줄 사람은 자신이 아니니 그 사람을 위해 철저히 숨겨야 했다.

그를 위해서, 그리고 돌아올 하연을 위해서 그녀가 할 수 있는 일이라고는 그것뿐이었다. 돌아가 이 세계를 생각하며 그를 떠올리고 울고 있더라도 그건 그때 걱정할 생각이었다. 그러나 그것마저도 정작 자신이 없었다. 과연 숨길 수나 있을는지. 벌써 그를 떠난다는 생각만으로 목이 턱하니 막혀 오고 눈가가 뜨거워지고 있었다.

귓속에 맴도는 그의 절절한 말에 마음이 아파 왔다. 그 마음에 보답할 수 없으니 속이 타고 있었다.

잊자. 못 들은 거다. 자신은 그런 말을 들은 적이 없다 우기며 다시 거울 속의 하연의 얼굴을 응시했다. 하연 역시 연서의 마음을 아는지 슬프게 그녀를 응시하며 탓하고 있었다. 어떻게 네가 그럴 수 있느냐며 울고 있었다.

그래서 차마 볼 수가 없어 연서가 경대를 닫고 밀어 놓았다. 더는 하연의 얼굴을 마주하고 있을 자신이 없었다.

무엇부터 해야 할까?

우선은 건강해져야 했다. 이런 몸으로는 모든 이에게 짐이 될 것이며 돌아가는 순간까지 그를 걱정으로 애를 태우게 할 뿐이었다.

그리 굴러도 다리뼈 하나 부러진 걸 보면 움직이지 않아 약해진 몸이었다. 꾸준히 움직이면 하연이 제 몸을 찾았을 때, 갈 때와는 다르게 훨씬 활력이 넘치리라.

그리고 그다음은 그의 형 일현, 한 번은 확인을 해 보자는 심정이었다. 그의 상태를 확인해 볼 요량에 방법을 생각하면서도 연서의 마음은 세현을 생각하고 있었다.

이제 곧 변방으로 나간다 하였다. 만약 그가 없을 때 돌아간다면 그가 변방을 향하는 날이 이별하는 날이었다.

"흡!"

이별을 생각하는 것만으로도 절로 눈물이 나온다. 혹여 잠들어 있는 지씨를 깨울까 급히 입을 막은 연서가 가슴을 치며 스스로를 달래 보지만 흐르는 눈물을 막을 수는 없었다.

"수녀님, 도와주세요. 제발 도와주세요."

스물네 살에 처음 찾아온 사랑은 받아들일 수도, 그렇다고 내칠 수도 없이 그녀를 좀먹고 있었다. 저쪽 세계였다면 아예 시작도 안 했을 사랑이었다. 이런 사랑으로 아파할 시간조차 없었다. 도리어 사랑에 우는 하연을 비웃던 자신이었다. 왜 하필 자신이란 말인가.

벌을 받고 있음이었다. 사랑에 우는 많은 사람들을 보며 비웃던 자신에게 신이 내리는 벌을 받고 있는 것 같았다.

찾을 사람이 그녀를 키워 준 수녀님밖에 떠오르지 않았다. 어린 시절부터 궁금하거나 억울하면 하소연을 하는 그녀를 안아 조용히 달래 주던 어머니 대신이었던 분밖에는 생각나지를 않았다.

그 품에 안기면 얼마나 따뜻했는지 아직도 생생했다. 보고 싶고 그리운 분. 가장 편안했던 그 품을 그리며 연서가 생각지도 못한 사랑 때문에 울고 있었다.

'힘들고 아프면 주변을 둘러보렴. 생각보다, 너보다 아프고 힘든 사람이 많다는 것에 놀랄 거야. 그래도 안 되거든 한 발만 뒤로 물러서 스스로를 돌아보렴. 그러면 답이 보일 거야. 우리 아네스는 정이 많은 아이라 걱정스럽지만 그래도 똑똑하니 그때마다 뒤돌아 생각하고 옳은 길을 갈 거야. 아녜스, 너무 많이 아프고 힘들면 나에게 오려무나. 아무것도 해 줄 수 없는 나지만 적어도 내가 울 수 있는 품은 내어 주마.'

그러나 지금은 수녀님의 품으로 달려갈 수도 없는 막막한 곳이었다. 당장 그 품에 안겨 모두 털어놓고 울고 싶지만 여기서는 그분마저도 없는 곳이었다.

"옳은 길이 무엇인지 모르겠어요. 제발 알려 주세요. 제가 어찌해야 하는지 알려 주세요."

남고 싶은 마음을 지우려 노력하는 중이었다. 그의 옆에서 같이 걸어가고 싶은 마음을 지우기 위해 이를 악물었다. 그 사람은 자신의 사람이 아니었다. 처음부터 그렇게 시작한 인연이었다. 기약할 수 없는 미래는 결국 시한부와 같은 삶이었다.

결국 긴긴밤, 연서는 넘치는 마음을 숨기려 제 가슴을 치며 새벽을 맞이하고 있었다.

초췌해진 세현이 득의양양한 얼굴로 그녀에게 맞춘 바퀴 의자를 들고 찾아온 것은 막 지씨가 그녀의 약을 챙기던 시간이었다.

따로 지씨를 불러 입단속을 해 놓은 연서가 오늘은 그에게 인해에 대해 할 말이 있는 참이었다.

"앉아 보시겠소?"

"벌써 만드신 것입니까?"

제법 잘 만들어져 있었다. 조금 더 얇게 깎은 나무를 보니 무게는 분명 줄었음을 알겠다.

"내가 만든 것이 아니라 목수가 고생을 하였소. 그래서 큰 상을 내릴 것이오."

고개를 끄덕이며 연서가 지씨가 내민 약을 쉼 없이 마시고 인상을 썼다. 어떻게 이놈의 동네 약은 안 쓴 것이 없었다.

그녀가 인상을 쓰는 동시에 세현이 얼른 그녀의 입에 작은 엿조각을 넣어 달래 준다. 이 사내가 이토록 세심한 사람이었는지 새삼 느끼며 호흡이 가빠 왔다. 그 모습에 지씨가 또 버릇처럼 옷고름으로 눈가를 훔치고 있었다.

세현이 만지면 깨질까 조심스럽게 연서를 안아 바퀴 의자에 앉히는 동안 지씨도 그를 도와 다친 다리를 부축해 무사히 의자에 앉을 수 있었다.

"부목도 좀 무거운 것 같습니다. 가벼운 것으로 바꿀 수는 없을까요?"

그의 품에 잠깐 안겨 있었음에도 벌써 숨이 가빠와 심장이 터질 것 같았다. 빨개지는 얼굴을 감추려 그의 품에 얼굴을 묻으니 스미는 그만의 향기에 눈물이 나올 것 같아 연서가 일부러 투정을 부리며 감정을 감추었다.

"무겁소? 내가 당장 알아보리다. 식사는 조금만 참으시오. 나와 같이 합시다."

"나리께서 정말 많이 변하셨습니다. 마마의 정성이 하늘에 닿았음입죠. 다행이십니다. 이제 쉰네 품에 아기씨를 안을 날도 멀지 않았음이니 모후께서 도우심입니다. 암요. 어린 마마 두고 가시면서 얼마나 가슴 아파 하셨는데요."

하연의 어머니. 한 번도 생각해 본 적이 없는 사람이었다. 연서가 알기로는 승은 한번 입고 하연을 가져 첩지도 없이 상궁으로 죽었다는 여인.

어머니, 그리운 단어지만 연서는 아니었다. 칼바람 부는 차가운 겨울에 고아원을 앞에 두고 죽으라고 연못 옆에 던져 놓은 인간.

그러나 하연의 어머니는 아닌 모양이었다. 아이를 낳고 죽어가면서 끝까지 아이를 걱정하는 모두가 생각하는 어머니의 상이었다.

그런 하연의 어머니는 알고 있지 않을까? 자신의 아이가 외로움으로 극단적인 선택을 해 그 껍데기를 다른 사람이 쓰고 있다는 것을. 그렇다면 지금 어떤 심정으로 자신을 보고 있을까. 또다시 몰려오는 죄책감에 연서의 표정이 어두워졌다.

"마마, 그런데 저기……."

"무슨?"

지씨가 할 말이 있는 듯 머뭇거림에 연서가 감았던 눈을 뜨고 돌아보았다.

"큰마님께서 큰나리 방 마당에서 석고대죄를 하고 계신답니다. 어쩔까요?"

"아주버님을 찾아가세요. 가서 잘못 본 것이라 말씀드리세요.

형님이 저를 따라 내려가려는 모습을 순간 착각한 거라 말하세요."

"하오나……."

머뭇거리는 마음을 알고 있었다. 급하게 공주를 챙기려다 먼 빛으로 보았음이었다. 그러니 거짓말을 하는 것을 내키지 않아 하는 마음을 느낄 수 있었다.

누구보다 지씨에게 귀한 사람은 공주였다. 그 마음을 모르지 않으나 지금 방법은 지씨가 거짓말을 한 것으로 만드는 것밖에는 없었다.

"미안해요. 그러나 사람은 살리고 봐야죠."

옷고름을 틀어쥐고 망설이던 지씨가 고개를 끄덕였다.

"예, 마마 말씀이 맞습니다. 사람은 살리고 봐얍죠. 쇤네가 경솔하여 이리 일을 크게 만들었습니다."

"유모는 내가 지켜 줄게요."

연서의 말에 지씨가 옷고름으로 눈가를 훔쳤다. 변한 모습이 낯설지만 예전처럼 움츠리지 않아 마음이 놓였다.

언제 죽어도 이상하지 않은 나이였다. 그래서 한 해 한 해 나이를 먹을수록 공주가 애달팠는데 이제는 안심할 수 있어 자꾸 눈물이 났다.

"별말씀을 다 하십니다. 마마의 뜻이 곧 쇤네의 뜻인걸요."

총총히 나서는 유모를 연서가 아픈 눈으로 보고 있었다. 여기에도 또 한 사람 지켜야 하는 사람이 있었다.

"하연아, 여기 온 마음으로 널 기다리는 사람이 있구나. 알고는 있니?"

"그래도 난 그대를 보내지 않을 것이오. 공주에게 미안한 마음은 저승에서 갚을 것이오. 당신은 절대 못 갈 것이야. 내가 놓아주지 않을 것이니까."

유모가 나가고 혼자 속삭이던 연서가 세현의 목소리에 놀라 고개만 돌려 문을 바라보았다. 어디서부터 들었는지 모르겠다. 그저 무뚝뚝한 얼굴로 다가온 그가 그녀 앞에 서더니 천천히 한쪽 무릎을 꿇고 그녀와 눈을 맞추었다.

"모든 원망은 내가 들을 것이오. 그러니 그대는 나만 보아주면 안 되겠소? 내가 그대로 인해 많은 밤을 새우며 마음을 졸이는 것은 아니 보이오? 혹여 눈을 감으면 그대가 사라질까 두려워 애가 타는 것은 보이지 않소?"

무릎에 얹힌 손을 두 손 안에 가두며 세현이 애원을 하고 있었다.

"하지 마세요. 말하지 마세요. 듣지 않을 거니까 말하지 마세요."

그에게 손을 빼내어 귀를 막으려던 행동도 이미 그의 손에 막혀 있었다.

"사랑하오. 연, 내 목숨보다 그대를 사랑하오."

연서의 손을 잡은 그대로 세현이 그녀의 무릎에 얼굴을 묻었다. 떨리는 그의 어깨를 바라보며 연서가 결국 눈물을 흘리고 있었다.

이 남자를 어떻게 외면하란 말인가. 밀어내도 끝없이 다가와 온 마음을 내보이는 이 남자를 내칠 여력이 연서에게는 없었다. 이미 마음을 다 내어 준 상태이니 방법이 없었다.

대답할 수 없는 마음에 입술을 깨물며 하늘을 보았다. 마음을 고백하고 떨고 있는 이 남자를 볼 수가 없어 연서가 소리 없이 하연에게 애원하고 있었다.

'연으로, 잠깐 연으로 이 사람을 받아들이면 안 될까? 돌아가는 그날까지 연으로 이 사람 옆에 있으면 너 화낼래? 아주 잠깐만 네 사람을 받아들이면 안 될까? 그냥 연으로만 받아들일게. 연서가 아닌 연으로만. 그러니까 하연아 한 번만 눈감아 줄래? 잠시만 눈감고 보지 말아줘. 미안해, 정말 미안해.'

저도 모르게 욕심이 먼저 연서를 지배하며 그동안의 다짐이 스러지고 있었다. 그녀의 무릎에 얼굴을 묻고 떨고 있는 사내를 보며 연서는 또다시 스스로를 속이고 있었다.

감추자 했었다. 밤새 감춰야 한다며 그토록 다짐을 했는데 너무 많이 담아 넘치는 마음을 감출 수 없었다.

천천히 손을 빼니 그의 어깨가 굳었다. 두려움 없는 사내가 연서의 작은 움직임에 긴장하고 있었다. 그리고 그 손으로 굳은 어깨를 천천히 부드럽게 쓰다듬으니 곧 힘이 풀리며 더욱 그녀의 무릎에 깊숙이 얼굴을 묻는다.

한참을 그의 어깨를 쓰다듬으며 간신히 눈물을 참고 있던 연서가 어렵게 입을 열었다.

"지금부터…… 전 연입니다. 이제부터는 연으로 옆에…… 있을 것입니다. 그러나 하나만 약조해 주시지요. 어느 날 연이 사라지고…… 주인이 오거든 잊어 주세요. 그리고 그 주인을 따뜻이 안아 주세요."

어렵게 받아들이는 마음이지만 앞날을 기약할 수도 없었다. 그녀의 말에 다시 그의 어깨에 힘이 들어갔다. 그래서 연서가 천천히 쓰다듬는다.

시한부라면 차라리 날짜라도 정해 놓을 텐데 그것조차 가능하지 않은 자신이 아니던가. 어느 날 그녀가 사라지면 아파할 그가 걱정이 되었다. 아파할 하연보다 그것이 더 마음에 걸려 외면하려 했지만 이토록 힘들게 애원하는 모습에 방법이 없었다. 이미 마음이 같은데 고개를 돌린다고 없는 일이 될 수는 없었다.

한참을 대답이 없던 그가 여전히 그녀의 무릎에 얼굴을 묻고 떨리는 목소리로 입을 열었다.

"그대도 약조해 주오. 어떤 상황이든 날 생각해 주오. 그대 없이 살아갈 날 생각해 주오. 그 마음을 생각해 주오."

가슴 한쪽이 무너져 내리고 있었다. 그래서 받아들이지 않으려 했었다. 떠날 그녀도 힘들지만 남아 있을 그도 어떤 마음일지 알고 있기에.

'제가 이 세상에서 사라지는 날 그의 기억에서도 모두 지워 주세요. 그 기억은 오로지 제가 짊어지고 갈 것이니 이 사람은 잊게

해 주세요.'

소리 없는 기도를 숨기고 새로운 연이 속삭이는 목소리로 대답을 해 주었다.

"그리하지요. 그럴 것입니다."

"나도 노력해 보겠소. 할 수 있다 자신할 수 없으나 그대가 그러라고 했으니 그 말만 생각하며 노력해 보겠소."

결국 연서가 그의 등에 얼굴을 묻었다.

'미안해, 하연아. 그래도 이 사람이 내미는 손을 뿌리칠 수가 없었어. 나는 그럴 수가 없었어. 원망해, 이렇게 한심한 나를 원망해. 미안해, 네가 사랑하는 사람을 사랑해서 정말 미안해.'

하연을 향해 사과를 하면서도 연서는 내내 그의 등을 쓰다듬는 손을 멈추지 않고 있었다.

그날 연서는 경대를 봉해 작은 상자에 넣고 비단 보자기로 꼭꼭 묶어 놓았다. 거울을 통해 하연과 통하는 사이니 연으로 그를 받아들이는 그 순간부터 거울은 보지 않을 생각이었다. 그러나 마음은 알고 있었다.

'이기적이라고 욕해. 나쁜 년이라고 욕해. 그런데 하연아, 나도 그 사람이 좋아. 왜 네가 그토록 좋아했는지 깨달았어. 잠시야. 네가 오면 그때는 다 돌려줄게. 그러니까 지금만, 잠시만 눈을 감고 보지 마. 아무것도 보지 마.'

지금 그녀가 하는 짓은 자신의 분신과도 같은 하연을 배신하는 일임을 알고 있기에 거울을 감춤으로써 하연이 아무것도 보지 않기를 바랐다.

감춘다고 감춰질 리 없지만 그저 자신을 위한 위로였다. 연이라는 이름으로 바꾼다 하여도 그 속은 연서라는 것을 어찌 모를까. 그러나 그렇게라도 그를 받아들이고 싶은 욕심이었다. 그래서 이제는 참으로 연이 되려 한다. 그가 바라보고 마음에 담은 연이 될 요량이었다.

가만히 보자기에 올린 손을 내리지 못한 채 연서가 영효당을 떠올렸다.

자신이 무슨 자격이 있어 그 여인을 단죄한단 말인가. 그러니 영효당 여인을 그대로 둘 수는 없었다.

"나는 이제부터 한연서가 아니야…… 나는 이제…… 연이야. 잊지 마. 내가…… 연이라는 것을."

상자를 감싼 보자기를 쓰다듬는 손길이 떨리고 마침내 눈물이 쏟아져 내렸지만 이를 악물고 이제는 새로운 연이 속삭이고 있었다.

자신 안에 있는 연서를 그 속에 담아 가둬 버리려는 듯이 꽁꽁 싸매 놓은 경대를 보고 있었다.

이 천을 푸는 날 연서로 돌아올 것이고 하연도 제 자리를 찾을 것이었다. 연서가 연으로 살며 많은 것을 배우듯 하연도 그곳에서 많은 것을 배우고 돌아오기를 기도했다.

지금쯤이면 건강해져 수동적이고 움츠리는 여인이 아닌 당당하고 대범한 여인이 되어 돌아오기를 바라 본다. 그러면 그도 연을 보내고 하연을 보리라는 작은 바람.

그러나 그 생각만으로도 벌써 숨이 막혀 왔다. 그가 그녀를 잊어버린다는 생각만으로도 이토록 가슴이 아픈데 영효당은 어떤 마음이었을지 이해가 되어 더는 그대로 둘 수 없었다.

"유모, 이 물건을 문갑 깊숙이 넣어 주세요. 그리고 아주버님을 뵙고 싶어요. 연통을 넣어 주세요."

흔들리지 않는 눈빛으로 고개를 갸웃하며 경대를 문갑에 넣는 지씨를 보며 곧 다른 명을 내렸다.

그리 아까시던 경대 아니던가. 모친이 남긴 유품이라 가슴에 품고 다니시더니 이제는 감춰 두라는 명에 당황했지만 그저 아끼는 물건을 소중히 보관하려는 마음이라 생각하며 지씨가 문갑을 닫아걸고 또 다른 명에 멈칫했다.

"예? 나리를 모실까요?"

그러나 단호한 목소리로 답을 주고 고개까지 저었다.

"아니요, 아주버님께 연통만 넣어 주세요."

하는 수 없이 명을 수행하는 지씨를 내보내고 연이 잠시 작은 창을 통해 눈 때를 벗고 다시 푸름을 되찾으려 기를 쓰는 풍경을 응시했다.

그래, 이제는 연으로 움직일 때였다. 그를 위해 모든 것에 그를 위하는 마음만 생각하고 움직이자는 다짐이었다.

"무슨 생각을 하신 게요?"

익숙한 목소리에 연이 그를 보았다. 지씨가 시키지도 않았는데 걱정으로 그를 먼저 찾은 모양이었다.

"그대로 두고 볼 수는 없으니까요."

"내가 알아서 할 것이오."

천천히 다가온 그가 연이 앉아 있는 의자를 돌려 얼굴을 마주 보았다. 가만히 그의 얼굴을 보던 연이 떨리는 손으로 그의 볼을 쓰다듬었다. 그동안 마음고생이 심했는지 많이 거칠어져 마음이 아파 왔다.

"저는 이제 연입니다. 연은 누구보다 당신을 먼저 생각할 것입니다. 그러니 당신이 힘들어하면 연도 힘이 들 것이고 아플 것입니다. 힘이 된다면 그 모든 일에서 당신을 지킬 것입니다."

주저앉듯 의자 옆에 무릎을 꿇은 세현의 눈이 거세게 흔들리고 있었다.

"그대가 아니오. 내가 그대를 지켜 줄 것이오. 모든 것을 버리고 연으로 남을 그대를 내가 지킬 것이오."

아직도 부어 있는 눈가가 얼마나 많은 가슴앓이를 했는지 보여 주고 있었다. 그러나 연은 그 눈으로 웃고 있었다. 흐르지 못하고 남아 있는 눈물이 별처럼 반짝이고 있었다. 그래서 세현의 가슴을 아프게 한다.

가슴에 있는 모든 마음을 끊고 그의 연으로 살겠다는 이 여인은 그 와중에도 그를 지키겠노라 약속하고 있었다.

볼에 닿은 손을 내려 세현이 입술을 누르며 그 마음을 감사함으로 받았다. 그리고 자신의 목숨을 내주어도 이 여인은 지키겠다는 약속을 스스로에게 하고 있었다.

"당신이 나서면 아주버님이 더 힘들어지십니다. 아무리 허물없는 형제라 하나 여인이 걸리면 얼굴이 붉혀지는 일이 생기게 마련입니다. 제가 먼저 아주버님을 뵙고 어디까지 아시고 계신지부터 물어보겠습니다. 어찌 따지면 저와 아주버님은 같은 입장일 수도 있으니까요."

인해를 향하는 일현의 시선은 미안함만이 있었던 것은 아니었다. 안쓰러움, 그리고 알 수 없는 미묘한 아픔.

몸이 불편하다는 이유만으로 바라만 보아야 하는 그리움 등이 분명 있었다. 오랜 세월 그의 옆을 지켜 온 여인을 쉬이 내칠 수는 없는 법이었다. 그 세월에 정이 쌓이지 않았다면 그도 거짓말일 터였다.

"그러니 제가 가서 들어 보겠습니다. 저를 믿으십니까?"

연의 질문에 세현이 고개를 들어 똑바로 그녀를 응시했다. 맑고 총명한 눈을 보며 다시 한 번 감사했다. 이 여인이 자신의 곁에 연으로 남기로 했다는 것에. 그러니 믿어야 했다.

누구보다 똑똑하며 모든 이를 이곳과는 다른 눈으로 보는 여인이었다. 그리고 누구라도 다치는 것을 원하지 않는 여인이었다. 차라리 자신이 다칠지언정 누군가를 해할 여인이 아니었다.

"알겠소. 사람을 불러 그대를 모시라 이르겠소. 난 여기서 기다릴 것이오."

그의 대답에 연이 다시 그의 볼을 쓰다듬으며 웃음으로 대답을
해 주었다. 그의 곁에 있는 동안에는 그에게만 충실하리라 다짐했
다. 그러니 그를 위해 할 수 있는 모든 일을 해 주리라 마음먹은
연이었다.

14.
정한 그때 이미 그리된 것을

하인의 도움으로 일현의 처소에 닿았을 때 머리를 풀어 내리고 소복 차림으로 조아린 채 엎드려 있는 인해의 모습이 눈에 들어왔다. 조금의 미동도 없이 차가운 바람을 온몸으로 맞고 있었다.

잠시 아픈 눈으로 그녀를 바라보다 연이 일현의 처소에 들어갔다.

"일어서지 못함을 용서하시지요."

"별말씀을요. 저도 마찬가지인걸요."

그 역시 세현이 만들어 준 휠체어에 앉아 있었다. 그러나 말투와 얼굴에 짙게 드리어진 어둠이 오늘따라 그를 더욱 약한 사내로 보이게 한다. 그만큼 마음의 고통이 컸다는 뜻이었다.

"형님을 어쩌실 생각이신지요?"

"일국의 공주를 해하려 한 죄인입니다. 죗값을 치러야지요."

"제 실수였습니다. 형님은 저를 구하려 하셨던 것뿐이었습니다. 그러니 그 죄는 성립할 수가 없지요. 오히려 상을 받아야 할 일입니다."

연의 말에 일현의 얼굴이 더욱 어두워졌다.

"왜 죄인의 편을 드십니까?"

"죄를 짓지도 않은 사람에게 벌을 줄 수는 없으니까요."

공주의 한결같은 대답에 일현이 묵묵히 그녀를 응시하며 그 마음을 가늠하듯 말이 없었다.

"동정하시는 겝니까?"

"누구를요?"

되묻는 말에 도리어 일현의 말이 막혔다. 누구라는 말을 들어도 비참하기는 마찬가지였다.

"얼마나 아시고 계십니까? 아니, 어디까지 아시고 계십니까?"

아직도 가라앉지 않은 상처로 인해 상한 얼굴에서 유독 눈만 맑고 투명하게 빛나며 대답을 기다리고 있었다.

문득 일현이야말로 묻고 싶어졌다. 공주는 어디까지 알고 있는지.

"마마께서는 어디까지 알고 계십니까?"

"아마도 아주버님이 아시는 것보다 많이 알지 싶습니다."

돌려 말하는 것은 성미에 맞지 않았다. 이곳에 일현을 마주하는 사람은 하연도 아니고 연서도 아닌 연이었다.

하연과 연서를 하나로 합쳐 놓은 새로운 사람이니 그에 맞게 연의 성격을 만들고 있었다.

"그런데도 용서가 되십니까?"

"오랜 세월 아시면서도 눈을 감고 마음에 품으신 분도 계시는데 저라고 못 할 것은 없지요."

그 말에 일현의 눈동자가 연이 느낄 만큼 흔들렸다.

"내친다고 잊히십니까? 긴 세월 쌓은 정이 뚝 자른다고 잘리십니까? 어차피 아주버님의 여인입니다. 어디를 가든 그 굴레는 따라다닐 여인입니다. 이대로 버리실 겁니까?"

그의 반응을 보며 이제는 정말 확신할 수 있었다. 미안함만 있는 것은 아니었다. 여인을 옆에 두고, 마음에 두면서도 바라볼 수밖에 없는 사내의 마음은 그만큼이나 절절했음을 알겠다.

만약 인연이 반대로 묶여 하연이 그의 짝이 되었다면 또 다른 모습으로 바뀌었을 수도 있었다. 사람을 품을 줄 아는 사내였다. 그처럼 격정적이지 않으나 모든 것을 내어 놓고 아끼는 사람을 지킬 수도 있는 사내였다.

"어쩌면 이대로 놓아주는 것이 그 사람에게 좋은 일일 수도 있습니다."

"그걸 바랐다면 밖에서 찬바람 맞으며 조아리고 있지는 않겠지요. 한 번은 그 사정을 들어 주실 수도 있음입니다."

그랬다. 지금 일현은 부족한 자신에게서 인해를 떼어 내어 여자로 살아갈 방법을 찾았음이었다. 아마 이 사건이 아니어도 그랬을 사람이었다.

그의 옆에서 제대로 여인으로 피어나지도 못하고 시들어 갈 여인을 보며 견딜 만큼 이기적인 사람이 아니었다.

"그것 역시 본인에게 물어보고 정할 일입니다. 사람이 쉽게 변하지 않는다 하나 긴 세월 같이 지낸 사람입니다. 마음 없이 그리긴 시간을 옆에서 지낼 수는 없지요. 이제는 두 분이 알아서 할 일입니다. 분명한 건, 저를 이유로 형님께 어떤 벌이든 내리는 꼴은 못 봅니다."

할 말은 다 했다. 여기서부터는 두 사람이 해결할 일이었다. 인연이라는 것이 억지로 맺어 준다고 맺어지는 것이 아니니 순리에 맡길 수밖에.

"많이 변하셨습니다."

막 사람을 부르려던 연이 그의 말에 입을 다물고 다시 그를 바라보았다.

"죽다 깬 사람입니다. 어쩌면 그 선택을 했을 때 또 다른 사람이 깨어났는지도 모르지요."

거짓은 아니었다. 단지 사실을 돌려 말하고 있을 뿐이었다. 그래서 여기 연이 있으니까 틀린 말은 아니었다.

"다행입니다. 아우의 곁에 마마가 계셔서 다행입니다."

"저야말로 감사합니다. 아주버님이 살아 계셔서 서방님이 살아 계십니다."

공주의 인사에 순간 일현의 가슴이 먹먹해 오며 숨이 막히는 것 같았다. 항상 자신이 살아서 짐이 되어 미안하다고 생각했다.

공주처럼 생각해 본 적이 없었다.

끊임없이 자신이 그때 죽었어야 한다고 생각했는데 자신 때문에 아우가 살고 있다는 말에 무엇인가로 머리를 한 대 맞은 것 같았다.

공주의 말은 하나도 틀린 것이 없었다. 만약 그가 죽었다면 아우도 삶을 포기했을 거라는 걸 깨닫지 못한 자신이 한심할 뿐이었다.

오늘에서야 공주로 인해 자신이 살아 있음을 감사할 수 있었다. 비록 불편한 몸이지만 그가 있어 세현도 하늘을 이고 살고 있었다.

지씨를 불러 방을 나서는 공주를 보며 일현은 최대한 공경의 의미로 고개를 숙였다. 오늘 하루 참으로 많은 것을 깨달은 날이었다. 감사의 인사를 올리는 그의 눈에 조용히 눈물이 흐르고 있었다.

밖으로 나선 연이 이번에는 인해를 보고 있었다.

"마음의 정리를 하신 겝니까? 아니면 구차한 목숨 연명하고자 구걸을 하시는 겝니까?"

얇은 속적삼 사이로 파랗게 얼어 가는 살결을 더는 보고 있을 수 없었다. 봄바람이라고 하나 이곳은 아직 바람이 차가워 입김이 보이고 있었다.

"살고……자 하는 일……이 아닙……니다. 적어도 서방……님

께는 빌고 가……야 가는…… 길이 그나마 편……할 듯한 제 이
기……심입니다."

덜덜 떨리는 목소리를 간신히 알아들었다.

"분명 죽을 수 없다 말씀드렸습니다. 형님의 죄는 살아서 갚으
십시오. 그리 쉬이 보내 편하게 해 줄 정도로 전 사람이 좋지를
못합니다. 유모, 이 창옷을 형님께 덮어 드리세요. 그리고 부축해
아주버님께 가는 길을 도와 드리세요. 보는 눈이 많습니다. 이 모
습 또한 아주버님께 폐가 될 일입니다. 그러니 직접 뵙고 비세
요."

하인에게 휠체어를 밀라 시키며 처소로 오던 연은 인해가 지씨
의 부축을 받아 일현의 처소로 들어가는 것을 확인했다.

이제부터는 부부가 해결할 일이었다. 그동안 감춰 왔던 속내를
한 번쯤 보여 주었더라면 이리 꼬이지 않았을 수도 있었다.

고개를 드니 부지런히 그녀를 발견하고 뛰다시피 다가오는 그
가 보였다.

그래, 난 연이다. 저 사람을 마음에 담고 앞으로 나가야 하는
연이야.

"안색이 안 좋소. 무리하지 말라 그랬거늘."

"왜 묻지 않으십니까?"

"그대를 믿으니까. 그대는 누구도 해할 사람이 아니오. 그래서
가장 힘든 역할도 먼저 하려 함을 모를 것 같소? 그래서 걱정이
오. 아픈 사람이 혹여 당신일까 봐."

하인을 물리고 직접 휠체어를 밀며 세현이 답을 해 주었다. 이래서 이 사람을 가슴에 담았다. 아무 이유 없이 그녀를 믿고 의심하지 않는 사람이라서.

말도 안 되는 상황을 그녀라서 믿는 사내라서 욕심을 냈다. 나중에 그 죗값은 받으리라. 그러나 지금은 그의 연으로 살아가리라.

"손을 주시겠어요?"

뜬금없는 주문에 세현이 멈춰 손을 내밀었다. 가만히 그 손을 잡은 연이 얼굴을 묻고 그에게서 느껴지는 따스함에 마음을 맡겼다. 그리고 천천히 무릎을 꿇고 옆에 앉은 세현이 연의 머리에 얼굴을 묻었다.

그렇게 두 사람이 하나가 되는 순간 기다렸다는 듯 수수꽃다리(라일락의 우리말)가 꽃봉오리를 피우며 아름다운 향을 내뿜고 있었다.

그날 무슨 말을 나눴는지 일현도 인해도 말이 없었다. 그러나 인해는 여전히 일현의 곁에 있었다.

무겁게 가라앉은 일현의 표정은 여전했다. 언제나 부드러운 미소로 사람을 대하던 그가 하루도 웃는 모습을 볼 수 없으니 애가 타는 사람들은 이곳의 식솔들이었다.

그리고 연과 세현도 같은 마음으로 그를 보고 있었다. 일현은 세현의 방문까지도 거절하고 있었다.

"걱정되십니까?"

그에 따라 세현의 표정도 밝지 않았다. 여전히 연의 곁을 지키며 세심하게 살피고 있지만 웃는 얼굴을 보는 것은 극히 드물었다.

"나 역시 죄인인데 아무것도 할 수 없으니 답답하긴 하오."

"그럼 제가 작은 일거리 하나를 드리지요."

"무슨?"

생각하고 고민한다고 해결할 수 있는 일이 아님을 연도 알고 있었다. 그렇다고 이대로 두고 볼 수도 없는 일이니 우선 급한 것부터 확인하자는 마음이었다.

"종이와 붓을 좀 가져다주시겠습니까? 목수양반이 손재주가 좋은 걸 보면 아마도 금방 만들지 싶어서요."

세현이 그녀의 말을 따라 막 종이와 붓을 챙기던 그때 조심스러운 움직임이 방문 밖에서 들렸다.

"잠시 들어가도 되겠는지요."

눈을 감고 들어도 알 수 있는 목소리에 세현이 그대로 굳었다. 그러나 연은 조용히 허락을 한다.

"들어오시지요."

천천히 문이 열리며 그동안에 반쪽이 되어 버린 영효당이 보였다. 항상 곱게 틀어 올려 멋을 부린 머리 모양조차 아무 장신구 없는 올림머리였고 입고 있는 옷도 문양 없는 거친 천으로 만들어진 일반 평민들이 입는 옷이었다.

"앉으시지요. 서방님은 잠시 나가 주시겠어요?"

"연!"

축객령에 당장 세현이 영효당을 내칠 듯 목소리에 날이 섰다. 하마터면 연을 죽일 뻔했던 여인이었다. 그런데 나가라는 말에 그의 반응은 어쩌면 당연한 것인지도 몰랐다.

"아닙니다. ……부마께서도 들으실…… 말입니다. ……계셔 주세요."

무슨 말을 하려는 것인가? 입술을 깨물고 서 있는 영효당이 불안해 다가가려 하지만 움직임이 쉽지가 않았다. 그런 연의 마음을 알았음인지 그가 다가와 휠체어의 손잡이를 잡았다. 아마도 혹여 무슨 일이 생길까 저어함이리라.

그러나 곧 두 사람 앞에 무릎을 꿇고 머리를 조아리는 영효당의 모습에 정작 당황한 이들은 연과 세현이었다.

"이 무슨……."

그녀를 일으켜 세우려던 연이 영효당에 의해 멈출 수밖에 없었다.

"그냥 들으세요. 제 죄를 말하지…… 않고는 도저히…… 살아갈 수가 없으니 이제는…… 말씀드려야 할 때인가 봅니다."

떨리는 목소리에 연이 더 두려워졌다. 도대체 무슨 말을 하려고 저러는지 모르지만 가슴이 무섭게 뛰며 듣기 싫다고 몸서리를 치고 있었다.

뒤에 서 있는 그도 마찬가지인 모양이었다. 잔뜩 굳어 있는 모양새가 의자를 사이에 두고도 느낄 수 있었다.

긴 한숨으로 스스로를 다독이던 인해가 어렵게 입을 열었다.

"서방님이 사고를 당하시던 그날…… 제가 그곳에 있었습니다.
그…… 사고는 저…… 때문입니다. 제가…… 말총에 욕심을 내어
그래서…… 말이……. 그러니 부마께서는 아무 잘못도 없으십니
다. 모두…… 제가 벌인 일입니다."

"헉!"

얼마나 놀랐는지 휠체어의 손잡이를 잡고 있는 그의 손이 덜덜
떨려 연서마저 떨고 있는 것 같았다.

"어찌…… 그런 짓을. 왜요? 무엇 때문에? 그래 놓고 내 형님
께 오신 것입니까? 어떻게 사람이 그런 짓을 하고 태연히 형님
곁에 있을 수 있단 말입니까?"

당장 그녀를 향해 달려갈 것 같은 세현의 행동을 연이 그의 옷
깃을 잡아 말렸다.

"욕심이었습니다. 가진…… 것이 하나도 없어 혹여 흠이 될까
하여 조금이라도 가지고 싶은…… 욕심이었습니다. 처음부터……
모두 제 욕심이었습니다. ……그래서 서방님께도, 부마께도, 또
마마께도 씻지 못할 죄를 지었습니다. ……죽으려 하나 마마께서
갚으라 하시더이다. 살아서 모두 갚고 죽으라 하시니…… 모진
목숨 다하여 서방님을 보필할 것입니다. 안해의 자리가 아니라 그
저 한낱…… 시비로 모실 것입니다."

읍소하는 인해는 울고 있었다. 그리고 세현은 무너지고 있었다.

그녀의 말을 들으면 역시 그의 탓이었다. 처음부터 일현의 사고는 그 때문에 일어난 일이었다.

가슴 아프게 인해의 말을 들으며 연은 도리어 그 마음이 이해가 되었다. 가진 것이 없어 욕심을 냈다는 말을 누구보다 더 잘 알고 있는 사람이 자신이 아니던가.

절망하고 있는 세현도 안타깝고 엎드려 빌고 있는 인해도 가여워 연이 억지로 눈물을 참으려 고개를 들고 인해를 외면하고 있었다.

그 누구도 움직이는 사람은 없었다. 여전히 인해는 엎드려 죄를 빌고 있었고 세현은 그대로 기혈이 들끓는 것을 억지로 버티고 있었다.

"그만 돌아가시지요. 가셔서 몸조리를 하세요. 나중에 제가 부탁드릴 것이 있습니다. 유모, 밖에 있는 것 다 아니 형님을 모시세요. 그리고 오시면서 형님께 영양가 있는 식사부터 올리라고 하세요. 다 드셔야 할 것입니다. 다시 말하지만 내 직접 확인할 것입니다."

"마마, 형님이라는 말씀은 거둬 주십시오. 이제 그런 호칭으로 불릴 사람은 없음입니다."

"그건 아주버님이 정하시면 그때 바꾸지요."

지씨의 부축을 받고 영효당이 나가고도 세현은 움직일 줄 몰랐다. 또 자신의 탓이라 스스로를 자책하고 있음이었다.

"계속 그리 서 계실 겁니까?"

그에게 손을 내밀며 연이 잡으라 종용하고 있었다. 천천히 그 손을 잡은 세현이 연서의 앞에 무릎을 꿇고 그녀의 무릎에 얼굴을 묻었다.

"모두 내 탓이었소. 일어나지 않아도 되는…… 일이었는데 결국 내 탓으로 형님이……."

떨리는 어깨와 목소리에 얼마나 상처받았는지 알겠다. 안타까운 마음에 연이 그의 어깨를 쓰다듬으며 천천히 이야기 하나를 해 주었다.

"나비효과라는 것이 있지요. 꽃을 향해 날아가는 나비의 날갯짓이 세상을 한 바퀴 돌면 태풍으로 바뀔 수 있다는 뜻이지요. 아주 작은 것이 저도 모르게 여러 가지와 겹쳐 큰일이 될 수도 있다는 말이고요."

여전히 세현은 움직임 없이 그녀의 무릎에 얼굴을 묻고 떨고 있었다. 이 세상에서 도망갈 곳은 마치 연의 무릎밖에 없는 사람처럼 보였다.

"누구도 그런 일을 바라고 한 행동은 아니니 그리 죄책감을 가진다고 하여 돌려질 것도 없다는 말입니다. 그 일로 상처받지 않은 사람이 없질 않습니까. 그러니 이제는 치료를 해야지요. 할 수 있는 모든 방법을 찾아 치료를 해 보아야지요."

그제야 반응을 보이는 세현이었다. 그가 마침내 연의 무릎에서 얼굴을 들고 그녀를 바라보고 있었다.

"아직은 아무것도 확신할 수 없으니 확인하고 말씀드리겠습니다. 그리고 형님을 미워하지 마십시오. 미워하신다면 아직 그 감정이 남아 있는 것으로 알 것입니다."

"무슨 소리요. 처음부터 형수님일 뿐이었소. 그 외에 무슨 감정을 남긴단 말이오? 그러나 형님을 저리 만들고 그 긴 시간을 아무렇지도 않게 살아온 것을 보면 이제는 무섭소. 그게 내 진심이오."

화를 내는 그를 보며 연이 살며시 웃어 주었다. 그리고 여태 누구에게도 해 본 적이 없는 옛일을 꺼냈다.

"어릴 때 말입니다. 학교에 잘사는 집 아이가 있었습니다. 반에 물건이 없어지면 항상 저를 의심했지요. 가까이 오는 아이들도 없어 전 항상 혼자 노는 아이였습니다. 선생님들도 다르지 않았습니다. 없어진 물건이 나와도 누구 하나 저에게 사과하는 사람도 없었지요."

이제는 대충이지만 그녀의 말을 알아들은 세현이 마음 아프게 그 말을 듣고 있었다.

"하루는 잘사는 반 아이가 아주 커다란 지우개를 들고 왔습니다."

"지우개?"

저도 모르게 모르는 말을 묻던 세현이 아차 싶어 입을 다물었지만 연은 가만히 웃기만 할 뿐이었다.

"제가 사는 곳에서는 더 이상 붓을 쓰지 않습니다. 흑연이라는 숯 비슷한 것을 나무로 감싸 글씨를 쓰는 물건으로 사용했지요.

그 글씨를 지울 때 쓰는 물건을 지우개라고 했고요. 아무튼 정말 큰 지우개였어요. 예쁘지도 않았는데 왜 그리도 탐이 나던지. 그래서 태어나 처음으로 도둑질이라는 것을 했습니다. 아무도 모르게 슬쩍 주머니에 넣고 하루 종일 두려움에 떨었던 기억이 생생하네요."

"그래, 어찌 되었소? 혹여 들켰소?"

그의 말에 연이 고개를 살래살래 저었다.

"아니요. 들키지는 않았습니다. 역시 도둑으로 절 지목했지만 이미 잘 감춰 둔 거라 들킬 리 없지요. 문제는 그다음이었습니다. 그동안은 제가 아니니 억울하고 분하고 그랬는데 이제는 정말 저이니 그럴 수도 없고 겁만 나더군요. 학교가 끝나고 고아원에 갈 때 몰래 찾아서 주머니에 넣고 미친 듯이 뛰어 학교를 벗어났습니다."

말이 길어져 연서가 탁자에 놓인 물을 한 모금 축여 말라 가는 목을 달래 주었다. 그동안 세현은 여전히 뒷말을 기다리고 있었다.

"고아원에 가서 그걸 꺼내 놓고 고심을 했습니다. 훔쳤다고는 하나 반에 하나밖에 없는 물건이니 들고 다닐 수도 없고, 그래서 생각 끝에 칼로 조각을 내었지요. 그렇게 만들고 보니 쓸모없는 지우개더군요. 왜 내가 욕을 먹어 가며 이걸 가지고 싶어 했는지도 모르겠더군요."

씽긋 웃는 얼굴이 아름다워 세현은 순간 넋을 잃었다. 옛 생각을 하는 얼굴은 묘하게 다른 세상의 사람으로 보여 불안해 얼른 그녀의 손을 잡았다.

그러자 연이 그의 얼굴을 보며 다시 웃어 준다. 이제야 연이 자신 앞에 있음을 느끼며 손을 꼭 쥐어 다음 말을 이어 하라고 재촉했다.

"결국 그 지우개는 버렸습니다. 그리고 끝까지 나는 아니라고 모르쇠로 학교를 졸업했습니다. 하지만 그다음에 오해를 받아도 당당히 아니라고 말을 할 수가 없었습니다. 전 이미 한 번이지만 남의 것을 도둑질한 적이 있었으니까요. 너무 창피해 고해도 못하고 마음에 묻은 일이지만 살아가는 내내 남의 것을 훔치면 어떻게 벌을 받는지 깨달은 셈이니 잘된 일인지도 모르지요. 그래서 형님을 이해합니다. 작은 것에 욕심내는 마음. 너무 없어 다들 가지고 있어 버려지는 것들조차 탐이 나는 마음을요. 그러니 미워마세요. 가진 사람들은 모르는 마음이 있으니까요."

그녀의 말을 들으며 세현은 아무것도 없이 동동거리는 작은 아이를 보는 것 같았다. 주변의 시선을 버거워하면서도 오기로 버티는 아이가 보였다. 그래서 마음이 저려 왔다.

그런 와중에도 이토록 반듯하게 자란 연이 자랑스러웠다. 그녀가 자신을 위해 연으로 남아 주어 더할 수 없이 고마웠다.

"그대 말 명심하고 노력해 보리다. 미움에 앞서 그대만 생각하리다. 내 그리할 것이야. 그대만 내 옆에 있다면 무엇이든 다 할 것이오."

생각하지 말자, 연아. 이 사내만 바라보고 아무것도 생각하지 말자. 이번에는 잘못을 고하고 그 벌도 받을 것이니까 아무것도 생각하지 말자.

그녀의 두 손을 잡고 맹세하는 세현을 보며 연도 그리 마음을 다잡고 있었다.

그 일 이후 남의 것을 탐하지 않았다. 그러나 지금 이 마음은 분명 남의 것을 탐하는 마음이었다. 그러니 벌도 받을 거라 마음먹으며 오직 그만 눈에 담았다. 앞에 있는 남자는 누구의 남자도 아닌 연의 남자였다. 적어도 지금은 연의 남자였다.

"그럼 이제 붓과 종이를 주시겠습니까? 제가 할 일이 있어서요."

그녀의 말에 이제야 생각이 난 듯 그가 붓과 종이를 그녀 앞에 놓았다.

"무엇을 하실 생각이요?"

잠깐 고심을 하는 듯하더니 연이 주저 없이 종이에 무엇인가 그리고 있었다. 한 장에는 망치처럼 보이는 것을 그린다.

"보시는 그대로 망치입니다. 그러나 크면 아니 됩니다. 제가 손에 쥐고 쓸 수 있을 정도여야 하고 머리 부분은 무게가 있어야 하지만 무엇을 박기 위해 쓰는 것이 아니니 안마용도쯤의 무게여야 합니다."

고개를 갸웃하면서도 세현이 종이를 살피며 무엇 때문에 이것을 만들려고 하는지 궁금해하는 눈치였다. 그러나 아직은 아무것도 확신할 수 없으니 그의 궁금증은 그대로 두기로 했다.

"우선 그것부터 목수양반에게 전해 주세요. 될 수 있으면 빠르게 만들어 달라 하세요. 그동안 전 목수양반이 해야 할 일을 그려 두겠습니다. 아마도 이건 저를 위해서도 있어야 할 것 같습니다."

"알았소, 내 금방 다녀오리다."

종이 한 장 들고 나가는 그를 보며 연은 다시 한 번 기도하는 마음이었다. 희망이 있기를 바라는 마음이었다. 일현이 걸을 수만 있다면 그도, 인해도, 그리고 세현도 오랜 시간 마음을 갉아먹던 죄책감에서 놓여날 수 있을 테니 편하게 얼굴을 볼 수 있을 터였다. 그러니 일현에게는 희망이 있어야 했다. 세현을 위해서라도.

잠깐 기도하는 마음으로 그가 나간 문을 보던 연이 다음에 만들 물건을 천천히 그리기 시작했다. 기억을 되살려 될 수 있으면 자세하게 그리려 노력하고 있었다.

주술사를 만난 것은 다치고도 한 달이 다 되어 가는 시간이 지나고서였다. 계속 고약 만드는 법이 궁금해 세현을 졸라 그녀를 불렀다.

무엇 때문인지 그는 그녀를 만나는 것을 탐탁지 않아 했다. 그래도 연은 그 고약이라는 것을 배우고 싶었다. 나중에 그를 위해 꼭 쓰일 일이 있을 것 같은 느낌에 몇 번이나 졸라 간신히 그녀를 만날 수 있었다.

처음 본 느낌은 예전 텔레비전에서 보았던 네팔 고산지대 여인 같아 보였다. 이 세계의 여인들과는 다르게 남색에 가까운 치마며 하얗게 센 머리 위에 둘러진 알록달록 머리띠까지 이색적인 옷차림이었다.

굽은 허리로 넙죽 엎드린 그녀를 보며 연이 먼저 일어서라는 명부터 내려야 했다.

"마마, 강건해진 모습을 뵈니 쇤네 기쁘기 그지없사옵니다."

목소리와 수많은 주름 때문에 나이도 가늠하기 어려웠지만 오랜 시간 거친 산바람을 맞아 생긴 주름만은 아니니라. 현명해 보이는 눈을 보니 보이는 만큼 나이도 꽤 있어 보였다.

여인의 옆에는 비슷한 옷을 입은 작고 예쁜 여자아이가 호기심 어린 눈으로 그녀를 보고 있었다. 아이는 주술사가 하는 모양을 따라 어리둥절하면서도 엎드렸다가 연의 명으로 일어나 있었다. 그러면서도 주술사의 허리띠를 꼭 붙잡고 있었다.

"네 이름이 뭐니?"

"금매화입니다."

"금매화라, 예쁜 이름이구나."

초롱초롱한 눈을 가진 아이를 보며 그 꽃이 궁금해졌다. 아이만큼 예쁜 꽃이지 싶어진다.

"7월 중에 태어나 그런 이름을 지었습죠. 그때 금매화가 한창인 때라."

"앉으시지요. 유모, 금매화와 같이 가서 맛있는 거라도 먹이세요. 엿이 좀 있을 겁니다. 갈 때 친구들과 나눠 먹을 수 있게 먹을거리도 좀 넉넉히 싸서 준비해 주시고요."

연의 말에 아이의 얼굴이 환해지더니 유모의 손을 덥석 잡고 잰걸음으로 방을 나서는 것을 확인하고 그녀가 주술사를 똑바로 향했다. 여전히 그 자리에 고개만 든 채 앉아 있는 모습이 어찌 보면 도를 닦는 선인처럼 보이기도 했다.

"그곳이 편해 그러시고 계십니까? 아니면 제 신분 때문에 그러고 계신 겁니까?"

"말씀을 낮추시지요. 비천한 쇤네에게 그런 말씀은 어울리지 않으십니다."

"사람의 귀천을 누가 정한답니까? 그러고 계시면 제가 불편합니다. 몸이 이 모양이라 제가 앉을 수도 없으니 이 앞에 앉으시지요."

시간이 지나 다리의 부기는 가라앉았다지만 여전히 휠체어에 앉아 있었다. 슬슬 이것도 불편해 조금씩 움직여 보려는 참이었다. 시간상 따지면 얼추 다리뼈가 붙었으리라는 계산이었다.

그녀의 말에 느릿느릿 움직여 주술사가 탁자 앞의 의자에 앉았다. 제법 허리가 굽어 조금만 움직여도 힘들어 보였지만 외려 주술사의 얼굴은 편안해 보였다.

그녀 앞에 차를 내미니 주렁주렁 달려 있는 팔찌가 먼저 눈에 들어왔다. 돌로 만든 것처럼 보였으나 정확히 어떤 종류인지는 알 수 없지만 중간중간 색실로 멋을 내서 색다른 아름다움을 뽐내고 있었다.

"어찌 쇤네를 부르셨는지요?"

"우선 감사하다는 말씀 드리고 싶었어요. 저를 살려 주신 분이라는 말은 들었는데 이제야 인사를 드립니다."

"별말씀을 다 하십니다. 마마께서 살려고 하신 것이니 제가 한 일은 아니죠. 더구나 많이 좋아지신 모습을 뵈니 쇤네가 더 감사합죠."

목소리는 거칠지만 조용한 목소리에 담긴 것은 거만도, 그렇다고 주눅이 든 것도 아닌 당당함이었다.

"오늘은 부탁이 있어 뵈었습니다. 제 상처에 바른 고약 말입니다. 제가 만들 수 있을까요?"

그녀의 말에 반은 감겨 있던 눈이 제대로 떠지며 현명한 눈이 제 모습을 보였다.

"어디 불편하십니까?"

"제가 아닙니다. 배워 두면 긴히 쓸데가 생길 듯해서요. 그리고 혹여 자상이나 창상에 효과가 있는 약이 있다면 같이 배울 수 있는지요?"

그제야 주술사가 고개를 끄덕였다.

"부마께 쓰일 약인 모양입니다."

역시 늙은 생강이 맵다고 한마디만으로 약의 쓰임새까지 추론하고 있었다.

"예, 곧 변방으로 가신다 하니 분명 쓸모가 있을 듯합니다."

대답도 없이 주술사는 한동안 연을 똑바로 응시하며 무언가를 찾는 것처럼 보였다. 너무나 강한 눈빛에 저도 모르게 움찔한 연이 움직이지도 못하고 그 눈빛을 받아 내고 있었다.

"마음을 정하신 게로군요."

뜬금없는 말에 연이 당황하고 있는 사이, 주술사는 원래의 반 감긴 눈을 한 채 고개를 끄덕이며 혀를 차고 있었다.

"고약으로 만들어 드릴 수는 있으나 오랜 시간 쓰지 않으면 상할 수 있습니다. 많은 약초들을 말려 약수로 버무려 만든 것이니 배합도 중요하죠. 잘못 배합하면 독이 될 수도 있습죠. 쓰임새도 여러 가지이니 가르쳐 드리지요. 아마도 배워 쓰실 일이 계실 겁니다. 약초는 모두 내어 드립죠."

마치 아까와는 다른 사람처럼 보여 여전히 당황한 기색을 감추지 못하는 연을 보며 주술사가 별일 아니라는 듯 답을 주고 있었다.

"감사합니다. 은혜 잊지 않겠습니다."

"은혜랄 것이 무엇이 있겠습니까? 좋은 일에 쓰실 분이니 걱정은 없습니다. 이것을 받으시겠습니까?"

고개를 가로젓던 주술사가 품에서 무언가 꺼내 연에게 내밀었다. 검은색 실에 매달려 있는 아주 작은 손거울 크기만 한 메달이었다. 주석으로 만들었는지 제법 무게가 나갔다. 손에 받아 쥔 물건을 살피던 연은 오랜 시간 손때가 묻어 반질거린다는 것과 새겨 놓은 동물이 새라는 것을 알았다.

독수리처럼 보였지만 발이 세 개다. 삼족오. 고조선의 상징이며 고구려의 상징이기도 한 새였다. 또한 태양을 상징하는 신의 사자이기도 했다. 아마도 이들이 모시는 신이 삼족오였으리라. 고구려의 맥을 잇고 있는지도 모르겠다.

"왜 제게?"

"마마를 지켜 주실 것입니다. 아십니까? 마마의 선택으로 많은 것이 바뀔 수 있습니다. 마마는 신이 아끼시는 분이니 그것을 드려야 할 것 같습니다. 나중에 필요가 없어지시면 그때 이곳에 들러 돌려주시지요. 제가 없으면 금매화에게 주시면 됩니다. 그때까지는 지니고 계십시오. 어떤 식이든 마마를 지켜 주실 것입니다."

무엇을 알고 있는 것일까. 주술사의 눈에 보이는 자신은 어떤 사람인지 궁금했지만 차마 묻지 않았다. 모든 것을 다 알고 있는 것 같은 눈을 피해 연이 조심스럽게 메달을 쓰다듬고 있었다.

"내일 약초 말린 것을 들고 이 시간쯤 찾아뵙지요. 하루 안에 다 배울 수 있는 것이 아니니 천천히 나으실 동안 배워 두시면 되실 것입니다."

옆에 세워둔 지팡이를 잡으며 일어서는 주술사를 연이 잡았다.

"감사합니다. 소중하게 간직할 것입니다."

"이제는 그 그릇도 마마의 것입니다. 정하신 그때 이미 그리된 것을요. 그러니 마음고생 하지 마십시오."

이제는 확신할 수 있었다. 다른 사람은 몰라도 이 노파는 자신이 누구인지 알고 있음을. 그러나 묻지 않았다. 묻는다고 해결책이 있을 리 없고 당장 돌아갈 생각은 더더구나 없었다. 언젠가 그때가 오면 분명 주술사가 길을 알려 줄 수도 있을 것 같았다.

굽혀진 허리를 더욱 깊게 숙이며 나서는 주술사를 향해 연도할 수 있는 만큼 최대한의 경의를 표하고 있었다.

이런 일은 있을 수 있는 일이 아니었다. 그러니 이 상황을 이해하는 사람이 있다는 것도 신기하지 않았다. 도리어 누군가 이런 상황을 알고 이해한다는 것만으로도 힘이 되는 것 같았다.

이제는 자신이 할 수 있는 일을 찾아 할 뿐이었다. 그녀의 선택으로 이곳의 역사가 바뀔 수도 있겠지만 그것 역시 이곳의 역사일 수도 있었다.

그렇게 받아들이는 것도 자신의 이기심일지도 모르지만 이미 선택한 일에 후회는 늦었다. 최대한 옳은 일을 찾아 하리라 마음먹은 연이 어느새 사라진 주술사를 대신해 그녀를 보고 있는 세현을 보았다. 너무 깊은 생각을 하느라 들어온 그를 깨닫지 못했나 보다.

"무슨 생각을 그리 깊이 하시오."

걱정 가득한 음성에 그도 이미 주술사가 무엇을 알고 있는지 알고 있었다는 것을 깨달았다. 그래서 그녀가 주술사를 만나는 것을 걱정했었다는 것도 알겠다.

"그것입니까?"

그의 손에 들린 작은 망치를 보며 말을 돌렸다.

"이것으로 무엇을 하려 함이오? 이런 걸로는 사람 하나 상하게 할 수 없지 않소?"

"그건 사람을 상하게 할 목적으로 만든 것이 아니니까요. 저에게 주시겠습니까?"

건네받은 망치는 제법 잘 만들어져 있었다. 무게도 적당했다. 멀쩡한 다리의 무릎을 두들겨 보니 반사적으로 다리가 올라갔다. 적당한 무게 때문에 안마를 받는 느낌도 들었다. 살짝 어깨를 두드리니 시원한 느낌이 딱이었다.

"안마용이었소?"

"그런 용도로 쓰여도 좋을 것 같긴 해요. 한 번 쓰고 버리기엔 솜씨가 아까우니까요. 앉아 보시지요. 제가 서방님 다리에 써 볼 것이니 그 느낌을 머리에 새겨 두세요. 그리고 목발도 잘 만들었네요. 제가 먼저 써 보아야 할 것 같습니다."

연의 말에 세현이 군말 없이 그녀 앞에 의자를 끌고 와 앉았다.

"오른 다리 위에 왼 다리를 올리고 다리에 힘을 빼세요."

무엇을 하려는지 몰라도 그녀의 말을 따라 힘을 빼자 연이 가볍게 그의 무릎을 그가 들고 온 망치로 때렸다. 그러자 저도 모르게 다리가 움찔하며 올라간다.

"반사운동이라고 합니다. 신경이 저도 모르게 반사적으로 반응을 보이는 것이지요. 제가 하는 것은 무리고 아주버님께 가셔서 실험해 보아 주세요. 양쪽 다리 모두 해 보아야 합니다. 그리고 아주 작은 움직임이라도 있는지 살펴보세요."

일현의 이야기가 나오자 세현의 목소리가 가라앉았다.

"무엇을 위한 거요?"

"하나만 확인하기 위해서입니다. 반사 신경이 살아 있는지, 살았다고 해도 어떨지는 모르겠습니다. 하지만 하나라도 희망이 있으면 그 하나에 걸어 보려고요."

"무엇을 말이요?"

말을 해도 좋을까? 그러나 혼자 할 수 있는 일이 아니었다. 분명 그의 도움이 필요한 일이었다.

"아주버님이 걸을 수 있는 일이요."

그녀의 대답에 세현의 입이 벌어졌다. 모두가 포기한 일이었다. 그런데 연은 지금 자신이 무슨 짓을 하고 있는 것인지 알고나 있는지 묻고 싶어졌다.

"가능하오? 정말…… 형님이…… 걸으실 수 있는 것이오?"

다급한 그의 말에 연이 속 깊은 한숨을 내쉬었다. 누가 그걸 장담할 수 있을까? 도리어 더한 절망을 줄 수 있기에 수십 번을 망설이다 시작한 일이었다.

"장담은 못 합니다. 그러나 제가 살던 시대에는 분명 있었습니다. 걸을 수 없다 했던 이가 오랜 노력으로 걷게 되는 일은 분명 있었습니다. 그러니 만약의, 그 하나의 가능성을 보려는 것입니다. 제가 잘 하는 일인지도 모르겠습니다. 그러나 그대로 두고 볼 수는 없는 일이지요. 서방님이 어떤 마음으로 아주버님을 보고 계시는지 알기에 낮은 가능성이라도 있다면 매달려 보려는 것입니다."

할 수 있는 방법이 없었다. 그저 신경만이라도 살아 있기를 바라는 마음이었다. 그러면 지속적인 재활 운동으로 어쩌면 목발만으로 걸을 수도 있었다. 세월이 너무 흘러 움직이지 않은 다리는 마치 말라 버린 고목처럼 야위어 있었지만 그건 그만큼 운동으로 살릴 수 있는 문제였다.

"내색하지 마십시오. 절대 어떤 희망도 주시면 아니 됩니다. 저역시 아무것도 모르고 있는 상황이니까요. 가끔은 덧없는 희망이 사람을 더욱 절망하게도 하는 법입니다."

다시 한 번 세현을 단속하면서도 연의 마음속에서는 이게 과연 잘 하는 일인지 끊임없이 묻고 있었다.

세현도 연의 말을 새기며 손에 든 망치를 어루만지고 있었다. 아마도 같은 마음이리라. 누구보다 일현이 제 힘으로 서기를 바라는 사람은 그였다.

"주술사는 어떻소?"

"왠지 신비로워 보였어요. 그리고 현명해 보였고요. 오늘부터 제 스승님이기도 합니다. 배울 것이 있어 부탁했더니 알려 주신답니다. 정말 친절한 분이셨어요."

무엇을 묻고 있는지 알지만 아는 척은 하지 말자 싶었다. 그가 걱정하는 것은 일현 하나로도 충분했다. 우선은 일현의 일이 우선이었다.

"무엇을 배울 생각이시오?"

안심하는 얼굴을 보며 역시 자신의 생각이 옳았다는 것을 느낀다.

"비밀입니다. 나중에 알려 드릴 것이니 궁금증은 넣어 두시지요. 제게 선물도 주셨습니다. 이것 보십시오. 예쁘지요? 삼족오를 보는 것은 처음입니다."

그를 향해 메달을 내밀자 세현의 이마에 작은 선이 생겼다. 그도 처음 듣는 말이었다.

"삼족오?"

"네, 제 시대에는 그리 불렸습니다. 태양을 의미하는 신수 같은 존재지요."

연의 손을 잡고 가만히 살피던 세현이 싱긋 웃음을 짓는다. 따뜻한 그의 손길에 반사적으로 얼굴이 붉어졌다. 정말 이것도 병이라면 병이었다.

"이것이 신수라면 우리의 바람을 다 들어줄 것도 같은 느낌이구려. 잘 간직하시오. 난 지금 형님께 다녀오리다. 그리고 혼자 움직이는 건 관두시오. 괜히 넘어져 다치기라도 하면 그때는 엉덩이에도 불이 날 것이니."

그가 급하게 나가자 연이 다시 삼족오가 조각되어 있는 메달을 만지고 있었다. 그의 말대로 이 신수가 그와 그녀를 도와주기를 비는 마음이었다.

역시 목발을 짚는 것은 그가 온 뒤로 미뤄야 할 것 같았다. 이 몸으로 움직이다 넘어지면 엉덩이가 아니라 머리가 깨질 수도 있었다. 가뜩이나 이곳저곳 다친 곳이 많은데 상처를 더 만들 필요는 없었다. 아프다고 움직이지 않으면 더 힘들어질 것이니 하루라도 빨리 움직여 제대로 걸어 다녀야 갑갑증이라도 덜할 것 같았다.

15.

이제부터 시작이었다

뜻밖에도 세현의 실험은 작은 반응을 보였다. 환한 얼굴로 연에게 와서 움직였다고 보고하는 그의 얼굴을 보며 연도 웃을 수 있었다.

"그러나 형님께서는 그 여인을 왜 내치지 않는지 모르겠소. 여전히 그 옆에 있으니 불안하오."

아마도 인해를 말하는 듯했다. 가만히 생각에 잠겨 있던 연이 조심스럽게 입을 열었다.

"그 사람이 저라면 내치시겠습니까?"

"어찌 그이와 그대를 비교하시오?"

펄쩍 뛰는 그를 보며 연이 살포시 웃었다.

"왜 형님의 마음은 모르십니까? 그럼에도 곁에 두는 마음은 어떤지 모르시겠습니까? 제가 살았으니 되었지 않습니까? 어쩌면 한 번은 일어나야 하는 일인지도 모릅니다. 아니라면 영원히 자신의 마음을 숨긴 채 사셨을 테니까요."

조심스럽게 따지는 연의 말에 세현이 그대로 의자에 앉았다. 그런 식으로 생각해 본 적은 없었다.

"미운정도 생길 시간이었습니다. 그리고 잊고 계신 모양인데 아주버님도 사내이십니다. 다리가 불편하다 하여 사내의 감정도 없어지리라 생각하셨습니까?"

"이제 난 어찌해야 하는 거요?"

얼굴을 자신의 손에 묻고 세현이 괴로워하고 있는 모습에 연은 잠시나마 괜한 말을 하였나 싶어졌다. 그러나 이제는 그도 알아야 할 시기였다. 어쩌면 너무 늦었는지도 몰랐다.

"다시 묻지만 아직도 감정이 남아 계십니까?"

"나를 아직도 의심하는 거요? 내가…… 어떻게."

"그러니 그저 형수님으로 대하십시오. 형님이 내치실 때까지 그분은 형수님이 맞습니다. 시간이 지나면 하나씩 정리가 될 것이고 언젠가는 웃으며 얼굴 보실 때가 있을 것입니다. 네, 그리되실 겁니다."

무엇을 알고 있음인가? 부드러운 미소 속에 반짝이는 눈을 한 연은 마치 다른 세계에 있는 듯해 그를 불안하게 만들었다. 그래서 또 그가 급하게 그녀의 손을 잡고 시선을 그에게 묶었다.

"그럼 이제 무엇을 하여야 하오?"

"하루 이틀로 해결될 일이 아님을 아셔야지요. 이제 희망을 보았습니다. 그동안 휠체어를 다루시느라 팔의 힘은 기르신 것 같습니다. 이제는 다리 힘을 기르셔야지요. 보시지 않으셨습니까? 바짝 마른 나뭇가지 같은 다리를. 목수를 불러 주세요. 필요한 것부터 만들어 보려 합니다. 그리고 영효당 형님도 불러 주십시오. 따로 부탁할 일이 있습니다. 그런 얼굴 하실 필요 없으십니다. 다시는 그런 일이 벌어지지는 않을 것입니다. 어서요. 하루라도 빨리 시작하는 것이 형님께 도움이 되실 것입니다."

영효당을 부르라는 말에 당장 굳어지는 그를 보며 연이 일부러 엄한 얼굴로 말을 이었다. 연이 할 수 있다면 좋지만 이곳에서는 그녀가 할 수 있는 일이 많지 않았다.

재희가 사용하던 물리치료 시설을 대충이지만 이곳에 맞게 만들 수 있도록 그려 놓았지만 항상 붙어 돌봐 줄 사람이 필요한데, 그 역할로 영효당만 한 인물이 없었다. 제대로 방법을 알려 주면 무슨 일이 있어도 옆에서 도와주리라는 믿음이 있었다.

일현이 제 스스로 일어서는 날, 많은 사람들이 죄책감에서 벗어나 앞으로 나갈 수 있을 것 같았다. 그래서 연이 조금 더 서두르고 있었다. 그녀가 머무는 시간이 얼마나 되는지 알 수 없어 더욱 급해진다.

먼저 도착한 이는 목수였다. 나이에 비해 정정한 몸을 지닌 늙은 사내는 벌써 눈을 빛내며 연이 그려 놓은 종이를 탐내고 있었다.

"쇤네, 마마를 뵙습니다. 이제 정정한 모습을 보니 마음이 좋습

366

니다."

"고마워요. 우선 일어나 이리로 오세요."

연이 그동안 그려 놓은 종이들을 내밀었다. 그 종이에는 작은 아령부터 다리운동에 필요한 물건들이 상세히 그려져 있었다.

재희가 재활 운동하던 그때를 떠올려 최대한 기억나는 대로 그려 넣었다.

"보시면 아시겠지만 무게는 천천히 늘릴 수 있어야 합니다. 옆에 같은 무게의 돌을 끼울 수 있게 하여 동시에 다리로 올릴 수 있도록 해야 할 것입니다. 팔 쪽은 도르래를 달아 되돌아갈 수 있도록 하면 좋을 것 같습니다."

계속되는 설명에 목수는 정신이 하나도 없었다. 도대체 공주마마는 어디에서 이런 것들을 보고 그려 주는 것인지 알 수가 없었다.

궁중에는 이런 물건도 있는 건가 싶어 묻고 싶지만 묻지도 못하고 정신없이 공주의 말을 새기고 있었다.

그림마다 작게 주석이 달려 그때그때 필요한 것을 보충하고 있었다.

막 목수에게 그림을 알려 주던 그때 조용히 영효당이 들어왔다. 그사이 얼굴은 더 상했고 눈빛도 흐려져 마치 그림자가 움직이는 것처럼 보였다.

"이리로 오시지요."

영효당을 불러 옆에 세워 놓고 연서의 설명이 계속되고 있었다.

"손잡이 부분은 가죽으로 덧대어 주세요. 바닥 역시 무두질 제대로 한 가죽을 몇 겹을 대어 부드럽게 만들어 주시고요. 시간이 걸려도 상관이 없습니다. 이 물건이 마지막에 쓰일 것이기 때문에 조금 더 여유가 있습니다. 이해가 되십니까?"

"우선 손돌이부터 만들어 보겠습니다. 만드는 내내 모르는 부분이 있으면 마마를 찾아뵙죠."

"그러세요. 부탁드립니다. 처음에 무게를 많이 하면 안 됩니다. 이곳의 돌은 가벼우니 적당히 무게를 만들어 보세요. 될 수 있으면 양쪽의 돌의 무게가 맞아야 합니다. 또한 두 개 모두 같은 무게여야 합니다."

아령을 손돌이라고 부르는 목수의 말에 웃음이 나오려는 것을 참으며 연서가 고개를 끄덕이고 목수를 내보냈다.

이제부터 시작이었다. 하나부터 열까지 없는 물건을 만들어 써야 하니 쉬운 일도 아니었다. 그러나 언젠가는 이것들이 누군가에게 쓰임이 생기리라는 믿음이 있어 조금 더 욕심을 내고 있었다.

이제 이 여인이 남았다.

"앉으시지요. 유모, 차 한 잔 부탁해요."

인해를 향하는 유모 지씨의 시선도 곱지는 않았다. 그러나 주인의 명이었다. 결국 차 준비를 하러 나가는 지씨를 뒤로하고 연이 인해를 향해 의자를 권했다.

"앉으시지요. 고개를 들어 보려니 목이 아픕니다."

그 말에 간신히 엉덩이만 걸친 영효당은 여전히 연의 눈을 피하고 있었다.

"아주버님이 내치시지를 않으시네요."

"아무리 애원을 하여도 옆에 계시라 하십니다. 그렇게 벌을 주고 계시니 받아야지요."

모든 것을 포기한 음성에 왜 그가 이 여인을 옆에 두는지 알 것 같았다.

"모르십니까? 왜 아주버님이 형님을 옆에 두시는지? 고문이라고 생각하십니까? 그게 벌이라고 생각하십니까? 그렇다면 형님은 아직도 반성이 모자란 모양입니다."

연의 질타에 인해가 처음으로 반응을 보이고 있었다.

"⋯⋯무슨?"

"아주버님이 내치시는 날 목숨을 끊으려 하실 테니까요. 그게 가장 도망가기 편한 길 아닙니까? 모두에게서 자신이 한 짓에 대한 값을 치른다는 웃기는 발상으로 목숨을 버릴 사람이라는 것을 아주버님은 아시니 옆에 두시는 겁니다. 차마 형님이 죽으시는 걸 보실 수 없으시니까요."

연의 말에 기어이 인해가 얼굴을 가리고 흐느꼈다. 지씨가 차를 들고 오자 그 모습에 놀라 머뭇거렸으나 연의 지시로 탁자에 차를 놓고 얼른 자리를 비워 주었다.

"아무 감정도 없으십니까? 오직 한 사람만 보며 그분 옆을 지키셨다고 말씀하시고 싶으십니까? 그렇다면 제가 내쳐 드리라 말씀드리죠. 저 역시 아주버님 곁에 몸만 와 있는 여인을 형님으로 모실 생각은 없습니다. 아무리 아주버님이 마음에 담은 여인이라 하나 그 여인이 아무 감정도 없이 대하시기에는 너무도 고귀한 분이 아니십니까? 그런 대접을 받으실 분이 아니란 말입니다."

조금 더 냉정하게 목소리를 내어 호통을 쳤다. 깨달아야 했다. 자신의 마음을. 그렇지 않으면 하등 도움이 될 여인이 아니었다. 차라리 없느니만 못한 사람이 이 여인이었다.

"······아닙니다. 그런······ 것이 아닙니다. 마마, 그런 맘으로만 있었던 것은 아니었습니다."

이 말을 기다렸다. 제대로 자기 사람을 보는 눈을 가지고 있기를 바랐다.

"······처음에는, 예, 처음에는 제가 모자라 욕심뿐이었습니다. 그러나······ 시간이 흐르면서······ 항상 그분을 보며 죄의식을 느꼈습니다. ······혹여 제 마음을 아시면 얼마나 징그러운 눈으로 보실까 두려웠습니다. ······이제 모든 것을 아시는데······ 제가······ 어떻게 모실 수 있을까요? 그럴 수는 없는 일입니다."

두 손으로 얼굴을 가리고 하는 말이라 잘 들리지 않음에도 그 뜻은 분명 알아들었다. 그래서 연은 결단을 내렸다. 이 여인에게 속죄할 기회를 주기로.

"그럼 그 마음으로 한 가지 해 주셔야 할 일이 있습니다. 하시겠습니까?"

"제가 도움이 되는 일이 있다면 뭐든지 하겠습니다. 제 목숨이라도 내어 드리겠습니다."

"목숨까지는 필요 없습니다. 그러나 고된 시간이 될 것입니다. 희망이 있다는 말씀도 못 드립니다. 그러나 누구든 해야 하는 일입니다."

연의 목소리에는 여전히 고뇌가 담겨 있었다. 작은 반응에 희망을 걸기에는 앞으로의 일을 장담할 수 없기 때문이었다.

제대로 된 진단을 받는다면 모르지만 그것도 없이 무작정 시작한 일은 나중에 더한 절망을 줄 수 도 있었다.

"무슨 일이신지요?"

침중한 연의 음성에 인해의 얼굴도 어두워졌다.

"아주버님이 혼자 힘으로 설 수 있는지 알아보려 합니다."

"네? 그게…… 그것이 가능한 일입니까?"

떨리는 목소리와 달리 인해의 눈빛이 살아나고 있었다. 한 번도 생각해 본 적이 없는 일이었다.

자신 때문에 평생 그 모습으로 살아야 하는 그를 보며 발밑에 엎드려 살려는 마음이었다. 그런데 걸을 수도 있다는 말에 인해는 다시 울고 있었다. 이번에는 감사의 눈물이었다.

"앞서지 마십시오. 확인한다 하였습니다. 아주 가능성이 없는 것은 아니나 나으실 수 있다는 장담 역시 못 합니다."

"제가…… 무엇을 해야 합니까? 마마, 알려 주십시오. 제…… 머리채를 잘라 짚신을 만들어서라도…… 서방님이 걸으신다면 무슨…… 짓이든 하겠나이다."

아예 무릎을 꿇고 애원하는 인해의 모습을 보며 연이 작은 한숨을 내쉬었다. 시작한 일이니 해야 하는데 정말 마음대로 될 것인지 더욱 걱정이 되고 있었다.

'그래도 해 보는 수밖에. 만약이라는 것이 있으니. 해 보지도 않고 포기하면 그만큼 아쉬움만 남고 원망만 남을 테니까.'

마음을 정한 연이 인해를 일으켜 할 일을 하나씩 알려 주었다. 식단부터 운동까지. 그리고 온천이 있으니 항상 같이 가, 그의 다리를 움직이게 해야 함을 알려 주었다.

"지켜보면서 마음이 아프실 것입니다. 그동안 독하게 먹은 마음 그곳에 쓰십시오. 아무리 힘들어한다고 해도 멈출 수는 없습니다. 너무 지나치다 싶으면 멈추게 해야 합니다. 밤에는 항시 옆에 계시다가 혹여 다리에 무리가 오거든 빠르게 주물러 풀어 드려야 합니다. 하루 종일 붙어 지내야 하며 감시인이 되어야 합니다. 안마하는 법을 배우세요. 모든 부위의 안마가 필요할 것입니다."

긴 설명을 하는 동안 인해는 눈도 돌리지 않고 듣고 있었다. 그러나 그 얼굴에 자신감은 없었다.

"그렇게 해서 서방님이 나으실까요?"

"밤에 주무시다 다리에 쥐가 나면 효과가 있음입니다. 분명 말씀드렸습니다, 확인하는 과정이라고. 만약 걷지 못하신다 해도 팔의 힘만으로 걸을 수도 있습니다. 그건 제가 알아서 만들어 드리지요. 하지만 전 그 물건은 쓰이지 않기를 바랍니다. 제대로 챙겨 드시고 건강하세요. 아주버님도 힘드시겠지만 지켜보는 이도 힘든 일이 될 것이니."

연의 말이 끝나고도 그녀는 한참을 말이 없었다. 무슨 생각을 하는지 대충 감은 잡았지만 그것도 그녀의 뜻이 있어야 가능한 일이었다.

재희가 치료받는 동안 통증 때문에 우는 아이가 안타까워 그만하자는 말이 목구멍에서 나오는 것을 참으며 용기를 주어야 했다. 재희도 간신히 목발에 의지해 걸을 수 있는 정도가 다였다.

일현과 다르게 소아마비로 망가진 다리는 영원히 제 모습을 찾을 수 없었다.

"해 보겠습니다. 제 목숨을 걸고 할 수 있는 일이라면 뭐든지 하겠습니다. 네, 서방님이 걸으실 수만 있다면 제 다리라도 내어 드릴 것입니다."

할 일이 생겨서인가. 움츠려 있던 인해의 표정에 결의가 서 있었다. 이로써 일현의 훈련파트너는 정해졌다.

사실 자신이 직접 하고 싶지만 가능한 일은 아니었다. 건장한 사내가 필요한 일은 여태 그를 모시는 하인이 있었고, 또 그도 아니면 세현이 도와주면 될 일이었다.

"앞으로 힘든 여정이 될 것입니다. 많이 실망할 수도 있고 종내 절망할 수도 있습니다. 저도 제가 지금 하려는 일이 잘 하는 일인지 모르지만 그대로 두고 볼 수 없어 시작한 일입니다. 만약 안 되면 저를 원망하십시오."

"아니오, 마마를 원망하는 일은 없습니다. 모두 저로 인해 생긴 일에 마마를 원망할 까닭이 없지요. 이제는 감사드립니다. 어리석은 저를 일깨우시느라 죽을 뻔한 일이 벌써 두 번입니다. 모자란 저를 이리 살려 두시는 것도 다 마마의 은덕입니다. 그저 드릴 말씀이 없을 뿐입니다. 감사합니다. 소인, 그저 감사하다는 말씀밖에는 드릴 말씀이 없어 죄송합니다."

읊조리는 인해를 보는 연의 마음도 그리 밝지는 못했다. 모든 이에게 희망을 주고 있지만 과연 뜻대로 될지 알 수도 없는 일이었다.

이제 간신히 희망을 보았다 하나 그저 희망일 수도 있는 일인데 고맙다는 인사를 먼저 받으니 마음만 무거워지고 따라서 저절로 한숨이 나오고 있었다.

"모질어야 하는 일입니다. 불쌍한 마음은 다 버리시고 죄스러운 마음도 다 버리시고 오직 하나만 생각하세요. 해 보시면 압니다. 지켜보는 일이 얼마나 마음 아픈 일인지 해 보시면 아실 것입니다."

더는 해 줄 말이 없어 인해에게 그녀가 해야 하는 일들을 적은 종이를 내어 주고 내보낸 후에도 연은 한동안 아무것도 할 수가 없었다.

일현의 재활 운동은 생각보다 빨리 진행되었다. 직접 그곳에서 보기보다 세현과 인해를 통해 보고만 받는 형식을 취하며 연은 부지런히, 혹여 그가 걷지 못하더라도 팔 힘으로라도 움직일 수 있는 목발을 만들기 위해 머리를 쓰고 있었다.

그러나 쉬운 일이 아니었다. 우선 재료가 없었고 그 원리를 알지도 못하니 끊임없이 목수와 상의하며 고쳐 가는 수밖에 없었다.

그 와중에 연도 걷기 연습을 시작했다. 처음 다리를 움직이는데 눈물이 날 정도로 아팠지만 이를 악물고 천천히 움직여 다리 근육부터 풀어야 했다.

일부러 인해를 불러 다리를 주무르는 방법까지 다 알려 주며 노력한 결과, 목발을 짚고 걸을 수 있었다. 처음 목발을 짚고 나선 길은 일현의 처소였다.

"마마? 이제 걸으십니까?"

걷는 연보다 그녀가 손에 짚고 있는 물건에 더 눈을 주고 있는 일현에게 연이 살며시 웃어 보였다.

"목발이지요. 사람의 도움 없이 혼자 걸을 수 있는 물건입니다. 아마도 아시는 물건일 겁니다. 그러나 서방님께서 조금 더 다듬어 불편함을 줄여 주셨지요."

이 시대에도 목발은 있었다. 대충 알맞은 굵기의 나무를 잘라 옆구리에 끼고 걸을 수 있게 만든 물건이지만 연이 짚고 있는 물건은 그 생김새가 조금 달랐다. 힘의 분산을 최대한 줄인 것을 만져 보지 않아도 알겠다.

"어떠십니까? 힘드시지요?"

그러나 연의 말과 다르게 일현의 얼굴에는 살이 올라 있었다. 끊임없는 운동 덕에 식사량이 늘었음이었다. 여전히 인해는 시비처럼 말없이 구석에 서서 일현을 응시하며 작은 움직임에도 반응

할 준비를 하고 있는 듯 보였다.

"웬걸요. 요즘은 기운이 나는 듯합니다. 잠도 잘 자고 있습니다. 아우가 어디서 그런 물건을 들고 왔는지 몰라도 도움이 많이됩니다."

아직 그에게는 어떤 언질도 주지 않았다. 아마도 팔 힘은 좋아진 것 같으니 슬슬 다리 운동을 해야 할 때가 온 것 같았다. 직접휠체어에 앉은 모습을 유심히 살피던 연이 웃으며 그 방을 나섰다.

일현의 재활 순서는 이미 세현에게 가르쳐 놓았다. 그러니 이제는 자신이 배울 차례였다.

매일 주술사가 금매화와 함께 약봉지를 들고 찾아와 일일이 방법을 알려 주고 있었다. 그러나 말린 잎으로는 뭐가 뭔지 알 수 없으니 이제 직접 약초를 찾아 배울 생각이었다.

하루에도 몇 번씩 목발을 잡고 운동을 하며 근력을 키웠다. 그옆에서 마음 졸이며 지키는 사람은 세현이었다. 조금이라도 연이힘들어 보이면 억지로라도 쉬게 하느라 눈을 떼지 못했다. 덕분에작은 토닥임도 일상생활이 되었다. 더 하겠다는 연과 말리는 세현의 실랑이는 하루 종일 계속되었다. 지금 일현만이 아닌 연도 몸을 만들고 있었다.

벌써 7월이었다. 허항령 산자락이 온통 푸른 물결로 일렁이고그 사이사이 이름 모를 풀꽃들이 저마다 아름다움을 뽐내고 있.

었다.

목발을 떼고 걸을 수 있던 날부터 연은 아예 들에서 살았다. 세현이 걱정되어 따라다니다 결국 연의 잔소리로 형에게 물러가는 일은 일상이 되었다. 그리고 찬란한 햇빛 아래 연은 태어나 마음껏 자연을 즐기고 있었다.

"자, 업히시오."

"예?"

"얼굴에 피곤하다 쓰여 있소. 무엇이 그리 급해 하루 종일 그러고 다니오? 아직 몸이 나은 것도 아닌데. 벌써 다리를 절고 있지 않소."

목발을 떼고 걷기 시작한 지 얼마 안 되던 날이었다. 그날도 그녀는 바쁘게 주술사를 따라 약초를 배우고 있었다. 그런데 갑자기 나타난 세현이 등을 내밀었다.

망설이던 연이 천천히 그의 등에 업혀 얼굴을 등에 묻었다. 한번쯤은 넓은 그의 등에 업히고 싶었었다. 그동안 내내 그리던 그의 향기가 온몸으로 흡수되며 편안해져 왔다.

"많이 건강해진 것 같소. 다행이오. 정말 다행이오."

그의 말이 맞았다. 이곳의 공기도 좋았고 하루 종일 주술사와 금매화를 따라다니며 숲을 헤매고 다녀 식욕도 늘고, 쉬이 지치던 증상도 줄고 있었다. 더불어 현기증을 느끼는 것도 거의 없어졌다. 마치 몸이 다치고 난 후 재구성을 하고 있는 것 같았다.

"무거우십니까?"

"무겁긴, 이대로 평생 걷고 싶은 심정이오."

숨김없이 자신의 감정을 내보이는 그가 좋았다. 그리고 또 슬퍼진다. 그래서 더욱 그의 등에 파고드는 연이었다.

"춥소?"

"아니요, 등이 너무 좋아서요. 어릴 때도 업혀 본 적이 없어 그런가, 정말 좋아요. 다른 사람의 등에 업힌다는 건 정말 기분 좋은 일이네요."

"내 자주 업어 주리다. 언제든 말만 하시오. 내 등은 항상 그대의 것이니."

그 말이 고마워 두 팔로 그의 몸을 감고 꼭 끌어안았다. 이런 사내니 하연이 그토록 목을 매었으리라. 그래서 자신도 쉬이 그를 놓을 수 없는지도 모르겠다.

"아주버님은요?"

잠시 대답을 미루던 그가 긴 한숨을 내쉬며 입을 열었다.

"열심이시오. 그러나 힘에 겨우신 것 같은데 힘들다 말씀도 없이 기를 쓰고 하시는 모습에 마음이 안 좋소."

"너무 심하면 탈이 납니다. 그러면 또 아니한만 못하게 되니 가셔서 말리세요. 하루 이틀에 되는 일이 아니지 않습니까? 그래도 어젯밤에 다리에 경련이 있다 들었습니다. 나쁘지 않습니다. 어쩌면 스스로 설 수도 있음입니다."

인해가 놀라 찾아와 했던 말을 떠올리며 연이 빙그레 미소를 보였다. 이제 시작이니 밤마다 긴장하라 일러두었다. 운동이 끝나면 온천에 가서 다리를 충분히 주물러 주라는 말도 잊지 않았다.

재희가 휠체어를 벗어나는 시간까지 밤마다 옆에 붙어 경련하듯 쥐가 나는 다리를 주물렀던 기억이 생생했다.

"그런 것이오? 그러면 다행이오. 정말 다행이오. 그대는 나를 위해 이곳에 온 사람이 분명하구려. 나를 살리려 내 품에 온 것임을 명심하시오. 그대가 없으면 나도 없음이오."

대답 대신 그의 목덜미에 얼굴을 묻고 연이 눈을 감았다. 지금은 그의 등에 업혀 있는 것만 생각하자 마음먹고 그의 향기를 마시며 눈물을 감추고 있었다.

항시 불안한 것은 그만은 아니었다. 그녀도 언제 어떻게 될지 모르니 불안하긴 마찬가지였다. 그래서 확실한 답을 줄 수도 없었다.

금매화는 하루 종일 연을 따라다니면서 자신이 아는 지식을 뽐냈고 주술사는 그녀에게 먹어도 되는 약초와 독이 되는 약초를 알려 주었다.

아예 옷마저도 주술사가 사는 마을의 복장으로 갈아입고 돌아다니는 연은 누가 보아도 백두산 자락의 산처녀로 보였다.

더불어 아예 다친 사람들을 치료하는 법도 배웠다. 크고 작은 외상을 치료하고, 아이를 낳는 여인의 산파 역할을 하는 주술사의 곁에서 도우미 역할도 연이 하고 있었다.

누군가 아프다는 전언이 오면 어느새 금매화 대신 연이 그 옆을 지키고 있었다.

동네 아이들과도 친해져 그녀가 알고 있는 동화란 동화는 모두 각색하여 그들에게 들려주어 아이들은 연이 오는 시간만 손꼽아 기다렸고 산을 헤매는 일행은 날이 갈수록 늘어갔다.

아이들이 여기저기 약초를 뜯어 와 그녀에게 내밀며 칭찬받으려고 애를 쓰는 나날들은 연을 행복으로 빛나게 만들고 있었다.

이곳이 좋았다. 순박한 사람들이 좋았고 귀여운 금매화가 좋았다. 어느 순간 친할머니처럼 느껴지는 주술사는 더 좋았다. 하나라도 더 알려 주고 싶어 애를 쓰며 연을 아끼고 또 아껴 주었다.

그렇게 시간 가는 줄 모르고 놀고 있으면 어느 순간, 그가 나타나 등을 내밀었다. 웃으며 그의 등에 업혀 돌아오는 길은 너무나 행복했다.

그리고 마침내 연은 말을 탔다. 조르고 또 조르는 그녀를 이길 세현이 아니었다. 그가 순하다고 골라 준 말은 정말 예쁜 눈을 가진 암말이었다.

처음에는 반 시진이었지만 점점 날이 지날수록 시간은 길어지고, 반나절은 말을 타고 돌아다닐 수 있었다.

말을 타느라 온몸이 아팠지만 점점 그 아픔이 익숙해져 느낄수 없어질 때쯤 연은 말 타는 것에도 능숙해지고 있었다.

연이 말을 타면 항상 그 옆에 자신의 검은 말을 탄 세현이 늠름한 모습으로 따르고 있었다.

하얗던 얼굴도 햇볕을 받아 건강한 갈색을 띠며 공주라는 신분을 밝히지 않으면 못 알아볼 정도로 바뀌어 있었다.

허항령에 말을 타고 긴 머리를 휘날리며 달리는 아름다운 연인은 어느새 마을 사람들의 선망의 눈빛을 받는 존재가 되었고, 연은 모두가 사랑하는 그들의 공주로 자리매김을 하고 있었다.

누구든 아픈 사람이 생기면 금매화와 함께 주술사를 따라 공주도 옆을 지키고 있는 일상은 어느새 그들에게 당연한 일이 되고 있었다.

어쩌다 주술사가 안 보이면 이제는 공주를 찾아오는 사람이 생길 정도였다.

주술사가 일일이 가르치면 연은 모든 것을 받아 적어 기록으로 남겼다.

마치 다음 대를 이어 치료사로 남을 사람처럼 열심인 공주를 보는 주술사가 가끔은 안타까운 눈을 하고 있었지만 마음이 바쁜 연은 알지 못했다.

그렇게 돌아다니고 나면 피곤해 아무 생각 없이 잠이 들어 아침을 맞이하곤 했다. 부부의 일을 나누는 것은 아니지만 항상 깨면 세현의 품이었다.

일어나 잠이 든 그의 얼굴을 매만지며 가슴에 새겼다. 그 손길에 눈을 뜬 그가 천천히 그녀의 이마에 입술을 대는 것으로 하루가 시작되었다.

그녀를 닦달하지도 않고 그는 그저 그녀가 품에 있는 것만으로도 감사하고 있었다. 이제는 그가 품어 주지 않으면 잠이 오지 않을 정도로 그가 익숙해졌다.

남자로서 여자를 원하는 그를 느끼고 있었지만 차마 첫날밤을 내어 줄 수는 없었다. 그것만은 할 수 없는 일이기에 연은 그의 등에 업히는 것을 좋아했다.

사랑하는 사람의 등은 너무나 넓고 편안해 절로 눈이 감기는 것 같았다.

일현의 운동도 강도를 높여 갔고 더불어 세현도 그 곁을 지키는 시간이 많아졌다. 인해 역시 온 마음을 다하고 있었다.

밤마다 신음 소리가 일현의 방에서 터지고 있었다. 그런 날이면 인해도 하얗게 질린 얼굴로 나타났지만 힘든 기색을 보이지 않았다.

일부 소문에는 큰마님이 큰나리를 잡고 있다는 웃지 못할 소문이 돌기도 했으나 이제는 주술사마저 몸에 좋다는 약재를 찾아 일현에게 넣어 주고 있었다.

그러나 연은 오히려 그 소식에 안도하고 있었다. 시간이 갈수록 그의 신경이 돌아오고 있음이었다.

그의 통증이 일주일 정도 지속되던 날, 연이 처음으로 그에게 지금 하고 있는 일이 무엇인지 알려 주었다. 그때 놀라던 그의 얼굴을 기억하고 있었다. 그리고 꼭 쥔 주먹이 얼마나 눈물을 참고 있는지도 알았다.

그 후로 더욱 열심인 그를 막는 일은 이제 인해가 하고 있었다. 너무 심하면 도리어 더 나빠질 수 있다는 말을 듣고 간신히 속도를 늦추었다.

하루가 바쁘고, 그래서 기쁜 나날들이었다. 마음 한쪽 불안한 마음을 지우려 더욱 바쁘게 움직였고 그날 밤이면 그대로 잠에 떨어져 버렸다.

그렇게 평화롭던 날이 지속되던 어느 날, 그들은 모르지만 궁에서 파발마가 반갑지 않은 소식을 전하러 부리나케 개마산을 향해 달리고 있었다.

〈2권에서 계속〉

1판 1쇄 찍음 2015년 4월 17일
1판 1쇄 펴냄 2015년 4월 23일

지은이 | 하 영
펴낸이 | 정 필
펴낸곳 | (주)뿔미디어

편집장 | 이재권
기획·편집 | 주종숙, 이은정

출판등록 | 2002년 9월 11일 (제1081-1-132호)
주소 | 경기도 부천시 원미구 소향로 17, 303(두성프라자)
전화 | 032)651-6513 / 팩스 032)651-6094
E-mail | scarlets2012@hanmail.net
블로그 | http://blog.naver.com/dahyangs
홈페이지 | http://bbulmedia.com

값 9,000원

ISBN 979-11-315-6368-7 04810
ISBN 979-11-315-6367-0 04810(세트)